小漁娘掌家記 1

文創風 953

元喵 著

目錄

序文 005
第一章 007
第二章 015
第三章 023
第四章 031
第五章 039
第六章 045
第七章 051
第八章 057
第九章 065
第十章 073
第十一章 079
第十二章 087
第十三章 095
第十四章 103
第十五章 111
第十六章 119
第十七章 125
第十八章 131
第十九章 139
第二十章 147
第二十一章 153
第二十二章 159
第二十三章 165
第二十四章 171
第二十五章 175
第二十六章 181
第二十七章 187
第二十八章 195
第二十九章 201
第三十章 207
第三十一章 213
第三十二章 223
第三十三章 233
第三十四章 243
第三十五章 253
第三十六章 263
第三十七章 273
第三十八章 285
第三十九章 297
第四十章 309
第四十一章 321

序文

元喵

一年夏日，剛剛從海邊旅遊回來，哪怕是開著空調也還是覺得心中煩躁。

想念海邊微鹹的海風，想念那一層層親吻腳背的海浪，更想念那些退潮後藏在沙灘裡的寶藏海鮮。

閒來無聊便打開網站上的逐浪影片，看著主播們從沙灘裡尋找各類蛤蜊、螃蟹發生的窘事，自己忍不住也跟著笑了起來。

「傻笑什麼呢？出去買菜去。」

聽到母親大人的吩咐，我的快樂沒了。

外面的日光灼熱襲人，出去一趟回來汗流浹背實在有損小仙女的形象。奈何家中只有自己母女二人，又身居八樓，總不能勞累媽媽去買菜。

我還是出了門。搽著厚厚的防曬霜，拿著支大蒲扇一路衝到了海鮮市場，買了一點花蛤和幾隻大大的青蟹，還有一隻活蹦亂跳的明蝦。

三樣海鮮花了兩百多塊，還是海邊的要便宜一些。

有些心疼，但一想到媽媽彷彿很久沒有吃過海鮮了，心中便沒那麼難受了。

當然，買了這麼貴的菜回家，肯定是要被媽媽唸叨許久的。

「我都不愛吃海鮮，買這麼多做什麼？」

「太貴了，下次不要買了。」

我一邊應著是是是，一邊幫忙處理了蝦線和螃蟹。我知道媽媽不是不愛吃，她只是捨不得自己吃而已。哪怕如今我掙的錢已經能足夠讓她過上富裕的生活，她還是那樣節儉。

不過買都買了，媽媽肯定不會浪費。

我和媽媽一起動手，做了盤辣炒蛤蜊、蔥油熗蟹，還白灼了一盤蝦。

中午美美地吃了一頓海鮮大餐，下午又開始刷起了各種海灘影片，看到自己從沒見過的海鮮便好奇地搜索個遍。這個世界總是充滿了各種未知，各種新奇的東西。

傍晚坐在電腦前，看著空白的檔案還是不知道寫什麼新文好。許是上一本完結後休息太久，連性子都變得懶怠起來，磨磨蹭蹭了好半天也沒找到感覺，最後只好放棄寫文打開了網站搜索，準備找幾篇有逐浪找海鮮的小說看看。

可惜找了很久都沒有找到。

嗯？要不咱自己來寫吧？

我好像突然有了靈感，打開檔案，噠噠噠地碼起字來。

《小漁娘掌家記》是一個三姊妹互相扶持靠著大海發家致富的故事。書中每一句話都包含著我對大海的想念，每一個篇章都有我對生活的理解。願所有看過這篇文的小仙女都能感受到大海的魅力，品味人生。

第一章

宴會廳裡正舉辦著玉氏集團的慶功宴，主人卻耐不住樓下的吵鬧早早離了場。

看著自己打拚了半輩子的玉氏能得到現在的成就，玉竹驕傲且興奮。只是外頭的熱鬧不適合她，她更喜歡一個人坐在小花園的藤椅裡，看著滿天星光品著美酒，享受孤獨的安寧。

不過這份安寧很快被人打破了。

小花園裡來了兩位不速之客。

「小妹啊，怎麼一個人跑到這兒來了？外頭那麼多賓客呢，我跟妳姊夫都要忙不過來了。」

來的是玉竹的二姊和二姊夫。她一向都不認這兩人的，所以回話也格外不客氣。

「賓客自有我手下的人去招待，有妳什麼事？還有，沒請帖你們怎麼進來的？又是厚著臉皮混在哪個親戚後頭？」

聽到她這話，兩人面上一僵，不過想到討好了眼前這人能得到的好處，又咬咬牙忍了。

玉翠厚著臉皮坐到玉竹身旁，笑道：「小妹說得是什麼話，咱們可是一家人，今兒這麼喜慶的日子，自然是要來給妳慶賀的。」

「呵，一家人？你們不都把我賣了嗎，哪來的一家人？」

玉翠又恨又惱，正要狡辯幾句，就見玉竹一口喝完杯子裡的酒，重重將酒杯擱到桌子上，站起身冷笑道：「你們打什麼主意我一清二楚，我可不是當年那個糊塗蛋。趁著我今天心情好，趕緊滾出我家，不然等一下被保全丟出去，那臉可就丟大了。」

狠話是放了，可對臉皮厚的人根本沒用。

兩口子扯著她，糾纏著讓她在公司裡給自家兒子安排個月薪好幾萬的職位。

玉竹想開口罵，結果一提氣，心口卻一陣絞痛，痛得她臉色大變，連站都站不住，又跌坐回了藤椅上。

她想拿手機打電話求救，但費盡了力氣也沒能順利把手機拿出來。這病發作得實在太快，短短一分鐘就已經呼吸困難、臉色絳紫，一看就是十分危急。

對面兩人瞧著她這樣，起先還打算幫忙的，不過玉翠腦子轉得快。

「先別管她，她要是死了，我跟大姊可是她最親近的人，那她的財產……」

話未說盡，多年的枕邊人已然明白。那男人便聽了老婆的話，轉頭望著來時的路，守著小花園。

玉竹明明痛得幾近昏厥，卻突然笑出聲來。

這些人作她的白日夢呢！自己的財產早在去年查出身體有毛病的時候，就已經登記做了公證。要是自己哪天死了，所有遺產全都會無償捐贈給國家。

嘖，真是可惜，看不到那幾個人得不到財產、氣得跳腳的模樣了。

玉竹開始意識模糊，眼前又出現了小時候的場景。

爸爸因為煤礦事故死了，媽媽拿了一半賠償款，轉頭便不知所蹤；大姊跟二姊不想養著當時還小的她，就哄騙著她，把她賣到了一個偏遠小漁村裡當童養媳。那時的她才六歲，根本不知道童養媳是什麼，只知道姊姊們說要帶自己去買好吃的，卻突然都不見了。

在那之後的一年年打罵中，她漸漸懂事，明白了姊姊們的所作作為，心裡不是不恨的，只是那時最要緊的是逃離小漁村。

不過還沒等她逃掉，一場颱風颳塌了屋頂，砸死了未來婆婆跟未來老公。

也因為沒了那些束縛，她才能在小漁村裡安穩度日，並把生意做起來。

一晃眼都四十年了……算了，也活夠了。

這世上，她沒親人也沒愛人，算得上是無牽無掛。

玉竹徹底失去意識前，恍惚間聽到一個小女孩的聲音。

「小妹乖乖不哭，等妳睡一覺醒了，二姊就給妳帶好吃的回來啦！」

肯定又是騙人的，最討厭的就是二姊。

玉竹再有意識的時候，只感覺自己熱得厲害，彷彿是趴在誰的背上。那人也不知多久沒洗澡了，身上酸臭得厲害。

莫不是那狼心狗肺的玉翠趁著自己發病又把自己賣了？

一想到這兒，玉竹嚇得立刻睜開了眼。

眼前的一幕卻不是她所想的，而是另一種更詭異的情況。

她的確是被人揹在身上，揹著她的還是個女子。確切地說，是個女孩子。天很熱，玉竹能感覺到身下那背上已經浸滿了汗水，黏答答的，悶得難受。

周圍一片荒涼，許多衣著襤褸之人頭頂著草帽埋頭一起趕路，看穿著，根本就不是現代的人。

玉竹心涼了一半，舉起自己的手看了看，又涼了一半。

這也太小了！還一點肉都沒有，瘦得跟皮包骨似的。

這不是自己的身體……她借屍還魂了?!

玉竹這一動，揹著她的玉容立刻感受到了。

「小妹醒啦？餓了吧。」

缺水使得她的聲音格外沙啞，她一邊說話，一邊從衣襟裡摸出幾根草往後一遞。

「先嚼著潤潤嘴，一會兒妳二哥回來就有水和吃的了。」

她穿越的這是什麼時代?!吃的居然是草?!

看著那幾根蔫巴巴、略帶些水分的草，玉竹舔了舔乾裂的嘴唇，還是接了過來。沒辦法，她好渴，還好餓。

看那一個個面黃肌瘦宛如行屍走肉般的人，明顯是饑荒戰亂年代，有幾根草嚼著已經算是很幸福了，由不得她嫌棄。

嚼完一根草，嘴裡總算沒那麼乾了，正當她想嚼第二根時，揹著她的人突然一個踉蹌，差點摔倒在地。

離得略近些的一個大娘走過來扶了一把，忍不住說了幾句。

「玉容，妳這臉色實在不好，不行就先找個背陰的地方歇歇，吃點東西再走。妳這還揹著個娃又捨不得吃，身體哪裡吃得消。」

玉容道了謝，卻是搖了搖頭，不肯去找地方歇息。

眼下還不是休息的時候，若是停下來，就會脫隊，二妹回來便找不到人了。而且晚上若是沒有跟上人群，落單的女人、小孩實在太過危險。

她只是稍微站了站，又重新跟上人群。

玉竹拿著那剩下的幾根草，想吃，卻又吃不下了。

這個姊姊和她那現代的姊姊實在太不一樣。現世的大姊、二姊有點好吃的，從來都是藏著掖著，不會跟她分享，甚至因為不想花錢養她把她賣掉。

而這個姊姊，捨不得吃的，卻大方給了自己。已經那麼累了，還一直堅持揹著自己趕路。

從來沒有家人疼愛的她，心裡像是堵了石頭，悶悶的。

玉竹沒有再吃那幾根草，而是抓著它們遞到了玉容嘴邊。

「小妹？我不餓，妳吃。」

聲音都虛軟無力了，還說不餓。玉竹固執地把草往她嘴裡塞，心裡莫名心疼。

看她也就是十四來歲的樣子，這個年紀的女孩子若是在現代，正應是衣食無憂，可在這裡，稚嫩的肩膀已經要扛起照顧弟妹的責任。

玉竹沒有自己的孩子，但也資助過很多貧困山區的小女孩，像玉容這樣年紀小小卻格外懂事的孩子，向來都是格外偏愛的，大概是從她們身上看到了自己小時候的影子。

那幾根草最後還是被玉竹強硬地塞進了玉容嘴裡。

她現在太小，就算下地走路也跟不上隊伍，所以只能暫時讓玉容揹著，因此當然是要先緊著玉容吃了。而且原身平時應當被餵了不少的東西，饑餓感並沒有那麼強烈。

看天色已經是下午了，再有一、兩小時太陽就會下山，沒有太陽，她們趕路會輕鬆許多。

玉竹乖乖趴在玉容的背上，一動不動，儘量讓玉容省心些。

就是太省心了，玉容擔心得不行。

平日裡小妹雖然也是聽話，但餓了渴了總是會在背上扭來扭去，哼哼唧唧的。今日她居然動都不動，一定是被餓壞了。

玉容頓時自責起來。方才小妹把草遞過來的時候，自己就不該吃的。若是小妹餓出個好歹，她真是……

「長姊！」

沈浸在自責裡的玉容聽到這聲長姊，立刻回了魂。看到二妹眼裡那掩藏不住的歡喜便知道她這回肯定帶了吃食回來。

「二、二弟，妳終於回來了！」

玉容眼眶不自覺地紅了。

每次二妹跟隨著人群去找吃的，她都是提心弔膽，直到妹妹回到身邊才能放鬆下來。

「累不累，要不要先歇會兒？」

「不累不累，長姊，我身體好著呢。再跑一天都沒問題。小妹怎麼樣？有沒有鬧妳？」

玉玲踮著腳去看長姊背上的小妹。

小小的人兒，臉被悶得通紅，滿頭是汗，嘴巴乾裂得都出了血。因著瘦，眼睛便顯得格外大，看著便教人心疼。

「我家的小乖乖喲，真是心疼死我了。」

玉玲攥著衣袖輕輕把小妹臉上的汗擦了擦，低頭飛快從袖兜裡拿了個東西出來。藉著長姊擋著，敲破外殼，放到妹妹嘴邊。

「來，張嘴。」

玉竹下意識地聽話張了嘴。一股略腥的黏液滑進來，瞬間安撫了她那快冒煙的喉嚨。是生蛋！

平時聞都聞不得的東西，眼下卻是救命的糧食。玉竹小口小口喝著，一小顆蛋很快被她喝光了。

要不是理智還在，她真是連蛋殼都想舔一遍。

餵完了一顆蛋，玉玲把蛋殼收起來，笑著摸了摸妹妹的頭，小聲道：「乖乖的，晚上再給妳吃。」

那樣溫暖的笑容，玉竹根本升不起一絲一毫的牴觸心，甚至莫名期待他多揉兩下自己的頭。

這姊弟倆都好暖啊，做他們的妹妹好幸福。

她有心想減輕負擔，或者幫點忙，奈何身體實在是弱，年紀又小，只能老老實實待在姊姊背上，做個安靜的娃。

就這樣跟著隊伍走了三天後，玉竹震驚地發現，原來二哥竟是二姊！

玉玲頭髮剪得亂七八糟的，身體也沒有發育，刻意壓低了聲音便跟個少年一般。在外，她也一直是以男兒身分自居，要不是長姊一時說漏了嘴，玉竹還真是沒注意過。

二姊在她的字典裡，從來都是各種負面的代表。每每聽到二姊這兩字，她都會生理性的反胃，對於那個女人，她是厭惡到了骨子裡。

但她很難對現在的這個二姊生出惡感。

因為這兩姊妹真的是太疼她了，有點好吃的都先緊著自己，她們卻只嚼了一些野菜、野草墊肚子，體貼得讓人心疼。

這樣的家人，以前從來都是活在她夢中。

玉竹不安的心漸漸安定下來。

不論怎樣，能再活一次就是賺到，何況這裡還有疼愛她的家人，多年夙願也算是得償。觀察了幾日後，她發現二姊很有一把力氣，比那些成年男人也不差多少。也是因為這樣，即便她們姊妹仨沒有大人陪伴，也沒有什麼人敢隨意欺負。

兩個姊姊都十分照顧她，一天下來，肚子雖然還是會餓，但不會餓到胃疼。偶爾運氣好找到了鳥蛋，還能吃上幾個生蛋補充營養。

聽那些大人說，因為家鄉前年才發過洪水，今年又遭了乾旱，還遇上蝗災，他們才會逃荒到這裡。說是再走上兩日便能走到冀城，那兒有些好心的大戶人家每日施粥，到時候就不用挨餓了。

這些話，大人每日都在說，幾乎成了他們堅持下去的信念。

玉竹卻沒那麼樂觀。

他們這一群人消息封閉，知道城外有大戶人家施粥，那都是一個月前的事了。誰知道那冀城現在是個什麼情況？

兩日後，一行人遠遠看到巍峨的城門，所有人皆是精神大振，彷彿已經走完了所有苦難，迎來新生。

年輕力壯的男人們跑在前頭，想去瞧瞧城門外是不是真的有香甜的粟米粥。玉玲本來也想跟著去的，不過她讓玉竹攥住了袖子，死活不肯放，只好跟著長姊走在人群後頭。

沒過多久，那些跑到前頭的男人又垂頭喪氣地回來，身上還都帶著傷。

「你們這是怎麼回事？怎麼還受傷了?!」

「前頭什麼情況啊?!」

眾人七嘴八舌地圍著那幾個領頭的男人，心急如焚。

那領頭的大牛捂著被打傷的手，滿眼憤恨道：「咱們被騙了！這裡根本就沒有人施粥。城門還加了守衛，不許咱們這些災民進城。那城門口周圍都是些草棚子，到處都是災民。方才瞧著咱們過去，那些人非說咱們要搶他們的位置，追著我們打了一場。」

幸好一起去的都是些年輕力壯的，不然今日定要吃大虧。

所有人都沈默了。

期待了一路，堅持了一路，終於走到了，卻是幻想破滅。

「要是不能進城，那我們要怎麼辦？」

恐慌開始在災民群裡蔓延。

玉容也問了一遍。雖說平時拿主意的都是玉玲，但她畢竟也才十四歲，經的事少，一時間竟也不知該如何是好。

眼看著太陽快落山了，玉玲暫時將那些虛無縹緲的打算甩到腦後，先找個能落腳的地方要緊。

城門口附近她們是不敢去的，那邊已經聚集了很多災民。玉玲帶著姊姊，跟隨老鄉們找了一處稍微平坦的地方暫時歇了下來。

姊妹仨的晚餐依舊是野草、野菜。玉玲很快吃完，轉頭去抱小妹。玉容沒有拒絕。

「我就睡一小會兒，天黑一定要叫我。」剛說完這話，她就靠在玉玲的肩膀上睡著了。

玉竹還是頭一次見到入睡這麼快的人。

「小沒良心的，就知道黏著長姊，二哥連看都不看的啊？」

玉玲有些怨念地捏了捏妹妹鼻子，想把她的注意引過來。玉竹下意識轉頭過來開口叫了聲二姊。

「二……姊姊。」

奶奶的一聲姊姊瞬間治癒了玉玲，不過她卻不能應。

「傻丫頭，姊姊睡著了，咱們不吵，讓姊姊好好睡會兒。」

玉竹一聽這話也反應過來。二姊如今是男兒身分。

「哥哥！」

周圍的老鄉們對這兄妹的對話一點興趣都沒有，他們正焦慮著未來，琢磨著出路。唯有玉玲聽著這聲哥哥紅了眼睛。

若是爹娘還在，她們一家現在不知該有多幸福，小妹也能光明正大的喊自己一聲二姊，哪像現在……

玉玲幽幽嘆了口氣，抱緊了小妹。

天漸漸黑了，嘈雜的人群也都收斂了聲音。

玉容自己警醒過來，第一眼便是去看兩個妹妹。發現兩人都在，精神也還不錯，這才放下心。

「沒發生什麼事吧？」

玉玲搖搖頭。「咱們離那些人遠，人數也不少，暫時不會有什麼事的。」說完她頓了頓，又繼續道：「長姊，明兒我想去那些人那邊轉轉。」

玉容想都沒想就拒絕了。白日裡大牛他們就挨了打，玉玲這小身板哪禁得起那些人的打。

「可是，萬一阿娘在那群人裡呢？」

她們的娘還活著？這一路沒爹沒娘的，玉竹還以為是父母早就不在了。

她豎起耳朵聽著姊姊的話，生怕漏了什麼關鍵訊息。不過她們並沒有多談父母的事，只爭論明日是否要去打探。

還沒聽到個結果，她居然就睡著了。

這一晚睡得很是難受，頭痛、喉嚨痛，身上還癢得很。夢裡的她聽到長姊、二姊哭了，也不知道是發生了什麼事，想醒卻又醒不過來。

玉竹發燒了。

這對姊妹倆來說無疑是個噩耗。城外沒醫沒藥，小妹身體又弱，玉容兩眼哭得跟核桃似的，期盼地望著城裡的方向。

她們從家裡逃出來的時候，身上是帶著一點銅貝的，本來是想找到地方落腳以後安家用。可現在，小妹的病要緊。所以玉玲一早就帶了那點銅貝去了前頭，想看看能不能同守衛買些治熱的藥回來。
兩個時辰後，玉玲回來了。
「怎麼樣？有辦法買到藥嗎？」
「沒買到，但遇上一個好心的大夫，帶我去採了點治熱的草藥。」
玉玲還想說些什麼，張了張嘴，還是沒有說出來，只專心地看著長姊給小妹餵草藥。等餵完了，才把自己聽到的那些消息說出來。
「那些守衛說了，因為災民太多，是不可能全都能進城的。不過若是有城中居民作保或是在城中有親戚的，可以交上一百個銅貝讓人領進去。」
「一百銅貝?!這麼少？」
玉容簡直不敢相信。一百個銅貝，哪怕是很窮的人家都是能拿出來的，可以說這裡大多數人都能交上。
玉玲苦笑了下。「長姊，只交一百個銅貝就能進去的，那是在城裡有親戚的人家。咱們要想進城，得有人擔保才行。」
自然，讓人擔保還得再花一筆錢。
玉容沈默了。
自家三姊妹若是想找人擔保，錢肯定不少。不過若是只有兩個妹妹，那壓力就要少很多。
她正想開口，玉玲先笑了。

「大姊別愁了，咱們的錢是肯定夠的。只要小妹身上的熱能退下來，咱們就能託人進去。」

玉容愣了下，總覺得哪裡有些不對勁，但懷裡的小妹又開始掙扎起來，她一時便顧不得細究。

好在二妹拿回來的藥有用，傍晚的時候，小妹身上的熱終於退了下去，籠罩在姊妹倆頭上的陰霾總算是散了。

玉竹一直睡到半夜才醒來。

眼前一片漆黑，只能聽到二姊正抱著自己在和一個少年說話。

「你真的想好啦？把自己賣了？」

「噓，小聲點，別讓我長姊聽到了。」

玉玲的聲音又壓低了些。

「你來找我幹什麼？」

「我是來提醒你的，那個富嬤嬤不是什麼好東西，先前我偷聽到她跟自己人說話，說先頭買進去的人太過沒用，一點都禁不起折騰。」

玉竹大驚。二姊要賣身給人當奴才！

第三章

玉竹不知道白日裡究竟發生了什麼，才會讓二姊生出賣身的想法，但她是絕對不能讓這種事發生的。

為人奴婢便是將尊嚴扔在地上，生死皆不由自己，別說什麼活契、死契，進了人家的府，怎麼折騰那還不是由著主家說了算。而且二姊本身是女子，卻以男子身分進府，先不說被發現了會怎樣，就是進府後和一堆男人住在一起，只是想想她都頭皮發麻。

玉竹差點沒忍住把大姊喊醒，可還是忍住了。大姊平時睡得很少，能睡就儘量讓她多睡會兒。二姊要天亮了才會走，到時候再想辦法拖住二姊。

為著這個，下半夜，她連瞌睡都不敢有，生怕自己睡著醒來二姊就已經走了。也許是她昨日睡得多了，今晚還真叫她熬了下來。

天一亮，玉玲便開始頻頻朝著城門方向探頭，玉容還以為她是在等能幫她們擔保進城的人，一開始也沒放在心上。

直到她想拿錢去辦事，小妹號哭著不肯放手的時候，玉容才反應過來不對。

「妳不是說找好人了？我去不也是一樣？小妹才剛好，這樣一直哭著怎麼成，她想跟著，妳就帶著她，不然咱倆一起去也行。」

玉玲面露難色。她是想先去簽了契、換了錢，拿給長姊送她們先進城的。若是叫長姊去辦，自己要賣身的事肯定藏不住。長姊是絕對不可能讓自己賣身的，那找人擔保的錢就不夠了。

「嗚嗚嗚……哥哥……」

玉竹還在賣力號哭，因著缺水，聲音已經有些嘶啞。姊妹倆都心疼得不行，玉玲只好把小人兒抱起來仔細哄著。

「小壞蛋，真是哭苦妳姊了！」

「二弟妳說什麼？」

玉玲連連搖頭。「沒什麼，長姊咱們一起去前頭瞧瞧吧。」

等一下哄好了小妹，再把她給大姊帶著，自己編個由頭，還可以去找那富嬤嬤的。

當然，玉竹是不會給她這個機會的。只要玉玲一有把她交給長姊的想法，她就開始攥著拳頭使勁哭。

平時乖巧可愛的小妹今日成了磨人精，急得玉玲滿頭大汗。

姊妹多年，玉容對她自然十分了解。

「妳今兒是怎麼回事？到底有什麼事瞞著我？」

玉容板著臉，拿出了長姊氣勢。

玉玲心虛，不敢和她對視，訕訕道：「我哪敢有事瞞著妳，就是想到進了城，咱們手裡頭就沒錢了，有些心慌。」

玉容半信半疑，突然就聽小妹開口了。

「長姊，哥哥騙妳！」

小混蛋！居然拆她的臺！

「長姊……我……」

玉玲想說小孩子的話不能信，可一看到長姊開始泛紅的眼睛，到嘴的話就怎麼也說不出來了。

反正早說晚說都要說，玉玲一咬牙，便把自己找到人賣身換錢的事說了出來。

玉容聽完，很是安靜，並沒有開口責怪她。靜默了好一會兒，才猛然抽了自己一個耳光。

「長姊！這是做什麼?!」

玉玲心疼得不行，那一巴掌聽聲音就知道打得很重。

「是我無用，照顧不好妳們。」玉容再抬眼時，淚光已然隱去，只留下一抹堅定。「妳說妳找的那個人在哪兒？」

「長姊……」

玉容笑了笑，安慰地摸了摸兩個妹妹的頭。

「我是家中長姊，便是賣身也應該是我去。妳平時主意多，照顧小妹我放心。」

玉玲怎麼也沒想到自己把事情說出來，卻招得長姊動了心思。

姊妹倆誰也不願意讓對方去賣身，爭執了好一會兒，突然瞧見城門附近的災民都圍成了一團，彷彿來了什麼大人物。

一陣響鑼聲後，被擋在人群外的姊妹仨聽到一道雄厚的男聲，大意便是冀侯仁善，願意接納災民進城安置，但需要每人繳納二十銀貝。其他不能進城的災民如果執意在城外逗留，三日後，他會派兵出來轟人，生死不論。不過若是肯在今日離開的話，便能一人領上一百銅貝和五斤黍米，由他派兵護送至淮城，那裡的淮侯對災民是來者不拒的。

聽上去不管哪個方案都挺好，有錢的可以進城安置，沒錢的也可以去別的城池安置。可稍微懂些時事的都知道冀城富饒，淮城貧困；淮城的人自己溫飽都還解決不了，又怎麼能幫助災民。

那些藏了些家底的災民幾乎是想都沒想就去了城門口交錢登記。

玉容雖然很心動，但手裡頭實在沒那麼多錢。

「淮城那麼窮，聽說他們吃的都是又腥又臭的魚，一颳大風，屋子都會吹走。咱們去了能有什麼活路啊？」

「就是，還不如就在冀城外頭先搭個屋子。我瞧著冀城這邊雨水挺好的，辛苦熬過一年，明年就能有收成了。」

「能不能領了錢跟黍米咱偷偷留下不走啊？」

「一會兒去試試……」

周圍人七嘴八舌地討論著，玉竹從裡頭聽出了一個非常重要的訊息。

淮城是靠海邊的！

自從被賣到小漁村後，整整二十年她都是在小漁村生活，什麼能吃、怎麼吃，再沒有比她更清楚的了，若是能去淮城，肯定是餓不死的。

最關鍵的是去淮城的話，二姊就不用賣身了。

「姊姊……去淮城，不賣身。」

玉容姊妹倆本就有心去淮城，如今又聽小妹這樣說，立刻就下了決心。

「咱們去淮城！」

反正是回不去的，若是能在淮城安定下來，再苦再累，她們也認了。而且安定下來對小妹也有好處，總是這樣餐風露宿、食草飲涼水的，實在是對她的身體不好。

玉玲終於打消了要賣身換錢的想法，帶著姊姊、妹妹去登記，領了三百個銅貝和十五斤黍米。

十五斤的黍米對玉玲來說是小意思，輕輕鬆鬆便挎在了肩上。玉竹識趣地回到了長姊的懷抱裡，沒有再哭鬧。

一個時辰後，交了銀貝或是有親戚認領的災民都已經進了城門，姊妹仨則是待在已經領了糧食的災民裡頭，等著冀侯派兵。

半個時辰後，一隊約莫有百來人的士兵小跑著從城裡出來。玉竹探頭看了看，那些人面色紅潤、精氣十足，一看就知道冀城糧草充足，兵力強大。

也難怪那些災民都想留在冀城裡。不知道淮城是個什麼樣子，究竟有多窮？

半月後，玉竹看著只有冀城城樓一半高的淮城城牆，對淮城的窮有了個大概的認識。

城牆可是一座城池的門面，都破爛成這樣了，也沒人去修，可見淮城真是窮到了骨子裡。若是世道亂些，這破牆恐怕連點自保的能力都沒有，來這裡真的是對的嗎？

好在城裡頭很快有人出來了。

玉竹被前面的人擋著，看不到出來的是什麼人，只隱約聽著周圍的人在說著大人好生俊俏。

話說她穿越到這裡後，天天看到的都是蓬頭垢面的災民，不然就是曬黑的士兵，還真是沒見過什麼俊俏的男兒。

玉竹掙扎地從姊姊懷裡坐起來，改成抱著姊姊的脖子，可惜還是沒有見到人，只聽到前頭有個嗓門特大的人在說話。

「現在開始給你們登記，同一戶的都站到左邊來，孤人的站右邊，動作快些！」

民畏官是本性，聽得那話，所有人都動了起來。玉竹姊妹仨自然是一戶的，所以站到了左邊。

很快，近千災民都分成了兩大隊，每個隊伍前頭都擺放了四張小木桌和一大堆的竹簡。見隊伍都排好了，之前喊話的那小吏才去回話，領了專門登記的人過來。

每一家都問得很詳細，每個人的年齡、身體情況、婚嫁情況，還有原來的住址。甚至有無走丟的親人、叫什麼名字、多大年歲，都會被記錄在冊。

輪到玉竹一家的時候，玉容正要開口報三姊妹，卻被玉玲搶了先。

「小的家裡是二女一男。」

玉容咬了咬唇，到底沒有反駁，上前接過了話。

「民女玉容，年十五，未婚。家弟玉林，年十四，未婚。小妹玉竹，剛滿四歲。」

那記錄的人抬頭在姊妹仨的臉上掃過一眼，低頭一邊詢問一邊記錄。

「身體可有何不適？」

「並無。」

「可有走失家人？」

「有！」姊妹倆異口同聲地回答。「家母於兩月前同我們走失了。」

記錄的人沒怎麼懷疑，直接在這一家的紀錄下又刻了幾個字；接著又問了母親姓名、原籍何處，還問了一遍是願意落戶淮城，還是避難幾月又回原籍。問完了便發給玉容一塊染著紅字的木牌，讓她們去一旁等著。

玉竹認不出木牌上的字。她四下看了看，有的人手裡是紅字，有的人手裡卻是黑字，每家都有一塊，每塊上面有的字相同、有的字又不同。看上去應該是這個朝代代表數字的字。

這麼多的牌子，一天、兩天可弄不出來。

先不說這淮城的經濟怎麼樣，就說他們這辦事的效率還有章程，一套一套的，絲毫不見拖沓混亂，就很值得誇讚了。這上頭必定是有個辦實事的好官。

窮就窮吧，只要沒有昏官，日子總是可以過下去的。

第四章

近千名的災民登記一共花了三個多時辰，等全都登記完了，天也漸漸黑了下來。

那個嗓門很亮的魏小吏帶了些手下出來，把那些刻好的竹簡都搬上馬車。等東西都搬完了，他才帶著人來領災民們進城。

「你們手裡的牌子可千萬拿好別丟了，三日後得憑著牌子才能去領新戶籍。若是沒有這牌子，只能花錢再去府衙重新補一份，可別怪我沒提醒啊！」

因著人多，他怕有些人沒有聽到，特地繞著人群前前後後地走了兩遍，喊了幾十遍。

玉竹對這魏小吏印象很是不錯，在他走到自家身邊時，還衝他甜甜笑了下。

魏平看到有個娃衝自己笑，愣了下神。他知道自己的長相很是粗獷，平時就是笑著，都有小孩子害怕，更別說此刻板著臉了。

這娃居然沒被嚇哭不說，還衝自己笑？魏平忍不住多看了娃幾眼，順帶還看了看抱著她的人。

唉……真瘦，若不是瞧著頭上的女子髮髻，還真是看不出男女。旁邊那個小子更是瘦，一家子都瘦得只剩皮包骨，實在可憐。

不過他們一家現在到了淮城，肯定會好起來的。

魏平收回目光時掃了一眼那女子手上的牌子。一百四十五號。真巧，和自己家在淮城戶籍編號一模一樣。

大概是因為這個，他才對這個號碼印象深刻，以至於晚上秦大人唸出這個號碼時，魏平瞬間想起了那小娃亮晶晶的笑眼。

「玉氏姊弟三人，年輕又無長輩，就分到……貢源縣，嗯，哪個村好呢？」

不等秦大人想出地方，魏平突然插了一句。

「大人，貢源縣是否遠了些？屬下傍晚時曾瞧見過這家的孩子，體虛氣弱，身體並不是很強健的樣子，若是到了地方生了病，延醫問藥的實在太過麻煩。」

「哦，魏平你見過這家的孩子？災民那麼多，你是怎麼記住她的？」

秦大人笑咪咪地放下竹簡，開玩笑道：「莫不是咱們的魏廩吏收了人家什麼好處？」

一聽此話，旁邊幾桌的同僚皆笑出聲來。

「魏平還不從實招來。」

幾個人說笑著打趣他，倒是讓這屋子裡沈悶的氣氛消散了許多。

魏平沒好氣地瞪了一眼，轉頭認真道：「大人莫要打趣屬下。屬下只是在接人進城之時，偶然見過那小娃一面。因著她家那號牌與屬下戶籍編號一致，這才記住了幾分。」

旁邊與魏平交好的林廩吏一聽，立刻點頭道：「的確，魏平家的戶籍編號正是一百四十五號。」

秦大人只是開個玩笑，倒沒有真的相信魏平會收什麼好處。相識兩、三年了，他是個什麼人，自己還是清楚的。

「那魏平你說說，這姊弟三人應分往何處？」

若是一般會說話的人聽到自家上官說這話，便該說一句一切皆由大人做主，但魏平實誠，既然大人都開了口，還真就想上了。

他上前幾步，認真將能接納災民的幾個地方看了看，指著最後面道：「不如就分到這霞灣裡的幾個村子吧！」

秦大人頓時笑了。「你小子還真是有眼光。」

霞灣乃是主城附近的一處海灣，比起偏遠的貢源縣自然是好得多。單是進城的路便要近了一半，更別說霞灣海貨充裕，勤快些是餓不著肚子的。

秦大人想了想，玉氏姊弟三人年輕又未婚配，分去霞灣也不錯，那個地方陽盛陰衰，正是該多分些女子過去。

原本他是打算從那些孤家寡人的女子裡挑些分過去的，不過魏平難得開一次口，加上這一家也無妨。

於是玉竹一家就這麼被分到了霞灣的上陽村。

拿到自家的新戶籍時，姊妹仨看了很久。雖然兩個小的並不識字，但長姊認識，會讀給她們聽。

「霞灣，上陽村……這個地方是哪裡呀？」

姊妹仨一臉茫然，還是玉玲機靈，跑出去打聽了一圈，回來後，興奮得雙眼都在發光。

「長姊！他們說是個好地方，離城裡也近。」

聽了妹妹的話，玉容安了一半的心。剩下的一半，那得到了地方看看是何情況才能放下。

發了戶籍的第二天，就有官府的人來領著災民去新家。那些不願意落戶淮城的人和玉竹她們並不在一個大營安置，也不知道他們是做何安排。

兩日後，姊妹仨終於聽到上陽村的名字，立刻整理了包袱，跟在領路的典吏後頭。和她們一起的還有好些女子。玉竹粗略數了下，居然有四十來位；男子也有，不過多是女子的親眷，根本沒有單人的。

看來分到的地方很少女子。

玉竹的猜想很快便得到了證實。一路上，那位蔡典吏詳細介紹了上陽村的位置、大致人口，還有她們去後如何安置。

「村中有些空置的房屋，村民們已經收拾出來了。有戶主的呢，等一下去抽籤選屋子。沒戶主的呢，也抽下籤，六人一屋，都是分配好的。還有個情況……」

蔡典吏轉過身，看著幾十個正值妙齡的女子，正色道：「村中未婚的男子不少，若是妳們有相看上的，可以直接上報給里君由他配婚，或是讓男子家中長輩遣了媒人上門提親。若是年滿二十還未成婚，便得從村裡分配的屋子搬出去，由官媒直接配人。」

所有女子都低著頭沒說話，對這樣的要求彷彿並沒有反對的意思。唯有玉竹如遭雷劈，呆了好久都沒有回過神來。

年滿二十沒有婚配，就要由官媒直接配人？這是什麼喪心病狂的規定！

玉竹慵慵的，提不起精神來。

她知道這裡不是現代，除非願意遁入空門，否則不婚便是異類。便是自己在現代的時候，四十不婚也遭受了不少的指指點點，何況是這封建古代。

玉容瞧著她精神不太好，還以為是身體哪裡又不好了，抓著她前前後後地摸了個遍。還是玉竹最後自己想通了。

她現在才四歲，離二十歲還有十六年，現在發愁那規定實在是太早了些。船到橋頭自然直，誰知道十六年後會不會改變規定呢？

玉竹想通了，這才有心情趴在長姊肩頭看著周遭環境。

越看便越是滿意。

初時一聽到霞灣，她便有種預感，新家會是在一處海灣內。眼下走在這路上，聞著略帶鹹腥的海風，看著遠處那片大海與沙灘，整個人都興奮起來。

這就是她熟悉的生活環境！

和玉竹的興奮相比，其他人就沈默多了。她們從來沒有來過海邊，看著眼前的路，心裡一片茫然。

在這裡能吃飽嗎？上陽村的人好相處嗎？自己能在這裡扎根嗎？姑娘們懷著惴惴不安的心情，跟著蔡典吏走到了上陽村的村口。

和玉竹預想的一樣，上陽村正是身處海灣之內的一座小村莊，面朝大海，背靠大山。繞過大山便能看到淮城城區，著實相近。

此時的村口已經站了好些來看熱鬧的人。最前頭的應當是上陽村村長，他的衣著最為乾淨整潔，捋著一把鬍子，看上去很是和藹。他身後站著幾個又高又壯的漢子，板著個臉，一臉凶相。

不過那村長一開口，玉竹就驚了。

「哎呀！蔡典吏，怎麼帶了這麼多張嘴來？天！還都這麼瘦弱，咱上陽村窮啊！秦大人也不體諒著些！」

一邊說，還一邊用嫌棄的眼神將一行人打量了一遍。

姑娘們面皮薄，聽了這話都紅著臉低下了頭。玉竹就是娃娃，臉皮也厚，才不管什麼好不好意思，睜著大眼仔細觀察著眾人。

看熱鬧的大多數都是些孩子，儘管身上的衣衫破舊，可臉色紅潤、精神抖擻，沒有吃不飽飯的愁鬱感覺。而且雖然這村長嘴上嫌棄她們，眼裡卻流露出了歡喜，顯然是對來到的這些姑娘很是滿意。

既然滿意，又為何嫌棄？

不過，她很快就知道了。

村長一臉愁容地拉著蔡典吏講了半個時辰，終於磨得他應下了，新農物的種子到了，會再多給上陽村一份。

好不容易擺脫了陶村長，蔡典吏抹了一把額頭上冒出的冷汗，直嘆大人神機妙算。若不是大人事先交代，他哪裡敢就這樣答應陶村長。

「陶村長，你看這事談好了，是不是該帶人去安置了？」

「自然自然，村裡頭的屋子都準備好了。」

陶村長又恢復了那和藹的樣子，朝身後一招手，立刻就有兩個漢子走了出來。

兩個憨漢想幫姑娘們拿包袱，卻又不會搭話，直接伸手去拿，嚇得姑娘們以為是要沒收家當，一個個花容失色。

陶村長沒好氣地瞪了兩個兒子一眼，把人叫了回來，讓自己的老婆子帶人往空屋那邊走。

蔡典吏和陶村長走在人群後頭，交流了下這些人的情況，還有該給陶村長的一些資料證明。

交代完事情，兩人便把這裡頭僅有的四戶人家叫了過來，玉竹三姊妹自然也在其中。

「這屋子嘛，都是村裡人身後留下的，有好有壞。為免你們覺得不公，便抽籤分屋子，抽到什麼就是什麼，可不許吵鬧。」

陶村長手裡握著四根竹籤，走到玉竹一家跟前。

「當家的都過來抽吧！」

玉容轉頭去瞧玉玲，如今戶籍上當家的可不就是二妹嗎？

「妳快去抽。」

玉玲略有些心慌，伸手乾脆把小妹抱了過來。

「我抱小妹去，讓她抽，我緊張。」

第五章

玉玲抱著妹妹去抽籤的時候，已經有一家抽了出來。她雖不怎麼識字，但百以內的數字長姊都教過她，那家人抽的是個二。

也不知這二是好是壞，希望小妹運氣好些，能抽到最好的屋子。

「小妹，來伸手，隨便抓一個。」

玉竹頓感壓力。萬一她手氣差抽到最差的屋子怎麼辦？

「小妹，伸手抓呀！」

玉玲催促了兩聲，玉竹一咬牙，閉著眼睛隨便抽了一支出來。

「四……」

姊妹倆面面相覷，不知這四究竟是好是壞，只能先站到一旁，等著另外一家抽完。

四家人很快就抽完了，陶村長也沒說誰家的房屋最好，而是直接找了村裡人帶他們去了自己的新家。

玉竹趴在姊姊肩頭，一眼不錯地記著村子裡的路。對自家新分的房子很是期待。

之前還在城鎮裡時，她看過那邊的房子，幾乎都是用泥磚砌的，一眼望去，全是灰撲撲的一片。城鎮都那樣了，她還以為村子裡會是土坯茅草屋，一下雨，牆面就像是巧克力融化了似的。

卻沒想到這上陽村大多都是以石頭為牆的房子。有的是一整間房子都是石頭壘的牆，有的是一半石牆、一半土坯，也有的是大半。至於為何會這樣，她不清楚，但能有石頭屋便是驚喜了。

住在近海邊，本來最好便是用石頭蓋屋子，那樣的屋子不怕風吹雨淋，就是颱風來了也是不懼的。希望自家分到的屋子，能是間石屋。

許是老天聽到了玉竹的呼喚，那帶路的村民竟然真的在一棟石屋前停了下來。

「你們抽中的就是這間房子了，雖然小了些，但還是要比那些加了泥胚的房子好。」

玉竹粗粗估算了下，兩間屋子加起來差不多有近十八坪，加上門口的一小塊空地差不多有二十，住姊妹仨是綽綽有餘的。她倒是喜歡這樣小而精緻的房屋，一家人擠在一塊兒，很是溫馨。

送她們過來的漢子見三人面上並未露出厭棄之色，心下也是鬆了許多，正要轉身去找村長回話，又想起了什麼。

「對了，傍晚要在那邊的沙壩上集合，每家只要去一人，村長有話要交代。」

「知道了，多謝！」

奔波勞累了這兩月，終於能有個家清清靜靜地休息，姊妹倆一送走人便忍不住抱在一起，歡喜地蹦跳個不停。興奮勁過去了，姊倆才想起妹妹，連忙把玉竹從背上放了下來。

姊妹三個仔細把房子前前後後都看了下，心裡滿意得不行。雖然能住的房間只有兩間，但姊妹仨是夠住的。而且這牆、這屋頂一看就是新補的，地也弄得很平整，已經很好了。

再看兩個房間，也是收拾得乾淨，只是小的那間是真小，搭了一張簡易床板就占了一半空間，牆上也只開了一個小口透氣，若是不開門的話，房間裡頭大概很是昏暗憋悶，只能做睡覺之用。

另一個房間比較大些，窗子也開了兩個，是個臥室加廚房的結構，角落裡依舊有一張搭起來的床板，屋子中間卻挖了一個四四方方的淺坑，坑裡有被柴火熏灼過的痕跡，旁邊還放著兩堆柴火和兩只大小不一的陶罐。

玉竹沒見識過這樣的廚房，很是新鮮了一會兒。兩個姊姊對這裡也是非常滿意，臉上的笑就沒落下去過。

「長姊，這裡有陶罐，我去隔壁問問水在哪裡，借點火來，咱們煮些黍米粥吃吧！好久都沒有吃到過熱食了。」玉玲眼巴巴地看著長姊，玉容頓時一陣心軟。

要說逃荒這兩月來最辛苦的就是二妹，吃得最少，幹得最多，難得見她主動要吃點什麼，玉容想著怎麼也該滿足下妹妹。

「去吧，拿兩個銅貝去，看看能不能找村民買幾個陶碗。」

話音剛落，就聽見外頭有人在叫她們。姊妹倆疑惑地抱著小妹迎了出去。

「您是……」

「我呀？我是住在你們旁邊的那家人。我男人姓陶，村裡人叫他陶二叔，你們叫我陶二嬸就行了。早就聽說你們要來了，這屋子還是我收拾的呢。剛才瞧著小豆兒領你們過來，想著你們肯定缺著東西，就給你們拿了點來。」

陶二嬸圓乎乎的臉上滿是和善，教人一看便心生親近。姊妹仨瞧著那籃子裡又是碗、又是米、還有魚的，哪裡好意思收下，連忙推託著說不要。

「陶二嬸，心意我們姊弟領了，但東西真不能收。不過我們家的確缺碗，您要是願意，我們想拿銅貝跟您買。」一聽這話，陶二嬸臉上的笑不像之前那樣，卻是更真情實意幾分。「就幾個碗買什麼買，咱們以後可是要做好長時間的鄰里呢。你們剛來，缺的東西多，我也不能一一給你們補齊，就只能送兩個碗、抓一把米，還有兩條自己抓的小魚。要是你們心裡實在過意不去，等安頓下來，日後做點北方的吃食讓我嚐個新鮮可好？」

話都說到這份上了，玉容知道再拒絕就不好了，只得雙手接過了東西，連連道謝。

這樣好的鄰里讓她對落戶上陽村那虛飄飄的心倒是踏實了幾分。

說了會兒話後，陶二嬸看出玉容姊弟的不自在，心道這才剛認識，確實不太好過於熱情，於是便拿了空籃子說要回去侍弄家事。眼瞧著她都要走到門口了，玉玲才想起，跑上前去追問道：「陶二嬸，這附近有清水嗎？我想去打些水回來。」

「當然有，你瞧見咱這後頭的那座山沒？」陶二嬸指了個方向。村後不遠便是群山連綿，她指的正是最高的一座。「那座山下有條小河，流過咱們村後直通大海。咱們村裡的人洗衣做飯、平時用的清水都是在那河裡打的。你朝著那山的方向直走過去，很快就能看到一條溝，那是前些年村裡人從那河裡挖出來的小埡口，在那兒就能直接打水了。」

「多謝陶二嬸！」玉玲興沖沖地拿著陶罐就跑了出去。

逃荒的這一路，姊妹仨就只有一個水囊，平日裡省了又省都還是不夠喝。她已經很久沒有痛痛快快地洗過手、喝過水了。

照著陶二嬸指的方向，玉玲一路小跑，拐過一棟房屋時沒收住力道，和一個挑水的男人撞到了一起。

那男人身強體壯，被撞了也只是微微一晃，連桶裡的水都沒灑出一滴。玉玲就慘了，直接被撞得退了好幾步，跌坐在地上。

為著不摔了懷裡的陶罐，她硬是沒撒手去撐著，右邊的手肘頓時擦紅了一大片。

「你怎麼樣？沒事吧？」

陶木放下肩上的擔子就去拉人，玉玲習慣地避開了男人的手，自己爬起來。

「謝謝，我沒事。方才對不住，是我走得太急了。」

她這一起身便讓陶木看到了這張陌生的臉，立刻反應過來。

「你是從北邊逃荒過來的吧？我聽娘說，你們差不多就是這幾日過來了。你要打水是嗎？直接在我桶裡打吧，省得再走一段路。」

「不、不用了……」玉玲拒絕的話才說個頭，那人就已經拿了她的陶罐，倒滿了水。

「小兄弟叫什麼名字啊，我叫陶木。咱們村大多都是陶姓，哦！就是這個陶罐的陶。我娘總說我一生下來就呆呆的，所以才給我取了這個名字。」

「我叫玉林……」

玉玲才開了個頭，那抱著兩陶罐的陶木便興奮地轉頭問她。「是山林的林嗎？」

「正是。」

「欸！那咱們可真是有緣。玉小兄弟，你分到哪裡了，我幫你把陶罐送回去吧，你手都受傷了。」

他不說還好，一說玉玲便感覺手肘一陣刺痛。不過再怎麼痛，她也沒嬌弱到連兩個陶罐都拿不動。

「不用了，你這還挑著水呢，趕緊回家去吧，我自己能回。」

說著她便上前去接兩個陶罐，只是手實在痛得很，接陶罐的時候抖了下，灑了點水出來。

陶木一見，手裡的陶罐就怎麼也不肯給她了。

「你受傷了，別逞強，我幫你送回去。左右都是在村裡，也沒多遠的路。」說完，不等玉玲開口便抱著兩個陶罐往村子裡走。

「欸！你的水桶還在這兒呢！」

「沒事，不會有人拿的。」陶木連頭都沒回一下。

玉玲叫不回他，只能跟上去給他指路。誰知指了新家後，這大個子更加興奮了。

「原來住在我家隔壁的就是你們啊！看來咱們還真是有緣。難怪我一見你便覺得親近。對了，你們是從北方來的，咱們這邊的活你肯定都不懂吧，日後你可以跟我一起，我教你抓魚撈蝦養家。不過，你會泅水嗎？我還是先教你泅水吧！咱們海邊的男兒可不能不會水。」

上陽村的人都這樣熱情的嗎？

第六章

一路上，陶木的嘴就沒停下來過，不知道的人還以為他是個話癆。

其實他平時話少得不行，尤其是看到姑娘家，更是一句話都說不出來，為此他娘沒少帶他去看大夫。所以一看到門口的玉容時，老毛病就又犯了。

玉玲不知道他這毛病，只感覺終於清靜了，連忙上前道謝，拿回了陶罐，簡單道了別就抱著陶罐去找長姊煮粥吃。

陶木張了幾次嘴，硬是沒說出話來，只能悻悻地調頭回去挑水。等玉容聽到妹妹回來的動靜時，就只看到了個背影。「那是誰？」

玉玲笑著答道：「他說他叫陶木，住在咱家隔壁，興許就是那陶二嬸的兒子吧？是個挺熱心的人。」就是有些可惜今天都沒能去到水邊，好好地洗上一洗。

「妳的手怎麼回事?!」玉容臉色大變，捧著妹妹的手心疼得很。「快過來洗洗傷口。」

玉玲手上的擦傷並不是很嚴重，只是剛剛才受的傷，滲血瞧著有些嚇人。姊妹倆這一路幸苦，磕磕碰碰的傷是經常有的，也知道這傷口一會兒便會止血。所以玉容心疼是心疼，倒沒有太擔心。

問清楚緣由後，她才狠狠地戳了戳妹妹。

「妳傻呀！兩個陶罐摔了就摔了，哪有人重要。妳說妳這手要是摔出個好歹可怎麼好！」

玉玲捂著腦門連忙認錯，抬眼看了下周圍，疑惑道：「小妹呢？怎麼沒聽到她的聲音。」

「她剛剛睡著，讓我放到小屋裡了，免得等一下咱們燒火做粥吵醒她。」

玉容抱著兩個裝了水的罐子回到大屋裡，從陶二嬸送的一堆東西裡拿出兩個打火石來。方才那位陶家二嬸還真是個細心的人，拿來的都是她們最緊缺的東西。

這一來就欠了人情，唉……

怕吵醒妹妹，姊妹倆煮個粥都是輕手輕腳的，說話也是儘量壓低聲音。

黍米粥很快便熬好了大半罐，但玉竹依舊沒有醒來。

玉容進屋摸了下她的額頭，沒見發燙，看來只是睡熟了，便沒叫醒她。姊妹倆留了小半罐給妹妹，自己一人倒了一碗黍米粥，十分珍惜地慢慢吃了個乾淨。

吃完了，看著只剩幾日口糧的袋子，玉玲又後悔了。

「這點黍米只夠吃五、六日，方才該少煮些的。」

「方才是誰說好餓想吃黍米粥的？妳若早些說，我便煮黍米湯了。」

玉玲想到之前自己那饞樣，笑了出來。「長姊，我瞧著這上陽村還挺不錯的。那陶木說要教我泅水捕魚，說是學會了就能養家了。」

「可是泅水……」

玉容有些不願意。教人泅水，那必定會有身體接觸。儘管妹妹在外是以男兒身分示人，可她畢竟還是女兒身，日後總是要嫁人的。

玉玲知道姊姊在擔心什麼，卻是毫不在意。女子又如何，這一路逃荒，她並不遜於任何男兒，甚至比大多數的男人都強。只要自己看重自己就行了，那些虛無縹緲的日後，誰知道會是個什麼情況呢？

「長姊，我既報了咱家是二女一男，就沒想過嫁人這回事。從今往後，妳就只有一個弟弟，別再去想那些貞潔、規矩。那些東西對我來說，還沒一碗黍米粥重要。」

聽到妹妹這話，玉容臉色微變。

逃過荒，吃了這一路的苦，她當然明白妹妹這番話的意思。自己又何嘗不是呢，人都快餓死了，還在意那些東西做什麼？

眼下最要緊的便是把日子過起來，把小妹的身體養好。她跟二妹都長大了，吃得起苦，可小妹還那樣小，從生下來就沒好好餵養過，還被奶奶丟到山裡餓了兩日，逃荒這一路又是吃草嚥菜的，明明都四歲了，腿腳還沒力氣走路，每每想起便叫她心痛難當。

「我明白了，妳只管去吧。玉玲長大啦，日後可是咱家的頂梁柱。」

玉容摸摸妹妹那亂糟糟的頭髮，轉過頭，悄悄擦去了眼角的淚水。

姊妹倆沒有傷感多久，畢竟剛安頓下來還有很多事要做。

逃荒的時候自然是穿得越髒越好，可現在都住進村子裡，自然不能像之前那樣，姊妹仨本身也是極愛乾淨的人，可得好好洗衣服。

玉竹睡了一覺，醒來精神大好，感覺身上都有了力氣。她試探著翻下床板，想自己走出去，結果腳一沾地便軟了下去。都四歲了，這樣可不行。玉竹捏捏自己的小胳膊，默默嘆了口氣，只能認命喊姊姊進來幫忙。

「長姊……」

「來了、來了，怎麼摔地上啦？疼不疼？」

玉容抱起小妹便去掀她的衣服，前前後後地檢查著。

「長姊，不疼，我想自己走才摔的。」

軟軟的兩條小胳膊往玉容脖子上一摟，玉容便心軟得一塌糊塗。

「乖啦，日後不許這樣，有事喚長姊抱妳就行了。等我們小玉竹多吃點東西，長大了有力氣再自己走，知道嗎？」

玉竹乖乖點頭，由著長姊抱了出去。

出了房門才發現天已經暗了，沒想到她居然睡了整整一下午，難怪肚子又餓了。

她正想著，就看到長姊拿著陶罐，往碗裡倒了大半碗的黍米粥。

玉竹瞧得眼都直了，一個勁兒地嚥著口水。

黍米粥！

自從她到了這副身體裡，還從來沒吃過一點像樣的飯食。之前最好的飯食也就是一點黍米加上野菜煮的湯水，米粒極少，野菜也極少，唯有湯水多得不得了，吃一頓很快就又餓了。長姊今日怎麼捨得煮成粥了？

「跟妳二姊一個饞樣。來，坐好了，長姊給妳餵。」

玉容笑著把妹妹放到一塊平整的石頭上讓她坐著，自己蹲在一旁給她餵粥。

儘管只是簡單的白粥，玉竹卻吃得很是滿足，滿漢全席都比不得眼前的這碗黍米粥。

「長姊，二哥呢？」玉竹看了一圈也沒看到人。

「她去沙壩那邊聽陶村長說話了，一會兒就回來。妳呢，吃飽了吧？」

「吃飽啦，肚子都裝不下了。」

玉竹還拍了拍自己的肚子，很認真的樣子。玉容笑著捏了捏妹妹的臉，起身去把碗給洗了。

陶罐裡還剩下一點點的黍米粥，大概半碗左右，原本她是想留著給小妹晚上吃的，可是想想二妹那瘦小的身子，心裡就一陣發酸，便往那粥裡加了水，又把陶二嬸給的那兩條小魚弄乾淨了，放進粥裡一塊兒煮。玉竹就坐在一旁瞧著長姊做飯。

粥裡加水顯得多些，她理解，可這生魚直接往裡頭放，是什麼操作？一罐粥都要腥了吧！

不過，這做飯的地方簡陋，鍋碗瓢盆更是少之又少，就是想單煮魚湯也沒那些器皿，也只能這樣做了。

玉竹摸了摸肚子，脹得很，正好晚飯不用吃，把魚都給姊姊們。

等玉玲回來的時候，就瞧著一大一小兩個人坐在門口，眼巴巴望著自己，那一瞬間真是心口脹得滿滿的，再多迷茫、再多害怕，都被她忘到了腦後。

她現在可是當家的呢，得立起來，保護長姊和小妹。

「二哥。」

玉竹朝她張手要抱。玉玲熟練地將小妹抱進懷裡，一通亂揉。

「長姊，方才我去沙壩那邊聽事。陶村長說知道咱們剛來，屋子裡要添的東西很多，所以明日可以借車給我們，一家去一人，到城裡買東西。」

「啊？當真?!那可太好了！」

玉容兩眼發光，已經開始琢磨起自家如今最該買的東西。姊妹倆商量了一會兒，決定先買點廚具，還有薄被，若是有黍米也可買些回來。

「那我明日把錢給妳，妳去吧。」

玉玲搖搖頭。「明日我得跟著隔壁的陶木去學泅水。陶村長說了，最多只能學半月，若半月學不會，就只能在村子裡和女人們一起織網、補網，不能上船了。」

「上船?!」玉容下意識抓緊二妹的手。「不能上船，很危險。」

玉玲沈默了下，沒有應。

「長姊，我知道爹是在船上出的事，妳不放心，我理解。但村子裡不是那樣的船，只是小小的漁船。我去瞧過了，一船兩、三人，行得也不遠，稍微會些水便出不了事的。」

玉竹坐在二姊懷裡，看看這個又看看那個，總覺得自家有故事得很，偏偏姊姊們又不肯多說家裡以前的事。

現在只曉得爹坐船出了事，娘還活著卻走散了，其他情況一概不知。

第七章

因著上船這個沈重的話題，家裡少了幾分歡樂，就連那加了魚肉的黍米粥都沒能讓長姊露出個笑容來。

玉竹少不得當起了調和劑，一會撒嬌哄哄這個，一會又耍寶哄哄那個。好在天很快全黑了，家裡沒有油燈，大家又累了，便都早早上床睡覺。

姊妹仨擠在大屋的床板上，雖是硌人得很，心裡卻很踏實。

等玉容起床的時候，玉玲已經把兩個屋子打掃乾淨，兩個陶罐也打了新的水，就連昨日睡前換下的衣服也全都洗好了。

「長姊，鍋裡我煮了點黍米湯，加了些咱們之前剩的野菜，妳們等一下記得吃，我已經吃過了。陶木剛剛來叫我，我得跟著他去學泅水了，所以待會兒去城裡買東西就得妳自己去啦。」

玉容還迷迷糊糊的，聽到妹妹這一番叮囑，等回過神來時，家裡哪還有妹妹的身影。

這丫頭真是……

忙活了好一陣，姊妹才把飯給吃了，正收拾著東西準備去村裡集合呢，就看到隔壁的陶二嬸推開籬笆走了進來。

「玉容，妳待會兒是不是得去城裡買東西？」

「是呀，嬸兒也要去嗎？」
陶二嬸搖搖頭道：「我家是每月去一次，這還不到時候呢。我來是想問妳，去的話，要不要把妳妹妹放我家，我幫妳照看，這樣買東西什麼的也方便。」
「幫我照看？」
玉容一時有些猶豫。
把小妹交給陶二嬸，她自然會輕鬆很多，可她才剛落戶這裡，和陶二嬸不熟悉，就這樣把小妹交給她，實在有些不太放心。
陶二嬸看人厲害得很，哪裡不知道她在擔心什麼。
「妳放心，這是村長交代下來的，等一下妳也可以去問他，是他叫我幫妳照看半日。也不是在家，我還得去沙灘邊挖蛤蜊，到時候好多人一起照看她。」
一聽到去沙灘挖蛤蜊，玉竹本不情願的心立刻興奮起來。
「長姊，妳去買東西吧，玉竹不去。」
她只差把「我想去沙灘」寫在臉上了。
玉容沒好氣地捏了她一把。小沒良心的，她那麼不放心是為了誰？結果她還不願意跟著自己。算了，就讓小妹留在家裡吧，這樣自己也能拿更多的東西。
「那就麻煩嬸兒了，我買了東西很快就回來。」
玉竹被小心翼翼地放到了陶二嬸的懷裡。
陶二嬸盼了多年的孫兒不得，看見小娃本就眼饞，更何況是抱在懷裡，這小小軟軟的，就是瘦得很，看了心疼。

「真是個招人疼的。玉容，妳放心去吧，我保准將小玉竹照顧好，頭髮絲都不會少一根。」

「長姊早點回來，我會想妳的！」

玉竹依依不捨地揮揮手，由著陶二嬸把她抱出了門。

這還是逃荒以來三姊妹頭一次分開，玉容心裡悶得難受，可村裡的車還等著呢，她也不敢拖沓，趕緊拿了家裡的存銀出去。

之前從家裡逃出來，她只找到了娘平日存放銀錢的地方，一共只有十五銀貝。按理說，家裡存銀不該只有這些，不過爹過世的喪葬事宜都是由娘操辦的，估計家裡的錢都花得差不多了。

也不知道娘被賣走的時候，身上有沒有帶點銀貝……

驟然想到娘親，玉容難免心傷，眼不自覺便紅了些。她不想讓人瞧見，低頭偷偷把淚都擦了，正要去到牛車前，迎面突然走來一人狠狠撞了她一下。

是個上了年紀的婦人，頭上纏著塊又髒又破的布，臉上的皺紋裡也是黑得嚇人，一看就是長年不洗臉的人。

村子裡又不缺水，懶成這樣，玉容很反感。不過她不認識這人，避開就好。

不等她往旁邊讓，那老婦人莫名狠狠瞪了她一眼，然後朝她呸了一口口水。幸好玉容躲得快，不然那口水真就吐到她衣衫上了。

「妳幹麼?!」

玉容對家裡人軟，在外卻是個小辣椒，從來就不是個會受欺負的主兒，要不然也不會在知道奶奶丟了妹妹、賣了娘後，直接帶著玉玲砸了那一家，又帶著妹妹們逃荒出來。

不管這老婦人是誰，莫名其妙衝她吐口水就得問個清楚。周圍的村民不少，若自己剛來便忍氣吞聲，人家還當自己一家好欺負呢！

「不許走，妳給我說清楚，憑啥朝我吐口水？」

玉容抓著人不放，那老婦人也沒多大力氣，更沒想到這小丫頭會不依不饒。

「妳鬆開！不要臉的臭丫頭！」

老婦人嘴裡罵罵咧咧的，奈何力氣沒有玉容大，怎麼掙也掙不脫。兩人在這兒糾纏著，牛車旁正交代著事的陶村長自然也看到了。

待看清罵人的是誰後，眉頭立刻皺了起來。

「大牙，去海邊把山兒叫回來，讓他把他娘領走。」

陶村長身後那個齙牙男人聽話地立刻就往海邊跑，自己則是走到兩人面前。

「田氏，我記得已經跟妳說得很清楚了。妳那老二是妳當年死活要過繼出去的，關係也早就斷了個乾淨，他的房子自然就沒妳的份。如今他死了，又沒個後人親戚，村子就有權收了屋子分給新落戶的人。妳有意見便去城裡告狀去，看看秦大人會不會將那屋子發還給妳！」

陶村長笑起來是一臉和藹，凶起來一身的氣勢也不可小覷，連玉容有那麼瞬間都被震撼到了。

原本還罵罵咧咧的田老太太彷彿有些害怕他，從他過來便一個字也沒再說過。最後在陶村長的壓迫下，只能不情不願地給玉容服了個軟。

玉容也沒揪著不放，看在陶村長的面上便當這事過去了。

「是個好姑娘，待會兒跟著牛車出去買東西，記得先問過趕車的蔡老頭。他對城裡買東西的地方熟，哪裡有好貨、哪家坑人，一問他就知道。」

「多謝村長。」

玉容帶著有些興奮的心情坐上了牛車。

此時，海灘邊的玉玲已經練得精疲力盡了。

她從來不知道，原來泅水居然比走路還累，這才練了半個時辰不到就手軟腳軟。

「林子，要不我給你捏下吧？捏了會沒那麼累。」

陶木走到玉玲身邊蹲下，試探著想伸手，被玉玲直接拒絕了。

「不必，我感覺好多了，可以繼續下水。」

她要強得很，站起來便往海裡走。陶木無法，只得寸步不離地跟著她，糾正她的姿勢，教她憋氣的各種竅門。

玉玲聰明，吃了幾次虧後，泅水便開始有模有樣，再沒嗆過水。不得不說陶木這個師傅教得極好，多虧了他，自己才能學得這樣快。

她這邊忙活著練泅水，那頭，玉竹也來了海灘上。

因著馬上就要退潮，一退潮，海灘上能吃的小東西簡直不要太多，一大堆的婦女、孩子都拿著工具、提著自家的簍子趕到沙灘上。

陶二嬸也帶著玉竹來了。

她倒不是為著那點吃的，家裡兩個大兒子，男人也是正值壯年，平日裡家裡就沒斷過魚蝦，日子在村子裡算得上挺好了。她來沙灘純粹就是帶玉竹來玩的。

玉竹都這樣大了，還沒力氣走路，有一部分原因是吃得太差，還有也是經常揹著抱著，沒有鍛鍊過。

她想著沙灘乾淨，由著小玉竹在上頭挖蛤蜊玩，讓她先學會爬再說。

「來，小玉竹，到二嬸這裡來，這裡有個好漂亮的蛤蜊，快過來挖牠！」

陶二嬸半跪在沙灘上，指著自己面前被刨一半露出的蛤蜊誘惑著玉竹。

玉竹眨眨眼，低頭看著自己屁股旁邊的沙灘，伸手刷刷刨了兩下，一個更大的蛤蜊露了出來。

第八章

「小玉竹真厲害，藏在沙子裡頭的蛤蜊都被妳找到了。」

陶二嬸毫不吝嗇地把玉竹一頓誇，然後從自家的大簍子裡拿出一個小布袋遞給玉竹。

「嬸兒知道玉竹聰明懂事，這個袋子給妳裝蛤蜊用。只要是玉竹自己挖的蛤蜊，都可以帶回去給姊姊。」

「真的嗎？可以都拿回去？」

玉竹緊緊抓著袋子，眼巴巴地望著陶二嬸，希望她說話算話。

「自然，大人怎麼會騙小孩呢？」

陶二嬸覺得好笑。這還是她頭一次見到這樣一本正經和她說話的小娃，明明才四歲，瞧著說話的樣子卻像個大人。

「好啦，來，嬸兒教妳怎麼找蛤蜊。這東西退潮的時候都藏在沙灘下，可多了，咱們挖上一簍子回去，能煮一大罐的鮮湯呢。妳長姊看到了，一定開心。」

玉竹當然知道蛤蜊有多好。但她不能一來就表現得跟個老江湖似的，只能跟在陶二嬸後頭認真學，假裝自己領悟得很快。

於是，不到半個時辰，她就出師了。

陶二嬸這下是真驚訝了。四歲的小娃居然有這麼聰明嗎？只教了幾遍就記住了，還有耐心一直窩在沙灘上刨蛤蜊。

要知道，村子裡和玉竹一般大的娃都是滿海灘的跑，就沒個安安靜靜坐下來幫大人做事的。玉家這小娃，乖得讓人想把她搶回家去。

退潮後的沙灘裡藏著許許多多的蛤蜊，這也是沿海漁村重要的口糧之一，若不是海物難存，只怕就這些蛤蜊，村裡人就能賣好多錢回來了。

不知道是不是自己的錯覺，陶二嬸總覺得玉竹刨的蛤蜊都比自己的大。沒等她細看，那小丫頭就收了口袋。應該是錯覺吧？

一上午很快過去，退下去的潮水也慢慢漲回來。村民們都領著孩子一個個開始往回走。

玉竹被陶二嬸抱在懷裡，也回了她家。路過自家小石屋的時候，她看了眼，長姊沒有回來，二姊也沒有回來，只好先去陶家等著。

陶二叔坐在自家院子裡，正在整理麻網，一抬眼，突然瞧見妻子懷裡抱了個小娃回來。

「喲，這是從哪兒偷來的小娃？」

陶二嬸兒沒好氣地瞪了自家男人一眼。

「偷什麼偷，這是隔壁新落戶的玉家小娃！人家有名字呢，叫玉竹，多好聽。」

「隔壁姓玉啊？」

「我昨晚才說過，你今日就不記得了？好哇！果然是沒把我的話放心上！」

陶家頓時一陣雞飛狗跳。

真熱鬧，真有生活氣息呀！玉竹感慨了一番，抱著懷裡那袋蛤蜊，老老實實地坐著看戲。

好在陶二嬸還記著自己。「小玉竹來，嬸兒抱妳去洗洗，咱們不跟他玩。」

玉竹乖乖點頭，手裡的蛤蜊袋子卻不捨得放下。

「沒事，拿著吧，等一下嬸兒給妳一起洗乾淨。等妳長姊回來，直接就能拿去煮了。」陶二嬸把玉竹抱了起來，回頭對陶二叔又是一副凶巴巴的樣子。「去拿兩個蛋給玉竹蒸一碗。」

她抱著玉竹去了自家的水缸旁，給她舀水清洗。別的地方都還好，沖一沖就乾淨了，但玉竹的屁股因為坐在沙灘上，難免被浸濕了一大塊。

「這會兒太陽大，嬸兒給妳把褲子換下來，一會兒就能曬乾了，好不好？穿著濕衣裳容易生病呢。」

玉竹雖然不想在外人面前脫褲子，但更不想生病。這副身體有多弱，她深有體會。

「謝謝陶二嬸。」

聽得陶二嬸心都要化了。

這要是自己的孫女該多好，那兩個不爭氣的東西今年必須成家！

眼饞孫女的陶二嬸抱著玉竹去了自己臥房，從櫃子裡頭翻出兩件自己穿舊的麻衣。那上頭破了兩個大洞，補也不好補，就這麼一直放著了，拿它給小娃改條褲子還是可以的。陶二嬸手巧，拿了針線剪子出來，刷刷幾下就剪出了個大概，縫就更簡單了。很快便做好了一條合身褲子，看得玉竹目瞪口呆。

「來，玉竹試試看。」兩人正準備試褲子，就聽到外頭傳來玉容的聲音。

「陶二嬸在家嗎？我來接我家小妹。」

不等陶二嬸答話，玉竹已經興奮地喊了一聲長姊。姊妹倆出來後，還沒分開過這麼長時間呢。

「玉容，妳先坐下，我馬上抱她出來。」

陶二嬸手腳麻利地幫玉竹換了褲子，這才抱著人出去。

玉容早上才給小妹穿的褲子，自然認得出來現在換了新的。

「嬸兒，讓妳幫忙照看玉竹已經是麻煩了，怎麼能再收妳的衣服？」

她想著拿銅貝買下來，陶二嬸又哪裡肯。

「不過是幾塊穿破的麻布，哪裡就值當著買了？我喜歡玉竹，這是我送她的。便是要還禮，那也等玉竹長大了自己還。」

玉竹很是贊同地點點頭道：「對，玉竹自己還。」

一本正經的小模樣逗得兩人都不由得笑了起來。

等玉容抱著玉竹回家了，陶二嬸才一拍腦門想起來，自家還給玉竹蒸了蛋。還有那蛤蜊，玉容定是不知要怎麼處理的。

陶二叔瞧著有些心酸。

「妳說妳這一天天的，不是操心著大的就是操心著小的，現在好了，又多了個操心的。人家小娃娃自有她姊姊照顧，妳老操心幹麼？」

滿載而歸的陶家兄弟一進門就聽到了這句話。「爹？什麼小娃娃？」

陶二叔想拉兩個兒子和自己一陣營，正要開口，老二卻已經被他娘拉走了。

「趕緊洗洗，娘有事讓你做。」

陶木聽話得很，立刻舀水簡單洗了下。「做什麼事？」

陶二嬸轉身從屋裡端了個碗來，裡頭是黃澄澄的蒸蛋。陶木下意識地嚥了下口水。

「娘我不吃，給大哥吃吧。」

「誰說是給你吃的，多大的人了還饞這口雞蛋？這是給隔壁玉竹的，方才她走的時候我忘了，你送過去。」

「玉竹？玉林的妹妹吧？我今日聽他提過，他很疼妹妹。」

陶木接過碗，想了想又把碗遞了回去。

「娘讓大哥去送吧，玉林還有個姊姊在家，我怕。」

七、八尺高的男兒卻怕女子，說出去都丟人。陶二嬸恨鐵不成鋼地推了兒子兩下。

「玉容那麼好的性子，她還能吃了你不成？再說我也沒有非要讓你跟她說話呀，你把蛋給玉林不就成了？讓你做點事，可真夠拖拉的！」

陶木不敢再推託，拿著蛋碗就要走，行至門邊瞧見大哥的簍子，頓時停了下來。

他想到玉林那瘦弱的身子，逃荒過來肯定虧得很；玉林是男兒，還要養家，那麼瘦怎麼行？

「娘，大哥今兒抓到了一條鱸魚，這東西沒什麼刺還補身體，要不一起送過去？」

陶二嬸愣了下，她這還是頭一次聽老二往外拿東西。

「別送了，你就拿過去問玉林姊弟要不要買。」

方才一條破麻褲子，玉容那丫頭就要掏錢了，這魚送去定是不會收的。她倔得很，但是個知恩圖報的人，鄰里街坊就是要住這樣的人才好。

陶木不明白為什麼一向大方的娘會捨不得送這條魚，但這魚本來就是大哥抓的，娘不開口，他也不好意思再說什麼。反正日後相處的時間還長呢，要送自己抓了再送便是。

他就這樣一手端著碗、一手提著魚去了隔壁。

也是他運氣好，這會兒玉容恰好在屋子裡頭做午飯，在屋前的只有玉林一人。

「陶木哥，你怎麼來了？」

「我娘讓我來的，說是給你妹妹蒸的雞蛋落下了。」

黃澄澄的雞蛋羹散發著一陣陣誘人香味，玉玲的眼不自覺看了過去。她記憶裡還有著雞蛋羹的味道，想想就讓人忍不住流口水。

「這我們不能要，你拿回去自己吃吧。長姊今日買了雞蛋，我們會自己做的。」

陶木見他不收，腦筋一轉，抬了下提著魚的手。

「這魚你們買嗎？剛抓回來的鱸魚，還是新鮮的，刺特少，還補人。」

玉玲一聽說不是送，這才仔細把魚打量了一番。可惜她對海物了解甚少，只聽說過蝦和鮑，鱸魚是什麼樣的還真不知道。

不過陶木這人實誠得很，應當是不會糊弄自己的。

玉玲有心想買，正想喊姊姊拿銅貝出來，就瞧著長姊抱著小妹出來了。

「鱸魚咱們買。陶木大哥，不知這魚價錢幾何？」

陶木一見玉容，便覺得彷彿有什麼東西堵住了嗓子眼，臉脹得通紅才擠出了幾個字。

「妳、妳、妳看著給便是……」

玉竹好奇地打量著這個叫陶木的人，發現他的目光只敢在二姊身上徘徊，根本不敢正視大姊，說話也是結結巴巴，全然沒有她們之前在屋中聽見的那般流利。

想來他應當是不太擅長和女子交流吧，只是這個樣子，不知道的還以為他是做了啥虧心事呢，不敢正眼瞧人。玉竹生怕長姊誤會了不想買魚，連忙又催促了下。

「長姊，魚、魚。」鱸魚可是很有營養的。

玉容本是不想買了，方才在裡頭也是聽小妹說要吃魚，她才出來的。結果這陶木一副心虛之態，那魚都說不好有沒有問題。

儘管陶二嬸為人看上去挺不錯的，可好竹還會出歹筍呢，她對這樣連目光都不敢直視的人實在沒什麼信心。

可……小妹想吃……算了。

「二十個銅貝如何？」

陶木連連擺手，二十銅貝都能買兩條這樣的魚了。

「那十五？」

玉容皺了皺眉頭。十五銅貝都能買上一斤肥肉了，若不是小妹想吃，她連問都不會問一句。

陶木急得汗都出來了，可他越是著急就越是說不出話來。姊妹仨都看出他有不妥，但也只有玉竹想到他害怕女子。

「陶木哥哥，十個銅貝可以嗎？」

玉竹開口給他解圍，陶木頓時鬆了一口氣，想也沒想就使勁點點頭，然後飛快把魚塞到了玉玲手裡。

玉容有些摸不著頭緒，但魚都拿了，只好從袖兜裡數了十枚銅貝出來遞給人家。

陶木接過十枚銅貝轉身就跑，彷彿後頭有猛獸追他似的。跑了沒多遠又跑回來，把雞蛋羹放到玉玲手裡。

「我娘看我拿回去會揍我的！」說完便跑了個沒影。

望著那碗還冒著熱氣的雞蛋羹，玉玲戳了戳長姊問她該怎麼辦。陶二嬸家就在她們家旁邊不遠處，只要長姊說不要，她就立刻端過去還了。

出乎意料的是，這回長姊卻沒說不要，而是叫她端進屋子裡。

玉容想得明白，剛到這裡才兩日，她已經拒絕過陶二嬸好幾次。人家一番心意，回回都不接受，再熱的心也會涼的。所以玉容收了這碗蛋，準備等一下做點家鄉小食回禮給陶二嬸家，正好今日買了不少東西回來。

「走！長姊給妳們做好吃的。」

第九章

姊妹仨回了屋子，裡頭已經飄起了一陣肉香。

當然，玉容是捨不得買肉的，她買的是沒有肉的骨頭。陶罐裡咕嚕咕嚕直響的，只是一鍋沒有肉的骨頭湯。

因為屋子裡沒有案桌，買回來的東西都只能擺在地上。那花費最多的兩床薄被已經放到了兩張床板上。

玉竹便是趴在新被子上，看著姊姊們整理東西的。

長姊買的東西可不少，有刀有碗有盆、幾雙筷子，還有一棵水靈靈的大白菜、一小把蔥和一塊……嗯？陶板？那樣子有些像團扇，她看不懂是做什麼用的。

旁邊還有兩袋糧食，不知道是粟米是黍米。聽二姊說，粟米要更便宜些，家裡應當是沒錢了的，可能是粟米。

玉竹瞧著二姊提了兩袋糧食去小屋，看樣子是打算放在床上自己親自看管。火堆旁就只剩一小袋從冀城領的黍米。

「長姊，妳要做什麼好吃的呀？」

「做點咱們小妹沒吃過的。」

玉容攪了攪骨頭湯，見湯色開始泛白了，滿意地把自己早就和好的黍米麵疙瘩一點一點加了進去。一邊加一邊攪，免得糊了。

玉竹看出來了，這是疙瘩湯。

這和她想像的生活有些不太一樣。她以為自家窮困潦倒，連黍米都吃不上的，結果長姊一出手買了這麼多東西，還煮疙瘩湯？

「長姊，咱家還有錢嗎？」

聽到小人兒用那奶音正經地問話，姊倆不知怎麼就想笑。玉玲拍了下身上的灰，走過去拉了拉小妹的手，笑道：「這呀是大姊跟二哥該操心的事，咱們玉竹呢，只要多多吃飯把身體養好就行了。」

玉竹懂了。

家裡確實沒什麼錢了，但一家子的身體在逃荒路上都虧得狠，尤其是自己，到現在還不能走路，所以長姊才捨得去買這些好東西吃。

「玉竹會乖乖多吃飯的！」

「咱們家玉竹最聽話了。這疙瘩湯還要涼一會兒，先吃些陶家嬸嬸送的雞蛋羹墊肚子吧。」

玉容端著雞蛋羹走過來，想像平日那樣給妹妹餵食，卻被玉竹拒絕了。

「長姊，我可以自己吃的。」說完她便拿過了勺子，穩穩當當地舀起一勺，塞進了一旁的二姊嘴裡。

還沒等兩人反應過來，玉竹又是一勺送進長姊嘴裡，再一口才是給她自己的。

陶二叔這碗蛋羹蒸的分量可是足的，別看他面上酸著妻子對玉竹的照顧，實際上也挺可憐玉竹的，打雞蛋的時候還多拿了個雞蛋敲進去。

姊妹仨一人嘴裡含著一口蛋羹，誰也沒捨得嚥下去，就這麼品了又品，才彎著眼滿足地把蛋羹吞下了肚。

「好久沒有吃到蛋羹了，真好吃！」

玉玲情不自禁地感慨，卻勾起了玉容的傷心事。

她又想起以前爹娘還在的時候。爹娘從不像奶奶那樣重男輕女，每日撿了雞蛋，都會蒸上兩碗雞蛋羹給自己和二妹，不然便是直接煮成白蛋，自己和二妹一人一個。

一個月裡，爹娘還會秤上幾次肉做給她們吃，那時候的日子真是幸福。

可惜小妹太小了，都記不住爹娘的臉，也沒來得及感受爹娘的疼愛，日後長大了，連個念想都沒有。

「長姊，怎麼哭了？」

玉竹看著碗裡香滑的蛋羹，有些不明所以。難道是雞蛋羹太好吃了？

「長姊沒事，就是開心，玉竹這麼小就知道疼姊姊和哥哥。」玉容笑著擦了淚，把那些情緒都收了起來。「二弟，去拿個乾淨的碗過來，咱們給陶二嬸家送一碗麵疙瘩去，請她嚐嚐味。」

玉玲應聲而去，很快地拿了個洗乾淨的碗來。她很實在，拿了個玉容買的幾個碗裡最大的，這一碗下去，陶罐裡直接少上一半。

的。

姊妹倆都是一樣的人。你對我好，我便對你更好；當然，若是欺負她，她們也不是好惹

玉玲端著疙瘩湯送去了隔壁家，陶二嬸歡歡喜喜地收下了，還給玉玲把碗洗了乾淨。看到那乾乾淨淨的大碗，玉容倒是有些不好意思。

陶二嬸比她想像得更為大方俐落，自己該向她學習才是。

「好啦，現在該咱們吃了。」

玉容把小妹抱到撿回來的石頭上坐好，轉身去舀了兩碗疙瘩湯出來。

熬得濃濃的骨頭湯裡浮著一顆顆黃色黍米麵疙瘩，裡頭還加了嫩嫩的白菜芯，再加上幾粒香蔥，那味道香氣撲鼻，聞著便教人胃口大開。

「長姊……」

這樣好的食物，就連玉玲都開始擔心起家中的存銀來。

玉容有些心酸，點了點二妹的額頭，笑道：「安心吃吧，長姊是那樣沒分寸的人嗎。我還留了五個銀貝，不會動的。其他的妳別管，先把身體養好要緊。」說完又想到了什麼，回頭把放在地上的一個袋子拿了過來。

「再說了，便是家中無銀錢了，這不還有小妹養家嗎？妳看看，就她這小手，去了海灘一上午便刨了這許多的蛤蜊回來。」

玉玲疑惑地探頭一看，好傢伙，還真多。再一提，少說也有兩、三斤的樣子。

「這東西能吃嗎？怎麼吃？真的都是小妹刨的？」

「當然是我刨的呀！二哥下次帶我去吧，沙灘上好多好多蛤蜊，聽陶家嬸嬸說還有別的海物，都是能吃的。以後玉竹來養家！」

小大人的一番話逗得姊妹倆笑得不行。

「還有長姊跟二哥呢，哪用得著妳養家了？才多大點啊，別操心那些。」

玉竹撇撇嘴，沒再說話。

自己現在走路都走不了，說其他的還太早了。等她能走了，一定可以幫著姊姊們養家的！

姊妹三個開開心心地把那半罐疙瘩湯吃了個乾淨。

下午的日頭很大，不過海風吹著，倒也沒那麼躁熱。玉玲力氣大，拿了屋子裡原有的農具把屋前的地刨了一半，才跟著陶木去學泅水。玉容便留在家中照看妹妹，等小妹睡著了再出來在那刨過的地裡撒上菜種、澆了水。

地裡的活以前沒少跟著爹娘做，今日去城裡，原本她還想買幾隻雞回來養，結果那賣雞的老伯籠子裡的雞都懨懨的，瞧著不太健康，便沒敢買。

不過先前去隔壁家接小妹的時候，她聽見幾聲雞叫。陶二嬸家養了雞，那村子裡養雞的應該也不少，倒是可以去找陶家嬸嬸幫忙問問村裡有沒有雞賣。

還有，家裡得買個水缸，回回都是玉玲抱著兩個陶罐去打水，很是不便。

玉容仔細琢磨了一遍，忍不住感慨錢真是不禁花得很。

今日只是買了些要緊的東西，便花去了三個銀貝，再買雞、買水缸，又是一筆錢出去。

等再過一月，天冷了，還得再添衣裳，想想就讓她著急。

這只出不進的，實在教人心裡不踏實得很。下回再去城裡得好好轉轉，看看有沒有什麼能夠賺錢的法子。

玉容是有份手藝在的。她性子穩重又有耐心，從小就跟著娘學了繡花製鞋的手藝，村子裡誰見了她都要讚一聲手巧。

也不知這淮城收不收那些繡花樣子。

玉容心裡沒個底，但那蔡大爺說了，下個月月初幾日還會帶村裡人去城裡買東西，到時候再進城打探清楚便是。

現下，她有點發愁該怎麼處理小妹挖回來的那袋子蛤蜊。

蛤蜊這東西，老家從來沒有見過，倒是見過村民從河裡撈過河蚌，跟這樣子長得差不多，就是個頭比這個大得多。

莫不是要跟河蚌一樣，先撬開了再取肉？這麼多，得撬到啥時候去。

玉容把蛤蜊倒出來放到新買的木盆裡，再倒上水。正準備去裡頭拿刀來撬，就瞧見陶二嬸拿了兩個小竹凳朝自家過來了。

「喲！我這來得真是巧，準備弄蛤蜊呢？」

「是呀，嬸兒，疙瘩湯吃過了嗎？」

說到疙瘩湯，陶二嬸臉色一言難盡。

方才玉林送疙瘩湯過去的時候，她聞著就很想吃了，不過想著要把碗還給人家，便把疙瘩湯先騰進了自家碗裡，出去洗碗。

就那麼一小會兒的工夫，等她送走了玉林再回去，疙瘩湯就被自家那三個憨貨吃了大半。

還算有良心的是他們給自己留了，可孩兒他爹居然一邊吃一邊嫌棄自己的廚藝，簡直不能忍。

「那疙瘩湯是妳做的嗎？」

「嗯，算是家鄉的一種小食，嬸兒吃得慣嗎？」

陶二嬸連連點頭。豈止是吃得慣，簡直是太合胃口了。

「玉容妳這手藝，真是沒得說。」

做的吃食得到認同，玉容笑得開心。不過因為逃荒一路忍饑挨餓，她那張臉被餓得又黃又瘦，笑得讓人心酸得很。

陶二嬸也不知道自己為什麼一見這玉家丫頭就忍不住心疼她，就是那麼合眼緣。瞧這一家也沒個長輩，自己便力所能及地多看顧著些，也算是積福了。

「妳這蛤蜊啊，先別去動，就在盆裡泡泡水，泡上一、兩個時辰讓牠們將腹中泥沙吐淨了再吃。不將泥沙吐乾淨，吃到嘴裡就要硌牙了。」

玉容聽得格外仔細。

「嬸兒，那等泥沙吐乾淨了，要如何烹煮呢？」

「直接煮便是，妳平日怎麼煮湯便怎麼煮牠。蛤蜊湯鮮香得很，玉竹那小丫頭定然愛喝。」

說起玉竹，兩人的共同話題便多了起來。

陶二嬸坐下閒聊了一會兒，走的時候又主動攬下了一堆的事，像是幫玉家買雞啦、訂水缸啦，還有教玉容辨海物、習這邊的風俗等等。

這一個月相處下來，兩家已經熟得不能再熟了，如今家裡已不像剛來時那般蕭瑟，屋外的空地被陶二叔新編的籬笆圍了起來，又高又密，這樣抓來的四隻小雞便不怕飛出去。一個月前種下的幾樣菜果也都出了苗，長得又快又好。石屋外放著一個大大的水缸，比玉竹還要高兩個頭。

屋子裡添了幾樣桌櫃，都是向村民們買來不用的舊物，拿回來請陶二叔修繕，勉強還能用。

沒辦法，家裡的銀錢越用越少，新的東西太貴，捨不得買。

不過這一個月花出去的銀錢還是很有用的，最起碼小妹現在身上有力氣了，自己可以扶著籬笆在院子裡來來回回地走路。二妹也長了些肉，氣色好了很多，就是天天出去泅水跟船，曬得很黑，任誰來看，都看不出她本是個姑娘。

也不知這樣放任她瞞著身分，是好是壞。

玉容剛才想到二妹，就聽到身後籬笆被撞得輕響，回頭一看，竟是二妹回來了。

第十章

「長姊，肚子疼……」玉玲只來得及說完這句話，便昏了過去。

「二妹！」玉容急得聲音都變了，想去找郎中來看，但郎中還在下陽村，她得先把二妹弄到屋裡去。

才剛把二妹扶起來，卻瞧見她的褲子上染了血。這是……來月事了?!

玉容咬著唇，想了想，放棄去找郎中的想法，先抱起二妹去了小屋。

也是她糊塗了，這些日子忙得團團轉，自己的月事也不曾來過，便沒想起二妹也是要來月事的年紀，還由著她去學泅水，日日在海水裡頭泡著，能不疼嗎？

玉玲這樣，不能叫郎中來，不然身分洩漏，一個謊報戶籍的罪名是逃不了的，只能以自己的名義去拿藥。

玉容放好了二妹，幫她蓋了兩床被子，又叫醒了正在大屋裡睡覺的小妹，把她抱到小屋和二妹待在一起。

「小妹，長姊要出去買點藥，妳乖乖在家守著二哥，哪兒也不許去，聽到沒？」

買藥？還不怎麼清醒的玉竹聽見這兩字，瞬間清醒過來。誰生病了？

她想開口問問長姊，門板卻一下合上了，只能聽到長姊的腳步急匆匆地走遠。

是二姊生病了！

玉竹坐直身子，藉著牆上小口透下來的光亮，仔仔細細瞧了一遍二姊，發現她整個人都在發抖，額頭沁出來的冷汗密密麻麻，唇瓣上一絲血色也無。

這樣子和她當年闌尾炎發作的樣子一模一樣！難道二姊也是這個病症？可這個時代，應該沒有能做闌尾炎手術的大夫吧？

那二姊豈不是要活活疼死?!

「二姊！」玉竹鼻子一酸，忍不住趴到二姊枕頭旁小聲哭了起來。

這些日子，她是真的習慣做一個快快樂樂的小孩，有長姊、二姊寵著，她都快忘了在現代的年歲。

為什麼二姊這樣好的人卻要生這樣的病？玉竹越想越傷心，眼淚也是一顆接著一顆。

耳朵旁邊嚶嚶嚶的哭聲實在有些吵，玉玲有些受不住，被吵醒了。

自己身上蓋著兩層薄被，難怪舒服了許多，肚子好像也沒之前疼得厲害。她撐著坐起身，靠在牆壁上，朝玉竹招手。「小妹怎麼哭了？長姊呢？」

「長姊……」玉竹打了個嗝，緩了緩，繼續說道：「長姊說……去想辦法買藥了，叫我……陪著妳……嗚嗚嗚……」

「好玉竹不哭了，長姊既是叫妳陪我，那妳哭什麼呢，莫不嫌棄二哥身上的魚腥味？」

「沒有！」玉竹連忙爬過去抱住二姊。「二哥身上是香的！二哥哪裡不舒服呀？剛剛的樣子好嚇人。」

「只是肚子疼，沒事的。二哥休息一會兒就能好。」

玉玲的臉色的確比方才那會兒好些，玉竹提著的心總算是落下了半分。

「那二哥休息，玉竹不吵了。」說完，她便真的安安靜靜地趴在床邊，一動不動。

玉玲身上還疼著，一時也沒了心情逗妹妹，抱著肚子又重新躺回床上，沒一會兒便昏睡了過去。

睡著睡著，肚子又疼起來，疼得她整個人都蜷縮在一起。被子一掉，玉竹一看那褲子上的血跡就全明白了。

二姊身體雖說已經在慢慢養好，但她整日在海水裡泡著，也難怪會這麼疼了。

玉竹知道了病因，心裡有了底。看著二姊那麼痛苦，她實在是想做點什麼幫忙，於是便輕手輕腳地從床上爬下來，扶著牆一路去了大屋。

她天天看著姊姊們生火，自然是會的，而且坑裡還有不少昨日燒剩的細小木炭，引燃倒沒費什麼工夫。

吃力的是加了水的陶罐重得很，一連歇了好幾趟，才叫她順利地搬進了火坑裡的架子上。

此刻她真是無比想念現代的各種廚具，又輕便、又好拿，還有家鄉的土灶，只要往鍋裡加點水，再往灶前一坐，直接放柴火就行了，哪像現在這般麻煩。

她得想個法子把土灶給弄出來才行，老是這樣在屋子裡做飯，煙都被人吸進去了，實在是有礙無益。

亂七八糟地琢磨了一通，陶罐裡的水也開了。

玉竹拿了個小碗來，舀了大半碗開水。不過她沒立時端到小屋去，因為實在太燙了，她現在腳下也不穩，真要一不小心打翻了，吃苦的還是自己，兩個姊姊也要心疼。

最重要的是，受傷了就要花錢。

她已經不止一次聽到二姊和長姊在商量賺錢的法子，結果都沒什麼有用的，家裡顯然是沒什麼餘錢了。

二姊學會了泅水，又跟著村裡人上了小漁船，每次回來倒是能分到不少的魚蝦；自家溫飽是不怎麼愁的，但若說要賣錢，那就是個笑話。

海邊的人們，誰家也不缺那一口魚蝦，而且這東西尤其不經放，天熱時一個晚上就能變得奇臭無比，根本賣不出去。所以這一家如今已是越來越窮了。

玉竹嘆了一口氣，伸手摸了摸小碗便端著小心翼翼地送到了小屋子裡。

床上的玉玲已經疼得意識模糊，連喝水都完全是憑著本能在喝，瞧著就讓人心疼。

於是餵完水後，玉竹又回大屋拿了自己平時裡洗臉的帕子，沾了燙水擰了拿去捂二姊的肚子。

以前她疼起來的時候，最喜歡的就是放兩個熱水袋把肚子圍起來。那暖洋洋的感覺能減少一半的疼痛。可惜這裡沒有熱水袋，只能用熱帕子將就將就。

這樣做還是有效果的，瞧二姊那舒展的眉頭就知道了。玉竹來來回回地換了好幾次帕子，直到水變涼了才歇下來。

忙活這一通，她也累了，乾脆爬到床上睡會兒覺，順便也給二姊暖暖肚子。

等玉容著急忙慌地跑回來，瞧見的就是兩姊妹抱成一團安穩睡覺的模樣，提著的心驟然一鬆，這才感覺到一陣腿軟。

她這一路連口氣都沒喘，就怕二妹出了什麼事，也怕小妹不聽話，走出去丟了。萬幸，她們都還好好的。玉容靠著門板稍稍坐了下，喘過氣來便趕緊起身去煎藥。

她去村裡的接生婆婆那裡拿草藥。陶二嬸同她說過，村裡是沒有郎中的，平日裡村民生病都是去下陽村找那兒的郎中瞧。不過上陽村有位專門接生的婆婆，她對女子的病症頗有些了解，村子裡的婦女們都是去找她瞧。

那位接生婆婆住在村頭，倒是好打聽得很，一聽症狀便立刻包了藥，還囑咐了好些該注意的事情。

玉玲這般若是不調養好，日後子嗣可難了。想想玉容便是一陣後悔。

當初就不該同意謊報戶籍的，如今真是騎虎難下。二妹如今每日都要跟著村裡的船出去捕魚，這還是熱天泡了水便這樣了，待到天涼時，那還得了？

玉容一邊熬藥一邊發愁。等熬好了藥，又發現一件讓她頭疼的事。

家中沒有月事帶。

於是傍晚的玉家一絲煙火也無，姊妹倆窩在床上埋頭做著最要緊的東西。家裡沒有油燈，若不在天黑之前做好，那便得等到明日才能做了。

玉竹就這麼眼睜睜地瞧著長姊將那一大堆草木灰倒進了縫製好的月事帶裡。

一想到自己長大後就要用這個東西，她就頭皮發麻，不敢再看。

第二日，玉玲的情況已經好了很多，但行動總是不便，所以她找陶木幫自己帶話給船主請假。

船主是陶木的師傅，有這關係在倒是沒說什麼，只叫她好好養病，等好了再上船。

於是玉竹開始對二姊循循善誘起來。

「二哥，每次做飯的時候，屋子裡都好嗆人啊！」

玉玲沒領悟到妹妹的意思，很是贊同地點點頭。

「的確很嗆人，那等做飯的時候，小妹妳就出去外面玩，別進屋了。」

「可我出來了，長姊還在裡面呀，長姊不難受嗎？」

被煙熏著，長姊難不難受玉玲不知道，她只知道自己做飯的時候是很難受的。尤其沿海濕氣重，曬乾的柴火放一晚便帶了濕氣，燒出來的煙熏得眼睛都睜不開。

「難受也沒辦法呀，大家都是這樣，左右一天就那兩頓。」

「可是玉竹不想二哥、長姊難受，咱們為什麼不在外面做飯呢？在外面做飯的話，煙就會被吹走啦！」

瞧著小妹這樣為自己和長姊著想，玉玲心裡妥帖至極。

「可是在外面做飯，被吹走的不光是煙，就連火也會被吹滅的。」

「那咱們找點東西把火圍起來就行啦！」

玉玲呆了呆。對呀，拿幾塊大石頭把火堆圍起來，不就吹不著了嗎！

第十一章

玉玲是個想到就要去做的性子，一有了那念頭，她便想把腦子裡想的東西做出來。

正巧石屋後頭有些碎石塊，想來是往年蓋房子的時候剩下的，就拿那些來試試。

於是姊妹兩個迅速轉移陣地，從屋前挪到了屋後。

玉竹太小，搬不了什麼石頭，只能在一旁幫著姊姊挑出略平整的大石塊，再由姊姊搬到屋前。在她不經意的提醒下，一個簡易版的土灶竟真讓玉玲給搭出來了。

因為石塊有限，玉玲搭的只是小小一個，但對於家中做飯燒水用的陶罐來說，已經能用了。

玉竹迫不及待地轉身進大屋把火坑裡的架子拿出來，安到土灶裡。玉玲再把最後三個石塊團在架子邊，灶膛便被遮得嚴嚴實實，只剩那架子頭了。

姊妹倆把陶罐搬出來試了試，又調整了下，一燒火，那煙便被吹來的海風捲得遠遠的，再沒有之前那樣在屋子裡嗆人。

「咱們以後就在屋外頭做飯！」

玉玲心中歡喜，不想卻被妹妹澆了一盆冷水。

「二哥，下雨天咱們就得回屋裡做啦！」

也是，下雨天沒遮沒攔的，火都點不起來，自然無法烹煮。

若是拿泥胚搭一個小屋子。玉玲的心思越飛越遠，不過很快又回過神來。這屋子是村子裡的，她們並無權在這裡搭蓋什麼，她得想法子多賺些銀錢，將來帶著長姊蓋一座自家的屋子。

只是跟船捕魚，一個月也就只有二十銅貝，想攢到蓋屋子的銀錢，那得到什麼時候？

「二弟，妳帶著小妹在幹啥呢？怎麼把陶罐都抱出來了？」

「長姊……」

玉玲聽到長姊聲音，回頭一瞧，發現長姊這回回來身後還帶了兩個姑娘。那兩個姑娘她有印象，是之前跟她們一起被分來上陽村的災民。

「曉月、小草，這是家弟玉林，咱們去裡面說話。」

玉容知道二妹身上不方便，不想讓外人和她過多接觸，便引著人去了大屋。

那曉月一進屋便飛快將裡頭打量了一遍，眼裡閃過一抹嫉妒。

「玉姊姊，妳這屋子真的比他們的小好多呀！」

玉容笑了笑，沒說什麼，只拿了小竹凳出來請她們坐下。

說起被分到這裡的災民，屋子的確是個個都比自家的大，尤其是當初抽到一號的那戶人家，大大的院子，五、六間房屋，還有一個地下存糧的倉庫。

不過玉容是一點都不羨慕。那些屋子大是大，可大多是一半石牆、一半泥胚，等到颳風下雨，他們就有得忙了。

還是自家這石屋好，小是小但省心。

「妳們不是說找我有什麼事嗎？」

玉竹一腳剛踩進大屋，便看到那高個頭的姑娘背對著長姊狠狠拽了下那矮個兒姑娘。

「我、我們……」

「小草，玉姊姊人很好的，妳別怕，有什麼話妳說。」

玉竹看到那高個子姑娘說完，又拽了一把旁邊的姑娘，怎麼瞧都不是什麼好事。

「長姊！」

玉容瞧見小妹進來了，立刻過去牽住她，走到凳子前。「怎麼不跟二哥在外頭玩了？」

「我想陪長姊呀！」

玉竹甜甜一笑，靠在了姊姊懷裡，順便打量了下坐在長姊面前的兩個姑娘。

那拽人的姑娘臉色紅潤、體態豐腴，是這個時代的長輩最喜歡的身材。長得也還不錯，如果沒有那雙賊眉鼠眼的眼睛，應該會更加漂亮。

她管旁邊的姑娘叫小草，那她就是曉月了。

和這個曉月比起來，小草就真的像是一棵小草，身體瘦弱得彷彿一陣風都能將她吹跑。自家姊妹三個最難挨的日子都沒像她這樣的。

明明落了戶，也安定下來了，就算自己沒錢，跟著村子裡的大娘、嬸嬸們去趕趕海，怎麼也不該瘦弱成這樣，莫不是生了病？

玉竹安安靜靜地玩著長姊的衣帶，豎著耳朵聽她們三人談話。

結巴了好一會兒，那小草才終於說了來意。

「玉姊姊，我想向妳借點銅貝……」

玉容面上一陣尷尬。

她還以為這兩人是來找她幹啥的，居然是來借錢。且不說她們和自己一點關係都沒有，平時在村子裡也只是說個話的交情；何況就算關係好，那又怎樣，自家三口人要吃要喝，自已都不夠花，哪來的錢借出去。

不等她開口拒絕，一旁的曉月突然開始愁眉苦臉起來。

「小草，妳的病那麼嚴重，借銅貝夠嗎？」

小草像是被提醒了一般，眼淚汪汪地看著玉容，又改口想借點銀貝。

玉竹瞧得仔細，小草眼裡全是害怕和焦急，臉色也確實不健康，她應該是真心來借錢治病。但跟她一起來的這個曉月，心思就沒那麼單純了。

這兩個人之間是怎麼回事，她不想弄明白。她只知道，得把這兩人打發走。

於是玉竹很認真地拽了拽長姊的袖子。

「長姊，這個姊姊好瘦好可憐呀，咱們幫幫她吧，玉竹可以少吃幾頓的。二哥不是說家裡還剩十個銅貝嗎？咱們都給這個姊姊好不好？」

家裡什麼時候就剩十個銅貝了，她怎麼不知道？

「小妹……」

對面兩人的臉色已經不能用難看來形容了。

小草是自知借錢無望的絕望，曉月呢，她的臉色又為何那樣難看？

玉容只是愣了下，很快便反應過來，藉著小妹的臺階下。

「小草，妳看我家也就這情況，還得過日子，我最多也就能借妳五個銅貝。」

「謝、謝謝玉姊姊……」

玉竹看她說話有氣無力的，心裡到底還是有些不忍，不過錢是不能給的，想了想，她把長姊留的那碗用魚湯熬的黍米粥端了出來。

「小草姊姊，妳要不要吃點東西。這碗黍米粥是早上——」

話還沒說完，那小草便兩眼發光地將玉竹手裡的碗奪過去，狼吞虎嚥起來。

曉月面露嫌棄，不動聲色地坐直身子，離小草遠了些。

玉容姊妹倆都看呆了，不過幾個呼吸的工夫，那一小碗黍米粥就被吃得精光。

「玉姊姊……謝謝妳們！」小草居然還吃出了眼淚。

一炷香後，拿了五個銅貝的小草和曉月離開了玉家。

「真是小氣，居然才借妳五個銅貝！妳也是，怎麼不多找她借點？」

曉月眼看著走到玉家聽不到的地方才開口抱怨。

小草沒有應和。

「月姊，玉家那小娃都說了，他們家一共就剩十個銅貝。都這樣她們還肯借五個給我，已經很好了。」

「就妳傻！我可是聽說了的，玉容的弟弟已經開始跟船做事，一個月至少也有五十個銅貝。而且妳看她那屋子裡的東西，還有被子，怎麼可能會沒錢？」

曉月很是憤然，說完卻又想起自己的目的，連忙放軟了聲音。「小草，我可是妳乾姊姊，妳該知道我也是為妳好，不多借點錢，怎麼能治好妳的病呢？唉，要是我有多餘的銀錢，一定會都拿來給妳治病的。」

小草大為感動，立刻把剛借到的五個銅貝塞到了曉月手裡。

「月姊，最近真是多虧了妳，不然我都買不到那麼便宜的藥。我知道妳對我最好了。」

曉月捏了捏手裡的五個銅貝，眼裡是止不住的笑意。

雖然才五個，但總比沒有得好。

曉月得意極了。只這短短一個月，她就從這蠢女人身上榨了不少的銀錢和食物，吃得好又休息得好，她可算得上是分配過來的災民裡最為福態的姑娘了。

聽說陶村長的兩個兒子陶有富、陶有財都還沒成家，曉月就動了心思。長子是要繼承父業的，所以日後這上陽村的村長便是那陶有富，而她使了點銅貝跟人打聽到了，今日那陶有富要送東西去下陽村的姑姑家。

所以……

「小草，我馬上就去下陽村找那個熟人給妳買藥，妳回去幫我把衣服洗下。」

「好的，真是麻煩了。」

「麻煩什麼，妳還當不當我是妳姊姊了？記得把衣服洗完後就好好休息，餓了就多喝點水，千萬不要去吃那些海物。」

小草連連點頭。「我知道，吃了那些東西會難受死的，我不會吃的。」兩人就在村東頭分了手。

小草回去後，麻利地把兩人的衣服都洗了。同屋的另外四個姑娘出去撿螺撿貝還沒回來，她一個人也不想躺在空盪盪的屋子裡，於是乾脆起來拿了繩子去後山拾柴火的地方。今日吃了玉家小妹的那碗粥，身上有了些力氣，便想著撿些柴火回報一二。

於是滿滿一大捆的乾柴送到玉家時，嚇了玉容一跳。

「小草，妳不是病了嗎？怎麼還去後山撿柴火？」

「沒事的，玉姊姊，我之前吃了玉竹給的粥，精神好很多了。這些柴火不值當什麼，卻是我的一番心意，希望玉姊姊不要嫌棄。」

玉容看著那捆柴，收也不是，不收也不是，最後瞧著小草都要哭了，只好收下。

「小草，妳去看過郎中嗎？到底得的什麼病？瘦成這樣。」

「沒去瞧過，但我知道我這是什麼病。我從小就不能吃雞蛋、不能吃蔥，一吃便渾身起疙瘩發紅疹。幼時看過郎中，郎中說這是癬，世上有很多人生來便碰不得某物，我也是這樣，所以只要不吃雞蛋和蔥便沒事。可沒想到來了這裡，又發現我還不能吃海物，頭一次吃險些連命都丟了，還是月姊尋了同鄉買了藥救了我。」

小草一想起來便忍不住後怕，那種喉嚨腫脹、快要窒息的感覺，這輩子都不想再嚐了。

玉竹在一旁聽得疑惑極了。

不能食海物？可小草前幾個小時還吃了一碗魚湯熬的黍米粥呀。

第十二章

「小草姊姊，那妳平日都吃些什麼呢？」

玉容正準備問的話，突然讓小妹問了出來。

小草愣了下。「我都是喝水，等月姊幫我買藥回來一喝，便能吃上些許海物。」

竟然有如此荒唐的事。

玉竹從來沒有聽說過，對一樣東西過敏，喝了藥便能抵抗，然後繼續吃？這小草怕是被騙了吧?!哪會有什麼治療過敏的神藥。

玉容心裡也滿是疑惑，可對小草說的那什麼癬不太了解，便不好開口說什麼，只能在小草走的時候，給她舀了一碗黍米。

小草餓得狠了，對那一碗黍米根本沒法拒絕，千恩萬謝地才離開玉家。

「真是可憐……」

玉竹從長姊的嘆息裡聽出了她對小草的憐惜，約莫是又想起了自己姊妹仨逃荒挨餓的日子。

這個小草若真如自己所猜想的那樣是教人騙了，那她的確是真的可憐。

想要拆穿其實簡單得很，叫小草吃兩口魚蝦便能分明。

可凡事都有個萬一，萬一她真是那奇異體質中的一人，吃了海鮮發了病，這禍自己惹不起。

而且她一個四歲小娃，說什麼也不會有人信，反倒會讓人覺得她過於早慧。

玉竹自認沒那麼熱心，轉頭便將這事給忘到腦後。

日子一天一天過去，她的身體也養得越發健康，平時跑跳都沒有問題，可是長姊總是不放心，從不許她和村裡的孩子去海灘邊玩耍。

這天，她實在憋不住了，癡纏了長姊一晚上，又是賣乖、又是買慘，保證了又保證，才讓長姊鬆了口，許她白日裡出去玩上一個時辰，一個時辰後必須回家。

玉竹聽到能自由活動，早就興奮得不行了，自然是滿口答應。

長姊白日裡接了活，要和二嬸嬸們一起整理修補漁網走不開，她可以自己一個人出去玩好久了！

翌日一早，興奮的玉竹才聽見雞鳴便爬了起來。餵了雞，姊姊們還沒醒，她還順便煮了三個雞蛋做早飯。

吃過早飯後，姊妹仨便分開了。

玉竹猶如那脫韁的野馬，帶著自己的小簍子直奔海灘。

之前二姊帶自己來過一次，可惜沒趕上退潮，只能在海灘邊撿了些空貝殼回家。但今天，她可是事先打聽好的，上午會退潮水，所以裝備格外齊全，不光帶了簍子，還帶了麻繩和小耙子。

蛤蜊隨時都能吃到，她已經不饞了，今日的目標是抓螃蟹。

退潮時，海灘可是有很多的螃蟹的。梭子蟹一般喜歡藏在沙灘下，青蟹一般都藏在石頭縫裡。

新鮮海蟹的美味，沒有人能夠抗拒。不過瞧著村裡人不怎麼吃，或者說是抓得很少，大娘們更願意去沙灘上耙蛤蜊，螃蟹那種要花費時間慢慢找、肉又少的東西，並不在她們的考慮之內。

玉竹摩拳擦掌，就等著潮水退了能一展身手。這時，一個胖墩墩、大概七歲的小男孩朝她走過來。

「喂，小矮子，妳就是逃難過來的災民吧？」

這小孩說話好欠打呀，她哪裡矮了？明明還會長高的！

「你又是誰？」

「我是我娘的寶貝！」

誰還不是個寶了？她還是長姊跟二姊的寶呢！

「妳怎麼不理我？我跟妳說話呢！小矮子，妳敢不理我，信不信我揍妳！」

玉竹被煩得不行，轉身就走，卻不想那小男孩竟追上來，拽著她的簍子使勁一拉，玉竹便連人帶簍子地摔進沙灘裡。

剛剛開始退潮的沙灘很是濕潤，幾乎是一坐到地上，她就感覺到了一陣涼意。褲子肯定是濕了，長姊若是知道，下次再想出來就不容易了。

「小胖子！做人最起碼的禮貌都不懂嗎?!」

玉竹大概是太凶了，小男孩明顯嚇了一跳。不過他很快反應過來。

「妳敢叫我小胖子?!我讓我娘罵妳！」

「你叫我小矮子不是叫得很順口嘛，我叫你小胖子你急什麼？」

就在玉竹以為小男孩會發火的時候，那小男孩居然眼眶紅紅地軟了聲音。

「那我不叫妳小矮子，妳也不要叫我小胖子好不好？」

委屈兮兮的樣子，弄得玉竹也不好發火了。

原以為這小男孩是個家中慣壞的小霸王，沒想到他還會講道理。

「行，不叫你小胖子。那你告訴我你的名字。」

小男孩揉了揉衣角，難為情地道：「我叫陶寶兒。妳叫什麼呀？」

「我叫玉竹。」

兩人互通了姓名，之前劍拔弩張的氣氛頓時消散。陶寶兒上前幫著玉竹撿起她的小簍子，好奇道：「玉竹妹妹，妳帶這麼多麻繩幹什麼呢？」

玉竹順口一答。「抓螃蟹呀。」

然後……她就再沒能甩掉這個陶寶兒。

「欸，你老跟著我幹啥，你不去找你娘嗎？」

「我娘又不是小孩子，又不會丟，我找她幹麼？」

算了，愛跟便跟吧。這會兒潮水都退到了底，她得去抓螃蟹了。

沙灘邊有很多的大人、孩子，玉竹和陶寶兒兩個混在其中並不怎麼起眼，不過陶寶兒的人緣顯然不怎麼好，一路遇上的小孩子無一不是見他便繞道走，連一個主動跟他打招呼的都沒有。

陶寶兒瞧著也不是個霸道不講理的性子，怎麼會沒有朋友呢？

玉竹不好開口去問，只帶著他走到了一處亂石比較少的地方。

「你在這兒坐著，別亂跑，我等一下抓到螃蟹了分你一隻。」

「真的能抓到螃蟹嗎？」

陶寶兒顯然不信眼前這個比自己還小的女娃能抓到螃蟹。

「你就在這兒看著，一會兒就能瞧見了。」

「哦……好的，我不跑！」

瞧他那一本正經的樣子，這會兒她總算能去抓螃蟹了。

青蟹多在亂石縫裡，這裡應該沒有，她主要是想找梭子蟹。因著她那從小被賣到小漁村的經驗，全身都埋在沙子裡，只露了指甲蓋般背殼的梭子蟹，她一眼掃過去就能看到。找到螃蟹，她便一腳踩上螃蟹的背防止逃跑，再拿麻繩沾了水往兩隻大螯上一繞，來回幾下便能將螃蟹捆得嚴嚴實實。

小小的簍子迅速變得沈重起來。

還不到半個時辰，她的簍子就滿了，帶來的麻繩也用光了。

玉竹也不貪多，走到海裡洗了洗褲腳和鞋子，轉身朝著陶寶兒走去。

他還真是老實，說不跑就不跑，早上的太陽升起來都曬到他背上了，也沒見他挪個地方。

「陶寶兒，我要回家啦。你這麼聽話，來，分你兩隻螃蟹。」

兩隻有成人手掌大小的梭子蟹被繫在一起，遞到了陶寶兒面前。

陶寶兒很是害怕地往後縮了縮，沒有伸手去接。

「會咬人的。」

「沒事，兩隻大螯都被綁住了。你看，咬不了人的。」

玉竹伸著手指頭在螃蟹螯前晃來晃去做了個示範。

「只要你別把繩子解開就行，拿回去給你娘，讓你娘給你煮熟了吃。熟了的螃蟹肉可好吃啦！」

陶寶兒聽了話，一臉期待，試了好幾次，總算是伸手接了過去；拿到手又甩了甩，發現牠們真的咬不到自己，頓時開心起來。

「玉竹妹妹，妳為什麼把牠們送我呀？」

玉竹想都沒想地回答道：「看你可愛嘍！而且你很乖啊，說話算話都沒亂跑，這是獎勵你的。好啦，時候不早了，咱們回去吧，一會兒你娘找不到你該著急了。」

「哦、哦！對，我娘！」

陶寶兒表情變得十分驚慌，提著螃蟹便開始往村裡跑。剛跑到村頭，就聽到他娘那洪亮的嗓門正在一聲聲喊著「寶兒」。

「娘！我回來啦！」

魏春見著兒子那胖墩墩的身形，提起的心總算是落了一半，接著便上上下下打量了一番兒子的衣著，瞧著沒有泥也沒有水，最後一半的心也放了下來。

「小混蛋！跑哪兒去了？」

陶寶兒知道娘沒有生氣，笑嘻嘻地上前拽著她的衣襬開始撒嬌。

「娘，我就是去海邊跟朋友玩了一小會兒，這不是回來了嘛！」

「朋友？」魏春臉色一變，一把提起兒子，快步回了自家院子。

「娘，妳幹麼呀，我的螃蟹、螃蟹！」

陶寶兒也顧不得什麼驚喜了，趕緊轉身跑出家門，去了藏螃蟹的地方把螃蟹提回家。

「這東西是你抓的？好哇！不要命了，敢自己去抓螃蟹！」

魏春雙手扠腰，一副要訓人的樣子。

陶寶兒連忙解釋道：「娘，我沒去抓螃蟹，這兩隻是我朋友送給我的！」

「朋友……又是哪家的朋友？」

魏春想到兒子之前找的那些朋友，心下反感，一把拽出了她給兒子準備的零嘴包，扯開一瞧，裡頭的果子、蜜餞居然沒怎麼少。

奇了怪了，難道這回交到的是真朋友？

第十三章

兒子之前那些朋友，一個個都是衝著寶兒的零嘴兒來的。若是吃了零嘴能好好陪著寶兒玩，她也不說什麼；可每次寶兒回家，身上總是有著這樣那樣的傷痕，小到石頭劃痕，大到直接被咬一口，簡直氣死人。

所以今兒個聽到兒子說又有了朋友，她才會格外上心。

「寶兒，你跟娘說說，你的新朋友是哪家的？」

被談論的玉竹自是不知。她這會兒正坐在一處屋子的牆根歇腳。

才四歲的身體，帶著好幾斤重的螃蟹從海灘走回村裡，還是頂著太陽，就算太陽不是很烈，那也夠累人的。

玉竹坐下歇了會兒，累是沒那麼累了，就是渴得厲害。她正想起來趕緊回家去，就瞧見屋子走出來一個人。

「玉竹？這是怎麼了，臉上都是汗。」

「小草姊姊……」

這麼巧遇上認識的人，玉竹便厚著臉皮跟她進屋討了口水喝。

喝完水，她才注意到小草褲腳還是濕的，不遠的地上正放著一大袋新鮮的蛤蜊。看樣子小草是剛剛才從海灘邊回來。

「小草姊姊，妳不是不能吃這些嗎，耙這麼多是要做什麼呢？」

「自然是拿去換銅貝呀，十斤蛤蜊肉能換五個銅貝呢。」

十斤蛤蜊肉，那得用多少斤的蛤蜊？退潮一共就那麼幾個小時，就算是一刻不停地耙，至多能耙個幾十斤，去了殼，那點肉絕對沒有十斤。

不過，不得不說，這也算是一種收入來源，只是辛苦了些。

「小草姊姊，那妳忙吧，我先回家去啦。」

玉竹邁著小短腿正要走，就瞧見門口來了兩人。

一男一女，男的高壯，很是眼熟，女的豐腴，更是眼熟。

啊……她想起來了，前陣子她跟著長姊去補網時曾見過那個男的，陶二嬸嬸說那是陶村長的二兒子，叫陶有財。女的就是那個曉月。

這兩人一邊走，還時不時地相視一笑，一瞧就是有事。

「曉月，那我就送妳到這兒了，明日我去借了車在村口等妳，妳……妳睡晚些也沒關係，我會一直等的。」

「知道啦，你趕緊回去吧。」

曉月一臉甜蜜，送走人了，還站在門口看了好一會兒才轉身進來。

「喲，這不是玉家的那個小娃娃嗎？怎麼來這兒了？」

「她是自己出來玩，渴了，我就帶她進來喝了口水。月姊，妳的衣服我都洗好了，被子妳說不許動，我就沒洗。」

這時，曉月斜眼看了玉竹一眼，輕哼了一聲。

「我要去再睡會兒，妳趕緊把她攆走，一會要是哭鬧起來，我可是會打她的。」

「知道了，我等一下就叫她回去。」

小草那討好的樣子看得玉竹很是不解。她想不明白為什麼曉月這樣的人會值得小草這樣討好，就因為曉月救過她一次？

「小草姊姊，她怎麼那麼懶啊？連衣服都要妳幫她洗。」

「噓！」小草一把捂住玉竹的嘴，拉著她走得離寢屋遠遠的。「月姊她人很好的，幫了我很多忙，我都是自願的。小玉竹可不能在外頭說剛剛那樣的話，會讓人誤會的，誤了人家的婚事就不好了。」

婚事……玉竹一下就想到了陶有財。

之前聽陶二嬸嬸說起陶有財，都說他是個好孩子，又勤快、又有本事，只可惜村裡家家都是兒子多、女兒少，沒有合適的。沒想到他和這個曉月好上了。

總覺得這曉月不是啥好人。

玉竹想想也就算了，年輕人談戀愛，人家說不定就喜歡這一款。

「知道啦，小草姊姊，我回家了。」

小草有些不捨，因為平日裡都沒什麼人可以和她說話，不過想到自己的那些活，她也只能揮揮手把玉竹送出了門。

太陽已經有些灼人了，玉竹不敢耽擱，一路小跑跑回了家。

長姊這會兒還在村裡修補漁網，二姊也上了船，家裡就她一個人。好在臨出來時二姊把鑰匙給了自己，不然還得跑一躺去找長姊。

玉竹一進門便趕緊把簍子放了下來。

這東西真是越揹越重，一放下來，整個人都感覺輕飄飄的能上天。歇了好一會兒，她才恢復過來。

方才只顧著興奮地抓，還沒數有幾隻呢！

玉竹趕緊搬著小板凳坐到了門口，把簍子裡的螃蟹一隻隻地往木盆裡丟。

一隻，兩隻，三隻……一共抓了十二隻！

算上先前給陶寶兒的那兩隻，那就是十四隻！若是她再大些，一定能抓更多的螃蟹。

玉竹望著盆裡鮮活十足的大螃蟹，彷彿看到大把的銅貝掉進懷裡。

這裡的螃蟹賣不出價格，無非是因為螃蟹的保鮮期太短了，一道醃蟹就能解決這個問題。醃得好了，保存個一、兩個月是沒問題的。

等她再大點便尋個機會把醃蟹做出來，現在實在太小了，做出來會嚇著長姊她們的。她不想被當成異類，只想當姊姊們的寶貝。

所以，今日這些螃蟹只能進自家人的肚子了。對了，還得給陶嬸嬸家送一些，平日陶嬸可沒少照顧自家。

玉竹拖著木盆走到外頭，又踩了凳子舀水，把螃蟹們全都洗刷乾淨。她沒打算去煮蒸，那樣太複雜，還得搬陶罐，而且水缸裡的水已經不多了，她有些搆不著。
一灶香後，屋子旁的小土灶裡飄起了陣陣青煙，一隻隻大螃蟹都被玉竹送進了土灶裡。
簡單粗暴，她要烤螃蟹吃！
就是不知道這古代的螃蟹跟現代的有啥區別。
玉竹蹲在灶前呼呼吹著風，很快便聞到了一陣海鮮烤焦的獨特香氣，饞得她口水都流出來了。才過了大概十分鐘就忍不住扒出一隻螃蟹來解饞。
不知道是不是心理作用，她總覺得這古代的海蟹要比現代的蟹肉更香更清甜，一個沒忍住就吃多了。
玉容回來的時候，玉竹還在艱難地伸展身體消食。
「小妹，妳這是幹什麼？」
「我……想伸展伸展筋骨，聽說這樣會長高些。長姊！妳快來，看我給妳準備了什麼。」
玉竹極其興奮地拉著姊姊去看自己給她留的烤螃蟹。本以為會得到姊姊一番誇讚，誰知當姊姊看清碗中何物時，卻一絲反應都沒有。
「這是妳抓的？」
玉竹一點都沒有察覺到長姊語氣中壓抑的顫抖，還挺自豪地回答。「對呀對呀！長姊開不開心？」
玉容一聽這話，頓時將手裡的碗重重一磕，反手將妹妹拉過來，狠狠打了她兩下屁股，一邊打、一邊哭罵道：「妳行啊！膽子不小，敢去抓這東西！妳知不知道蔡大爺孫子的手指頭就是讓這東西夾斷的！妳才四歲，逞什麼能?!」

玉竹呆了，又驚又委屈又自責。

驚的是長姊居然會打她，委屈的也是長姊會打她，自責的是她抓螃蟹的時候只想著吃，都忘了自己的實際年歲，也沒想過會嚇著姊姊們。

這打也是該挨。畢竟她不能跟長姊說，自己有著抓海貨十幾年的經驗，完全不用擔心。

玉竹自知理虧，加上屁股也不怎麼疼，眼裡的淚珠轉了一圈又收了回去。倒是打她的玉容，一哭起來，眼淚便止不住了，還得玉竹反過來哄著才消停下來。

這頓螃蟹，玉容最後還是賞臉吃了。小妹冒著危險去抓的螃蟹，總不能拿去丟了。香是真的香，氣也是真的氣。

於是到了下午該修補漁網的時候，玉容便帶上了小妹。短時間內，她是再不會放小妹獨自出門了。

玉竹知道姊姊是不放心自己，所以也沒鬧，乖乖跟著姊姊一起去了陶村長家的院子修補漁網。

不過上午是真的累了，她剛靠著姊姊沒一會兒就睡了過去。玉容心疼小妹，卻不好開口說離開，只能讓她睡在自己腿上。

陶村長的妻子雲氏是個疼小孩子的，瞧見玉竹這般，便讓玉容抱著去了自家客房睡下。

平素客房雖是沒人來住，卻也一直有人打掃，並不髒亂。

軟軟的床鋪讓玉竹睡得很是舒服，如果沒人打擾的話，她估計能睡到長姊回去。

可僻靜的客房裡不知什麼時候來了對野鴛鴦，親親熱熱的細語彷彿蚊蠅一般，吵得人實在是睡不下去。

玉竹迷迷糊糊翻了個身，一睜眼又瞧見了那熟悉的人影。

「不是說明日早上我在村口等妳嗎？妳怎麼來我家補漁網了？」

「我、我也不知道，就是想見見你……」

曉月那矯揉造作、黏黏膩膩的聲音聽得玉竹起了一身雞皮疙瘩。

這兩人也太大膽了，都私會到了家裡。

「有財？有財？人呢？」

陶村長那洪亮的嗓門一出，屋子裡的三人都嚇了一跳。陶有財知道他爹的脾氣，不敢磨磨蹭蹭，小聲和曉月說了一聲便跑了出去。

呆呆的曉月半天才回過神來，喃喃道：「不是老大有富嗎？」

第十四章

玉竹沒有吭聲，門口的曉月失魂落魄地站了好一會兒，才悄悄出去了。

聽她方才那喃喃之語，彷彿是把陶有財當成了陶有富。這個時代，長子和次子的差別還是挺大的。

看來她希望要落空了。

不過，就算是次子，那也是陶村長的次子，總還是要比村裡其他人家條件好得多。人嘛，想要生存下去，為自己打算嫁個金龜婿，並沒有什麼可恥的。玉竹就當看了個熱鬧，估算著曉月走遠了，才整理好被褥從床上下去。

一直到長姊收拾完回家，她都是安安靜靜的。

她不敢不乖，畢竟等一下二姊回來估計還要收拾她一頓，現在乖些，等一下長姊便會心疼護著她了。

這也是個教訓，讓她行事要更加警醒，不該這個年齡做的事就不要去嘗試。

玉竹默默在心裡提醒自己好多遍，但很快就又打臉了。因為傍晚的時候，二姊帶回來滿滿一小袋的小蝦米。

「長姊，今日撈上來挺多毛蝦的，陶木說這種蝦長不大，天生就這麼小，吃起來也沒味，村裡人都是拿牠來餵雞鴨。」

玉玲一邊說，還一邊抓了一把丟到雞圈裡。

暴殄天物啊！那麼有營養的東西！

就在玉玲準備撒第二把的時候，玉竹再也忍不住了。

「二哥，這些蝦好小、好漂亮，我想玩……」

「妳想玩？」

這還是玉玲頭一次聽到妹妹說想要什麼東西，她想都沒想就把那袋小蝦米都給了妹妹。

玉竹滿心歡喜地提著那袋子小蝦米去找長姊要了個大碗，倒出來洗了個乾淨。

這東西在現代還有名字叫蝦皮，含鈣量極高，其他微量元素也不少，是營養價值極為不錯的食物，就這麼拿去餵雞多可惜。

她把小蝦米都清洗乾淨後，擦了塊石板倒上去鋪開，自然晾乾。

這會兒玉容忙著做晚飯，沒工夫看她，玉玲忙著挑水也是無暇，兩人還真當小妹是拿著那袋蝦子在玩。

吃過晚飯後，玉容便端了針線簍子坐在門口縫補妹妹們破了的衣裳，玉玲只有晚上這會兒閒暇，便打算去陪小妹玩耍。

她瞧著小妹把那一袋小蝦都放在石板上，一邊用火烘烤，一邊用木頭翻弄，很是疑惑問道：「妳這是在做什麼？」

玉竹一臉討好。

「在學做飯啊！長姊、二哥每日做飯辛苦，玉竹想早日學會做飯，日後做給長姊和二哥吃。」

玉玲一聽，大為感動，連忙誇道：「瞧這做得有模有樣的，咱家小妹真是聰明。」

一旁的玉容瞇著眼睛穿著線，涼涼道：「是挺聰明的，還會自己一個人去海邊抓蟹呢。」

玉竹渾身一僵便想跑，可她哪裡跑得過靈活的二姊，才動個屁股就被抓了過去。免不了的，又挨了幾下屁股。

姊姊們真的是對她的屁股情有獨鍾，打下去連位置都不換的。先前還不怎麼疼，這下傷上加傷是真的疼了。

玉竹眼淚汪汪地保證了又保證，日後再也不敢一個人去抓螃蟹，兩個姊姊才算是放過了她。

「哎呀，我的蝦皮！」

這會兒她才想起石板上還烤著蝦皮，慌忙過去察看。好在只是邊緣一圈被烤得有些焦了，中間的烤得正正好。

玉竹把那一圈烤焦的蝦皮刮下來丟進了雞圈，剩下的倒進了長姊之前搗藥的臼裡，開始慢慢搗磨。

姊妹倆只當她是在玩，逗了兩句便去忙活自己的事情。

小半個時辰後，天邊只剩下一絲微光，家家戶戶都忙著燒水漱洗了。

玉容打好了水，擰了帕子準備去給小妹洗臉，這才發現她竟還拿著個杵在臼裡搗。

「小妹，要玩明日再玩，把東西放下，先把臉洗了。」

玉竹乖乖停手把臉洗了，然後拉著姊姊看她的勞動成果。

「長姊，妳看那些小蝦都被我磨成粉啦，好香好香的！」

玉容心裡不當回事，只是給面子地看了一眼。

「是挺香的，不過總共這麼點粉，就妳那小嘴巴，幾口就吃沒了，可不管飽。」

玉竹那個急啊，她又不能說這東西是拿來做調味料用的，只能眼睜睜地瞧著長姊把那臼放到了櫃子裡。

蝦皮烘烤乾磨成的粉就是天然的味精，吃麵喝湯的時候放上兩勺，既能提味又能增加營養，是她目前唯一能簡單就做出來的東西。

可惜這會兒實在是找不到什麼機會讓姊姊們嚐嚐。

玉竹很快就被押上了床。原是不怎麼想睡的，可身體很累，躺上床才沒一炷香的工夫就睡著了。

第二天一早，玉玲吃過早飯，早早就出了門，等她走了好一會兒，玉竹才悠悠醒來。

早餐是長姊給她蒸的雞蛋羹。玉竹拿著勺子剛攪了兩下，突然想起自己昨晚磨的那些蝦皮粉，立刻放下碗，搬了凳子去櫃子裡拿了出來。

可惜海邊潮濕，沒有遮蓋地放一晚上，蝦皮粉受潮已經結塊了。

但還沒變質，還可以吃。

玉竹掰了一小塊放進蒸蛋碗裡，輕輕一和，那蝦皮粉便融入了雞蛋羹裡。

這時，收拾好家裡的玉容從屋裡出來，瞧見小妹端著那雞蛋碗攪和，就是沒動嘴，便催了催。

「小妹快吃呀，咱們一會兒得走了。」

玉竹應了聲，舀了勺雞蛋試了試味。

嗯……好吃！

沒有加蝦皮粉的雞蛋羹又嫩又滑，但只有一點鹽味；加了蝦皮粉的雞蛋羹，不光是口感嫩滑，味道更是鮮得很。

「長姊，雞蛋羹變味道啦。」

「啥？變味道了？」玉容大驚，還以為是雞蛋壞了。「我嚐嚐，不應該呀，前幾天才撿的雞蛋……嗯？」

玉竹從長姊那瞬間張大的眼裡瞧出了她對蝦皮粉的肯定。

「長姊，好吃嗎？」

「好吃，可是怎麼變好吃了呢？」

玉容細想了自己燉雞蛋羹的過程，怎麼想都覺得和之前是一樣的。

「難道雞蛋壞了燉的會更好吃？」

玉竹聽了長姊這話，差點沒忍住笑出聲來。

「長姊，不是壞了，是因為加了這個。」她晃了晃手裡的臼。

「這是……妳昨晚磨的小蝦？」

玉容看著那臼裡凝成一塊塊的東西，半信半疑地伸手捏了一點放進嘴裡。又鮮又香！這真是那一袋毛蝦磨出來的？

「可惜就這一點，味道是極好，就是吃不飽。」

玉竹真是哭笑不得。誰會拿調味料去飽肚子，長姊真是呆得可愛。

「長姊，這個加到雞蛋裡好好吃，咱們吃粥的時候也加點吧。」

玉容到底不笨，聽到妹妹這話，立刻福至心靈。

對呀，這東西加一點在蛋羹裡就能提味道，定是作調味料之用，加進粥裡、麵食裡，定然也是一樣的效果。

小妹可真是誤打誤撞弄出了個寶貝！

玉容到現在還以為這東西是小妹無意弄出來的，幾乎是立刻就想到要拿這東西去城裡賣錢，畢竟城裡有好幾家食肆，還有粥水小攤。

同一種價格，是人都會去吃更好吃的那家，這東西肯定好賣！

不過……玉容瞧見臼裡那小小一坨，有些可惜。

這一瞧便是受潮了，肯定是不能拿去賣的，得再做新的。等二妹晚上回來，跟她也說說，收些毛蝦回來試做一番。

玉容拿定主意，麻利地給小妹餵了雞蛋羹便抱著她出門，一邊走一邊輕聲詢問她做蝦粉的過程。

玉竹對她自然是毫無保留，說得極為詳細。

聽完了，玉容才知道整個過程簡單得要命，只是旁人沒有往這個方向去想而已。

自家一定得把握先機，先賺它一筆。

因著心裡琢磨著事，玉容今日補網心不在焉，露了好幾個破處，還是陶二嬸幫她補了回來。

「阿容這是怎麼了，心不在焉的。」

「嬸兒，沒事，大概是昨晚上沒睡好，早上又起得太早了。」

玉容心裡的事還沒個影，自然不好跟陶二嬸說。

「對了嬸兒，等會兒麻煩幫我和雲大娘說一聲，我今兒得早一點離開，家裡頭有點事。」

陶二嬸想都沒想就應了下來。

於是太陽才剛剛西斜的時候，玉容便帶著妹妹從陶村長家離開了。

她抱著妹妹也沒回家，而是一路去了村裡漁船停靠的海灣。因為這個時候，二妹跟的那船也差不多該回來了，她想瞧瞧船上還有沒有撈上毛蝦，若有的話，怎麼也得買下來回家試試。

姊妹倆在這徐徐海風中翹首等待，卻不知她們這一走，倒是錯過了一齣大戲。

她們是在陶二嬸隔日來串門子聊天時，才知道昨天發生的事。

「哎呀，妳們是沒瞧見，平素裡老老實實的有財居然跟個姑娘躲在樹後頭摟摟抱抱，咱們好多人都瞧見了，真是難為情得很。」

玉竹腦子裡瞬間閃過陶有財和曉月私會的事。

「按理說，這兩人都摟到一塊兒被眾人瞧去了，便該籌辦起喜事才對。可那有財死活不肯娶，小草也哭著鬧著不肯嫁，奇也，怪也。」

玉竹一驚。怎麼會是小草呢？

第十五章

陶有財前日還跟那曉月在他家卿卿我我，怎麼可能短短兩日就移情小草了呢？

而且小草都被曉月壓榨成那樣了，也不敢去搶曉月的男人啊，究竟是怎麼回事呢？

「嘿，咱們在這兒說話，玉竹這丫頭倒是聽入迷了。去去去，這是小孩該聽的嗎？」

陶二嬸笑著攆走了玉竹，轉頭繼續和玉容八卦起村裡的消息。

玉竹屋前屋後地轉悠了一遍，實在是無聊得很，便又去癡纏姊姊想要出去。

玉容起先不肯，還是陶二嬸幫著說了幾句。

「總拘著小孩子不好，咱村子裡的娃都是滿村跑的，只要不偷偷地下海、下河，便出不了什麼事。」

偷偷下海、下河這事玉竹可不敢，她現在太小了，一個浪頭就能直接帶走她。

有陶二嬸在一旁幫襯，玉竹又死皮賴臉地求了好半天，長姊總算是鬆口許她出去玩上一會兒，但是不許去海邊。

「知道啦長姊，我就在村子裡轉一轉，一會兒就回來。」

玉竹正要轉身跑，突然又被長姊抓了回去。本以為是長姊反悔了，沒想到卻是被長姊塞了塊粟米餅。

「早上妳沒吃多少，等一下出去跑該餓了，這個好生放著，餓了吃。」

「長姊最疼我啦！」

玉竹嘿嘿一笑，抱著姊姊的脖子飛快親了她一下才跑了出去。

這會兒正是忙著做事的時候，村裡和平時差不多，沒多少人。不過因著村長家昨日發生的事，好些個補網的大娘、姑娘都閒了下來。有幾個識得玉竹的，還拉著她逗樂了一番。

等她好不容易擺脫了熱情的村民，來到小草她們的屋子前時，裡頭正傳來一高一低的哭聲。

這時候進去未免太不識趣了。玉竹瞧了下，發現水缸旁正好是陰涼地，乾脆在那牆根下坐了。來都來了，看看小草再走。

這一坐就是小半個時辰。裡頭的兩道哭聲此起彼伏，硬是沒有停下來過。

都說女人是水做的，這話還真沒錯。

哭了小半個時辰，哭聲總算是漸漸弱了。玉竹聽著曉月最先開了口。

「小草，既然事情已經這樣了，那我便成全你們。」

「不！月姊，我跟陶有財一點關係都沒有，妳知道的，只要我們去和村長說清楚，他一定會讓陶有財娶妳的。」

「可是、可是……你們都那樣了，村裡人都看見了。」

「月姊，妳明知道是誤會呀！昨兒個是我衣服破了，然後妳借妳的衣服給我，陶有財才會認錯的，他喜歡的是妳。」

「可村裡人瞧見的是妳跟他摟在一處！」曉月的聲音一下高昂起來。

玉竹不知怎的，總覺得她那拔高的聲音裡有幾分心虛。

細細一琢磨，還真琢磨出了點東西來。

那日在村長家的客房裡，陶有財一走，曉月便跟失了魂一般，嘴裡還唸叨著不是有富嗎？

顯然她的目標不是陶有財，而是出了什麼岔子搞錯了。

她不死心，還是想嫁給陶有富，就得把陶有財先甩掉。還不能直接甩，不然她想嫁進村長家定會受到陶有財的阻攔。

可若是那陶有財和她的好朋友發生點什麼，她便能甩得理直氣壯，人家還得對她心存愧疚，便有了借衣的那一齣。

嘖……

不過曉月想得更多了。

用了這個法子，不光能甩掉陶有財，還能讓陶有財誤會小草，就算小草以後能嫁給他，他也一定不會讓小草好過。

要說為什麼這麼討厭小草，那就得從她們小時候說起了。

小草幼時家境很是不錯，爹是村長，娘是商女，在村裡的生活絕對是獨一無二的。曉月家卻是村子裡最窮的。

自己永遠都在餓肚子，小草卻能頓頓吃飽、時時有肉，還有新衣裳穿，怎能不嫉妒憎惡？

後來在逃荒路上遇到狼狽不堪的小草時，天知道她心裡有多爽快。之後她便藉著同村之誼和小草走到一起，還知道了她對雞蛋和蔥過敏。

於是曉月總是會藏一把蔥在身上，趁著小草不注意，捏爛了抹在小草的食物上。只抹一點點，要不了她的命，卻能讓她寢食難安。

分到上陽村後，曉月還是沒有停手，有次抹得多了，差點要了小草的命。然後她便攬了個救命恩人的名頭，又說自己能買來便宜藥材，對著小草百般使喚。

其實那些藥就是她隨便在山裡扯的野草，只要不往小草的食物裡頭加蔥，她自然就不會發病了。

原本圓潤的小草就是這麼瘦下來的。

稍微精明些的人就該發現其中的問題，奈何小草天性單純，自小又被家人保護得太好，她到這會兒還沒想到是曉月設計自己，一直求著曉月，想讓她和自己一起到村長家說清楚。

昨日那陶有財發現抱錯了人，紅著眼瞪她的樣子太可怕了，她想想就心肝直顫。

「曉月，妳就跟我去吧。不說清楚，日後我要怎麼做人啊！」

曉月背著小草翻了白眼。

「小草，妳怎麼能這樣？如今村裡都傳遍了，再把我拉到村長家，人家會說什麼？妳是要把我名聲也一起毀掉嗎？虧我還對妳那麼好，妳現在搶了我的男人還要毀我名聲，竟如此惡毒！」

屋子裡的小草都驚呆了。

她想不明白，明明是曉月和那陶有財兩心歡喜，自己想把事情說清楚，讓他們在一起，怎麼就是惡毒了？

曉月瞧著小草那失魂落魄的樣子，心情極為舒暢地開門走了出去。水缸邊的玉竹太小，又是坐著，她沒瞧見便徑直走了。

不過玉竹卻瞧見了她臉上得意的笑容。怎麼看，都不像是個被搶了男人的失意女子。小草，真的好可憐啊！這事真要是讓曉月整成了，她一輩子也就毀了。

明知道前面是火坑，玉竹到底是不忍心，還是想著能不能提醒一下。

於是她進屋去瞧小草。

進去的時候，小草只是望著門口發呆，並沒有哭。

「小草姊姊……」

一連叫了好幾聲，才見她回過神來。

「玉竹？怎麼來我這兒了？」

玉竹儘量做出小孩模樣，狀似無意地問道：「小草姊姊，我來的時候看到曉月姊出去了，她笑得好開心，妳們是有什麼開心事嗎？」

「笑？很開心？」

小草眉頭一皺，終於發現了不對。

明明方才在這屋子裡，她還在哭訴自己忘恩負義、搶她男人、毀她婚事，結果一出去就笑了？

「她真笑了？」
玉竹很認真地點點頭。
「真的呀，我看得很清楚。小草姊姊，為什麼她那麼開心，妳看起來卻很難過呢？」
「我……我看起來很難過嗎？」
小草苦笑了下，腦子裡一團亂麻。
「玉竹，小草姊姊這裡亂著呢，妳自己去玩吧。」
話音剛落，她肚子裡便傳出一陣響聲，聲音實在太大，玉竹想裝作沒聽到都不行。
她心疼這個苦命的小草，也沒多想就把懷裡的粟米餅遞過去。
「小草姊姊，吃飽了肚子才有精神想事情，這個給妳吧。我去玩啦！」
玉竹給完便跑，小草就是想還也沒法。
如今村中都是她和陶有財的流言，她都不敢邁出門去。
這個粟米餅好香，她好久好久沒有吃過點像樣的東西了。
小草流著淚，一邊吃一邊回想著玉竹方才說的話。
玉竹還那麼小，又和曉月不熟，她是不會撒謊的。所以，月姊緣何當著她哭，背著卻又笑？
那日，自己的衣服破了洞，她主動借了衣裳給自己，又說回來的時候在村長家外的榕樹下歇息，彷彿落下了一包藥，讓自己去找找。
然後……然後那陶有財便從身後抱住了自己，讓許多人瞧了個正著。

是曉月！是她設計的！

可她為什麼要這樣做？她不是都和陶有財談婚論嫁了嗎？還總是和自己炫耀就要嫁進村長家享福了。她沒有理由這樣做啊？

小草絞盡腦汁也沒想出曉月這樣做的理由，想著想著，又開始懷疑起自己是不是誤會了曉月。

正在這時，門突然被人推開，離開了好一會兒的玉竹又去而復返了。

瞧她滿頭大汗的樣子，還是一路跑回來的。

「玉竹，怎麼了，怎麼跑成這樣？」

「小草、小草姊姊，那粟米餅，妳、妳吃了？」

玉竹累得直喘氣，一雙眼滿含期待地盯著小草，希望她還沒吃。

「我、我吃了。」

小草還以為她是回來拿那粟米餅的，實在有些尷尬。

「玉竹，我、我剛才餓了，就吃了。妳放心，我肯定會還妳一個的。」

「不是，小草姊姊，我不是來要餅的。妳吃完這個餅，有沒有什麼感覺？」

玉竹也是快到家才想起來，那粟米餅裡頭，長姊是加了蝦皮粉的。對於一個對海鮮過敏的人來說，就那一點蝦皮粉也是夠難受的了，她才一路又跑了回來，沒想到還是讓小草吃了。

「有沒有感覺不舒服，像是吃完魚蝦後那樣的症狀？」

小草茫然地搖了搖頭。

「沒有啊，什麼感覺都沒有，吃完很舒服，肚子都不難受了。」

玉竹確認了，曉月真是個騙子。

第十六章

「小草姊姊，方才我忘了，給妳的粟米餅裡是加了蝦粉的。」

「什麼？蝦粉？」小草大驚失色，捲起衣袖瞧了瞧，一個紅點都沒有。「怎麼可能呢？」

曉月昨兒個拿回來的藥，她還沒來得及吃就發生了那事，之後便忘了。直到現在她也沒吃過藥，若是粟米餅加了蝦粉，她不可能一點反應都沒有。

「玉竹，是不是妳記錯了，餅裡其實並沒有加蝦粉。」

「不會的，我親眼瞧著長姊放進去的。小草姊姊，妳不是不能吃海物嗎？真的沒有難受嗎？」

玉竹拉著小草前前後後地看了看，確認是真的沒問題，心裡才鬆了口氣。她最怕的就是無心害了人。「小草姊姊，妳是吃過藥了吧？」

「我……」小草面色複雜地看向自己放在桌上的草藥，搖搖頭道：「沒有吃。玉竹，我馬上要出門一趟，妳先回去吧，哪天有空我再去妳家瞧妳。」

雖然不知道她出門是要幹啥，但玉竹知道小草這是反應過來了。

這事本就不該她摻和，是該回家去。

等玉竹一走，小草便起身去做飯的地方，拿出昨晚曉月沒吃完的半碗蝦。

吃了一隻，沒事。吃了兩隻，也沒事。

吃了半碗，又坐了小半個時辰後，小草面無表情地去翻了曉月不讓她動的床鋪。看著那枕下藏著一把曬乾的蔥苗，她笑了。她想起逃荒路上，娘臨死前的話。

「不要相信任何陌生人的好意。把自己弄得醜些，餓得再瘦些……」

娘說得沒錯，可她說漏了，不光是陌生人，就連認識的人都不知道是人是鬼。

小草把床鋪恢復原樣，提著那些「藥」出了門。

之後的兩天裡，玉竹一直沒聽到村裡有啥動靜，陶有財和小草的流言也漸漸沒人提起。就在她以為小草就這麼忍下去，心中失望時，陶二嬸就來了。

為免她和長姊說話又把自己攆走，玉竹很識趣地自己躲進了屋子裡，假裝睡覺。

「阿容，小玉竹呢？」

「她啊，我瞧瞧，在屋裡頭睡覺呢，早上起來太早了，估計還睏。」

「讓她睡吧，咱們正好說話。」

陶二嬸端著一大盆煮熟的蛤蜊坐下，一邊挑肉，一邊和玉容說起村裡發生的大事。

「村裡頭馬上就要辦喜事啦！真是難得，已經快有半年沒有件喜事了。」

「喜事？誰家的呀？」

陶二嬸朝著村長家的方向努了努嘴。

「還能有誰家，當然是村長家了。小草答應嫁了，聽說一點聘禮都不要，只求婚期盡快，說是不想再住在那個屋了。」

玉容聽到熟悉的人名，愣了下。

「嬸兒，前些時候不還說小草死活不嫁嗎？怎麼又突然同意了？」

「自然是想通了唄，女子這個年歲哪有不嫁人的？她也不小了，村長家條件又不錯，傻了才不會應。而且她那屋裡出了個毒婦，哪裡還住得下去，想是嚇壞了。」

陶二嬸說完便一臉「快問我」的表情，逗得玉容發笑，忙順著她的話問道：「小草屋裡的毒婦是誰啊？」

「就是那個余曉月啊！嘖嘖，真是沒見過那麼毒的，明知道小草不能吃蔥，還特地把蔥粉撒到小草的吃食裡，讓小草以為自己也不能吃海物。可憐見的，小草來這一個月都餓瘦成什麼樣了。聽說那余曉月還騙小草說能買到藥，把小草耙來的海物都拿走了。」

「天啊！」玉容難以置信。「她們不是姊妹嗎？緣何對自己姊妹下這樣的手？小草是如何發現的？」

「自然是親眼瞧見的了。當時還有媒婆在一路呢，吵得好多人都聽到了。也虧得不是親姊妹，親姊妹哪有這麼算計人的，太缺德了。村長都差點讓人把那余曉月送官了，現在還關在祠堂裡呢！」

玉容真是大開眼界。

「幸好現在發現了，不然小草還不知道要受多大的罪。對了，嬸兒，村長家有說婚期什麼時候嗎？」

玉容想著到時候也去隨個禮，好歹都是一同逃荒來的，比較相熟。

「還沒定下日子呢，但左不過就這半月了。咱村裡辦喜事沒那麼複雜，那小草又沒娘家，到時候直接一輛牛車接過去，鄉親們一人一杯水酒，這親就算成了。」

玉竹豎著耳朵聽完陶二嬸的八卦，心裡一時不知是喜還是憂。

小草能認清那個曉月當然是好，但她嫁給一個心裡想著別人，甚至對她有誤會的男人，這往後的日子恐怕要難受了。

但自己現在還是個娃，知道小草沒事就放心了，至於別的，那就輪不到她操心了。

晚上，玉玲回來的時候帶回一大袋毛蝦，這是她聽了長姊的話，特地從其他漁民手裡買回來的。

這些毛蝦都是拿來餵雞餵鴨的，並不值錢，一大袋都快十斤，給五個銅貝人家還送了兩條巴掌大的小魚。

「長姊，這些毛蝦真能做調味的？」

「我也不太好說，咱們先試試吧。」

玉容端了木盆出來，先照著妹妹說的，把蝦都倒出來洗乾淨，然後在籬笆內尋了一塊平整的地鋪一塊舊麻布，再把蝦鋪上去。

前面的工序都很好完成，唯獨蝦烤乾了要磨的時候，傻眼了。

那臼是她之前搗藥用的，就一個男子巴掌那麼大的東西，這蝦卻是有一大堆要搗。

玉容一陣頭疼，只好打發了玉玲去陶二嬸家借了個臼回來一起搗。

工具就這兩個，玉竹自然沒事可做了，只能在一旁幫著姊姊捏捏肩、遞遞水。

好在兩個姊姊都大了，力氣比起玉竹來說要大得多，搗起來也不用像玉竹那樣，一弄就是小半個時辰。

快十斤的蝦最後搗磨完裝進陶罐裡，只有半罐。玉玲一估算，大概就一斤多的樣子。商鋪裡的調味品都是一點一點地賣，這半罐蝦皮粉還是很有賣頭的。

「長姊，明日我和陶木說一聲，跟妳一起進城探探這東西的路吧。」

玉容捏捏痠軟的手腕，想了想，拒絕了。

「才剛跟著上船呢，別老是跟船老大請假。妳每月至少都得請三、四日已經是很多了，再請，人家心裡該不痛快了。」

玉玲想想也是，只好打消了這個念頭。

「那我去給妳借頭驢子回來，船老大家有，我把那兩條小魚拿過去，借一上午。」

「能行嗎？」

玉容很是心動。畢竟明日也不是月初，蔡大爺是不進城的，若是自己走著去，花費時間不說，還帶不了多少東西回來。

沿海的天氣雖說還沒徹底變冷，但海風實在是大，尤其是早晚，吹得人受不了。她老早就想再進城買床被褥回來，還想買些棉花和布疋，給兩個妹妹做些厚實的衣裳。

若是有頭驢子，想買的那些東西就都能拿回來了。

「那明早妳去問問吧！」

姊妹倆商量完便封好了陶罐漱洗睡覺，誰也沒提起最小的妹妹明日該如何安排，弄得玉竹心癢難耐，晚上翻來覆去好久才睡著。

等她再醒來的時候，外頭的天已經大亮，屋子裡聽不到二姊的聲音，想來應該是走了。

玉竹麻利地起床，出去一眼就瞧見了屋前的那頭大黑驢。眼亮膘肥，一看就是精心養的。

「長姊，妳有驢去城裡啦！」所以，是不是也可以帶她一起去呢？

玉竹嘿嘿一笑，結果下一秒就被潑了冷水。

「這是妳二哥好不容易才借來的驢，所以長姊得早些出門了。等一下我帶妳去陶二嬸家，跟她說下讓妳在她家裡玩個半日，乖乖等長姊回來啊。」

好嘛，這是沒有要帶她一起的意思了。

算了，長姊自己都還不熟悉城裡，自己跟著怕是添亂，還是聽話去找陶嬸嬸玩。

「玉竹會很乖的，長姊放心。」

玉容欣慰極了，抱著妹妹去漱洗好，又從陶罐裡拿了煮好的兩個雞蛋給妹妹當早飯，這才鎖門，牽著驢子抱著她去了隔壁。

陶二嬸一聽她的來意，二話不說就把玉竹接過去，一點不讓玉容操心。

玉竹靜靜趴在陶嬸嬸的肩上，看著長姊走遠了才輕輕嘆了一聲，回頭吃起了雞蛋。

「咱們玉竹真乖，自己剝雞蛋吃。等一下嬸嬸帶妳去海灘玩，好不好？」

玉竹兩眼發光。

第十七章

玉竹跟著陶家嬸嬸往海灘去的時候，玉容還悠悠地騎著驢子在道上慢慢走著。

也不是她不想快，只是想盡了辦法都沒能讓驢子走得快些。好在村裡離城裡近，這般慢慢晃著，最多也就耽擱兩個時辰，誤不了什麼大事。

等她一路晃晃悠悠地走到城裡的時候，日頭已經快到正中了。

老遠就聽到了城裡各個小販的吆喝聲，隨風飄來的還有食物的香氣，早上才吃了一個雞蛋的玉容，肚子開始咕嚕咕嚕地叫喚起來。

她看了下自己的包裹，想著裡頭的東西，乾脆下了驢子，牽著去了一個麵攤。

「店家，來碗素麵。」

「好，姑娘是要小碗的吧？」

「自然。」玉容把驢子繫到一旁樹上，回頭在攤位上找了個角落坐了下來。

小老百姓一般都是吃兩頓，下午吃飯的時候還沒到，麵攤照理說應該生意清淡，但這麵攤的生意卻挺好，四、五張桌子，就玉容那桌還剩兩個位置。

也對，住城裡的總不會太缺錢，人家餓了便要吃，哪管是兩頓、三頓的。

玉容忍不住一笑。

店家有生意做，自己的東西才好賣。想到這兒，她轉頭從籃子裡把自己帶來的小陶罐拿出來放到桌上。

這原本是家中裝鹽的罐子，被她全倒出來洗乾淨，拿來裝了蝦粉。畢竟還沒找到買家，總不能一直抱著個大陶罐在路上晃。

「姑娘！妳的素麵，小心燙啊。」送麵來的是個大娘，瞧著是店家的妻子。

玉容朝她笑了笑，拿起筷子挑起麵試了下味道。

嗯，素麵就是素麵，只有鹽和麵的味道。不知道加了蝦粉，會有怎麼樣的驚喜呢？

「店家，大碗肉絲麵兩碗。」兩個很眼熟的男人坐到了玉容旁邊。

不是樣子眼熟，而是他們的衣裳，和之前她們剛到淮城時給她們做登記發牌子的那些人幾乎是一樣的。

這是官府的人？

玉容一顆心撲通撲通地跳，不是害怕，而是興奮。

心不在焉地吃了幾口麵後，那兩個男人的麵也煮好了。店家實在，麵上加了一大勺的肉絲，油亮亮的，很是誘人。

玉容下意識地嚥了下口水，鼓足了勇氣開口道：「大人要不要加些這個，加了這個，麵會更好吃。」

她把陶罐的封口一拔，朝著兩人的方向推了推。

喬家兄弟兩一愣，互相看了看，誰也沒動那罐子。

玉容腦中靈光一閃，想到了什麼，立刻把罐子拿了回來，用裡頭的竹片挑了一小撮放進自己碗裡，攪拌均勻了，自己先吃了一口。

「大人嚐嚐吧，很好吃的。其實民女是來城裡賣這東西的，但是不知這東西合不合淮城人的胃口，想請兩位大人試試味道。」

「淮城人？妳是逃荒來的災民？」

玉容點點頭。

「民女得入淮城落戶霞灣，實乃幸運之極，只是家中貧困，沒有收入，這才做了這些。若是能賣出去，家中也能有個出路。」

聽了她這話，又看她自己嚐了一口，喬家兄弟心中警惕小了不少。再看著罐子裡頭那細粉末，聞著也挺香的，便問道：「這是何物所做？」

「具體何物民女不能說，但是海物所製，絕對無礙。」

玉容三兩口把碗裡的麵條吃完，連湯都喝了個乾淨，轉頭一臉期待地瞧著喬家兄弟。

喬安被看得臉上一熱。雖然這姑娘又瘦又黑，但也是個姑娘，瞧得他怪不好意思的。

「大哥，嚐點唄。」

他一邊說，一邊拿著竹片挑了一些放進碗裡，學著玉容那樣攪了攪，才挑起麵條吃。

這麵條一入口，他就吃出了不同來。

李老頭這裡的麵，他和大哥從小吃到大，不管是素麵還是加了葷的，味道都是不能再熟悉。可眼前的這碗麵，味道卻要比之前吃的好上許多。

「大哥，真的好吃，你加點。」

喬遠半信半疑地拿過竹片，挑了一點放進碗裡。

不嚐不知道，一嚐嚇一跳，就這小小的一撮粉，竟能將這碗麵變得格外美味，彷彿變鮮了許多；尤其是湯，不再只是鹽的味道，好喝得很。

玉容眨巴著眼，看著兩人眼裡的訝異，對自家蝦粉的信心直線上升。

「店家，結帳！」

李老頭過來收錢。「姑娘，素麵一碗，兩個銅貝。」

玉容拿了三個銅貝出來放到桌上。「店家，能不能再來碗麵湯？」

李老頭笑呵呵地從桌上取走兩個銅貝。「一碗麵湯而已，不值當姑娘再多給一個銅貝。」

說完他轉身去了自家的湯鍋前，重新拿碗舀了一碗湯過來。玉容端過碗，直接往裡頭加了一撮蝦粉，叫住了正要離開的李老頭。

「店家能否賞臉嚐嚐這湯？」

李老頭一頭霧水。

喬安吃完麵，順手抹了下嘴，道：「李老頭，嚐嚐吧，有驚喜。」

兄弟倆放下十個銅貝，又看了玉容一眼，這才走了。

李老頭想著喬家兄弟的話，端過那碗麵湯小小吸了一口。嗯？這味道……

做了這麼多年的吃食，李老頭的舌頭可比喬家兄弟強多了。他自然是明白這麵湯和自己做的有多大不同。「姑娘，這碗湯不知是加了何物？」

玉容敲了敲小陶罐。「加了一點點的這個。」

李老頭探頭一看，那陶罐裡頭的粉末從未見過，香氣聞著也陌生。

「姑娘不妨直說。」

玉容臉上笑意更深了幾分。

「那我就直說了，這陶罐裡的東西呢，乃是一味調味料。相信店家自己也嚐到了，只要往這麵裡放上一點點就能增味不少。我呢，就是來賣這個東西的。」

「的確是增味，不過也就比尋常麵食好吃一點。」

李老頭心裡就跟那螞蟻抓似的，卻不想露了急，讓眼前這小姑娘看出自己的心意，是以故意說得不甚在乎。

玉容心裡有些不太自信，不過一轉念，她又想起阿娘買東西時的樣子。

明明很喜歡，卻裝作不甚在意的樣子，有時還會裝作不想買走人，如此店家便會心慌降價，最後成交的價格自然就要低上許多。眼前想來也是如此。

玉容穩定情緒，默默收起了桌上那個銅貝，然後把陶罐重新封好。

「看來店家是瞧不上這東西了。也罷，我再去別的小攤試試，左右這東西吃食裡都是能用的。」

說完她把陶罐放回自己的籃子，正要拿布蓋上時，李老頭終於坐不住了。

「姑娘稍等，妳這價錢都還沒說，怎知我瞧不上呢？」

玉容心下一鬆。果然，看來這店家應當很是中意這罐蝦粉，這便好說了。

「不知店家是打算買一點呢，還是買這一罐？」

李老頭下意識答道：「自然是想買一罐。」

說完又恨不得打自己一個嘴巴。答得這般急切，這價錢可就由不得他了。

玉容又重新把那小陶罐拿了出來。

「這東西是拿海物精心調製研磨出來的，工序複雜，小女和家人花了兩日時間才得了這一小罐。價錢也不貴，一罐五十個銅貝。」

「五十個銅貝?!」李老頭心裡著實一鬆。這比他預想的價錢要低一些，但又心痛，五十個銅貝要賣上兩天的麵才能掙回來。

玉容一眼不錯地盯著店家的臉色，知曉自己說的價錢不算高，之後便再也不肯鬆口了。

李老頭還沒見過這麼軟硬不吃的丫頭，加上攤上一直來人，只好忍痛拿了五十個銅貝買下了那罐調味料。

「姑娘小小年紀，厲害得很啊。這調味料可有名字？」

玉容差點脫口而出說是蝦粉，好在反應過來，硬生生嚥了回去。這東西日後興許會被人看出來，但現在她要靠這東西賺錢，不能直接說是蝦粉。

「它……增味的，叫增味粉，對！增味粉。」

李老頭跟著唸叨了兩句，很是寶貝地抱著罐子去做麵了。

第十八章

玉容美滋滋地把那五十個銅貝放進了袖兜裡，解了驢子正要走，就瞧見賣麵的大爺跑過來。

「姑娘！方才忘了問了，若是這增味粉用完了，該去何處尋妳買呢？」

也是，她把這事給忘了。

「這樣吧，我後日還會再來城裡一趟，到時候我再帶著東西來你這兒。」

得了這話，李老頭稍稍安心了些，一回頭瞧見又來了客人，連忙轉身跑了回去。

玉容牽著驢子在街上稍微轉了轉，便發現了兩家賣衣裳的鋪子。

其中一家店面頗大，進出的都是穿得體面的人，門口迎客的夥計很是諂媚，轉頭對著衣著普通的客人卻是冷眉冷眼的。

她不喜歡這個夥計，便去了第二家。

第二家店小，沒什麼夥計，從頭到尾都是掌櫃的在招待，瞧見玉容衣著舊衫也沒瞧不起她。

玉容左看右瞧的，發現一套成衣實在太貴了，稍微厚些便要三十個銅貝。厚棉被更是貴，一床要三百銅貝，怎麼看都不如扯些布自己做划算。

原還想著二妹馬上要生辰了，給她買套新衣裳的，算了，自己做吧。

玉容直接買了一疋布，又秤了二十斤棉花放到驢子上。臨走時，瞧著櫃檯裡那些漂亮的頭繩，想想小妹那越長越長的頭髮，咬咬牙也買了幾根。

從衣裳鋪子出來後，她又去了蔡大爺介紹的糧店。等她再從糧店出來時，全身上下就只剩下兩個銅貝了。

不光帶出來的銀貝讓她用完了，蝦粉賣的錢也花了大半。

這一個月家中需要添補的東西太多，這裡一點、那裡一點，伙食還不能太差，家中僅剩的那點銀貝早就拿出來拆開用了。

她一直沒敢告訴妹妹們，怕妹妹跟著憂心。

好在現下弄出了蝦粉這東西，應當是能賣上一陣，壓力也就沒那麼大了。

玉容貼身收好銅貝和那幾根頭繩，綁好了布疋和糧食便牽著驢子往回走。

這會兒大概是未時三刻，就算是慢慢走也能在傍晚前到家。不過先前答應了小妹要早些回去，怕是做不到了，也不知小丫頭會不會生自己的氣？

玉竹此刻正巴不得長姊晚些回來才好。

陶嬸嬸一早就帶她去海灘玩了，帶著她耙了一堆蛤蜊，還撿了好多漂亮的小貝殼，睡了午覺後又帶著她出來了。

讓她興奮不已的是剛剛在一片退了潮的暗礁群中發現了海蠣。

海蠣可說是海中牛奶，營養價值絲毫不遜於蝦皮，甚至是更高。而且這東西可煎可蒸可煮，怎麼做都是美味。

她們一家這個月雖養了些氣色回來，但身體還是虧損的，正好吃些海蠣補補，還不用花錢。

玉竹興奮地撿了塊石頭就想往裡頭衝。

她想砸兩個嚐嚐，這古代野生的海蠣和現代養殖的區別大不大。

「回來、回來、回來！小東西一眼不看著就要跑。」

陶二嬸抓著玉竹的衣服把人提回身邊。

「聽著啊，那邊不許去。裡頭的石頭可厲害著呢，不小心刮到就是一條傷口。咱村子以前有人就是在那片礁石裡摔了一跤，臉朝下割了好多口，一張臉都不能瞧了。」

玉竹一愣。

是她太興奮，太忘形了，海蠣外殼堅硬鋒利，不做好準備，自己這樣一個小娃奔進去確實是很危險。古代醫療技術那樣差，她可不能去冒險。

「嬸嬸我知道啦，我不過去，我就在那旁邊玩。」

玉竹指了指只有零星幾塊海蠣的礁石旁。

瞧見沒什麼危險，陶二嬸這才放了人。

「乖乖自己玩會兒沙，嬸嬸給妳抓幾隻螃蟹，等一下回去給妳煲粥吃。妳二叔的手藝可好了，保管妳吃了都不想回家。」

「好。」

看著玉竹乖乖坐在小石頭上，陶二嬸放心了，轉頭在沙灘尋起藏匿其中的大螃蟹，一邊找一邊還時不時地看上玉竹幾眼，確保她在自己的視線範圍裡。

四、五歲的孩子正是坐不住的時候，萬一一個錯眼看丟了，出了什麼事，她怎麼和玉容姊弟倆交代？

儘管玉竹平時挺乖的，也不能完全放心。

玉竹知道陶嬸嬸擔心什麼，乖乖坐著，哪兒也沒去。她手裡的石頭剛剛藏得好，沒被發現，這會兒倒是正好用上了。

礁石上，鮮活的海蠣殼是封閉的，想要打開取海蠣，一般都是用專門的工具來撬。可她這會兒手上沒有工具，只能用石頭砸開。

陶二嬸聽到砸東西的聲音，連忙提醒道：「小心著點，別把手砸到了。」

「知道啦。」玉竹手上更用力了些。

一連砸了七、八下，她那點力氣才砸開了一個海蠣。拂開海蠣上沾住的碎殼，一顆指頭大小的海蠣便露了出來。

樣子瞧著和現代的海蠣沒什麼區別，味道嘛……

她把那顆海蠣扯了下來，清理乾淨後直接扔進了嘴裡。

「欸，小東西往嘴裡扔了什麼?!」

陶二嬸嚇得臉都白了，急急忙忙就衝過來要掰玉竹的嘴。玉竹都顧不得嚐味，直接嚥了下去。

「嬸兒、嬸兒，別怕，這個好吃。」
「快吐出來！妳這孩子，都不知道是什麼東西就敢往嘴裡放！」
陶二嬸伸手就要去摳玉竹的喉嚨，她趕緊撒起嬌來。
「嬸兒，真的好吃，真的。妳看我，一點事都沒有啊。」
「真沒事？妳吃的那是什麼東西？」
玉竹拉著陶二嬸去看剛剛砸開的海蠣。不過海蠣被她吃掉了，上頭現在就只剩下一點筋肉，於是她拿了石頭又重新砸了一塊。
「嬸兒，就是這個。好吃的！」
「這……」
陶二嬸始終不敢下手。
他們祖祖輩輩都住在這海邊，能吃的東西都是知道的，從前一直都當這是石頭，這還能吃?!
「看著不太乾淨的樣子，而且這個東西長得太奇怪了，還藏在這樣的殼裡。」
玉竹不解地問道：「這樣的殼怎麼奇怪啦？蛤蜊肉不也是藏在殼裡的嗎？都是藏在殼裡的肉，這肯定也是能吃的。」
聽著不過是童言，卻讓陶二嬸無話可說。
因為玉竹說得沒錯呀，蛤蜊也是帶殼的肉，只是殼要比這東西的漂亮得多。都是長在殼裡的肉，誰說只有漂亮的才能吃呢。

陶二嬸瞧著玉竹那精神抖擻的樣子，心一點點地偏了過來，憂心過後便是一陣狂喜。這樣的礁石，每次退潮可是一片接著一片，簡直不要太多，要是裡頭都是這樣的肉，那村裡的糧食就又多了一樣。

只可惜這會兒潮水快漲回來了，再回去拿東西來撬好像有些來不及。

「咱們玉竹真是好福氣，不過今兒咱們手裡沒東西裝，帶不走了。反正這東西跑不了，等明兒個叫上妳長姊再一起來。」

玉竹眨眨眼，把手裡的石頭遞了過去。

「嬸兒，我剛剛砸的時候有一整塊被我砸掉了，那像是長在石頭上的，可以砸下來。」

陶二嬸半信半疑，拿著石頭對著剩下的兩塊海蠣沿著底砸了幾下。輕輕的一聲，一整塊海蠣便重重落進了沙裡。

竟然真的能完整敲下來！

不提陶二嬸此時的心情有多激動，就連玉竹也是欣喜。兩人一人拿了塊石頭砸著附近的海蠣，沒一會兒便砸了一大堆，拿來裝蛤蜊的簍子被裝得滿滿當當的。

沈甸甸的一簍子，玉竹推都推不動，陶二嬸一把提起挎到肩上，一手抱起玉竹。

「走，咱們回家去。」

兩人漸漸走遠，海水一點一點漫上來，很快便吞沒了這片長滿海蠣的礁石。

陶二叔算著時間，這會兒已經在鍋裡蒸好了雞蛋羹，就等著玉竹回來吃。遠遠瞧見妻子回來便迎出去。走近了，目光瞥到那滿當的一簍子。

「孩兒他娘，這弄一堆石頭回來幹麼？」

「你管我弄回來幹麼，先給我接了呀！」

這麼大一簍可重了，尤其一邊還抱著個孩子。陶二嬸累得出了一身的汗。放下孩子和簍子後，她又歇了會兒，這才拿了刀來撬海蠣。

起初還手生，撬得磕磕絆絆的，不過撬得多了，手也順了，一大簍的海蠣，她只花了半個時辰就全都撬了出來，弄了滿滿一碗的海蠣。

陶二叔偷偷過來瞧了兩眼，很是嫌棄道：「嘖，好噁心的東西，就跟鼻涕似的，吃的時候別叫我。」

叨完就跑，生怕媳婦跟他算帳。

「玉竹啊，嬸兒這弄了一大碗也不知道怎麼吃。等一下分你們家半碗，拿回去叫妳長姊琢磨琢磨怎麼做。」

玉竹驟然回過神來。

方才玩得太投入，都沒注意時間。這會兒天都暗了，二姊都要回來了，長姊怎麼還沒回來？

第十九章

「嬸兒，長姊怎麼還沒回來呀？」

騎著驢子按理來說應該要比走路快的，就算再耽擱，現在也該回來了。玉竹越想，心裡就越是不安。

陶二嬸也很是疑惑，不過倒沒玉竹那樣擔心。

「妳姊今兒去城裡有事，肯定要晚些時候才回來。而且她買東西雖然有驢子馱，但人得自己走，這彎彎小路且得走些時候呢！」

「會不會是長姊迷路了呀？」

「不會，咱村上城裡就一條路，肯定不會迷路的。妳啊，安心把蛋羹吃了，若是待會兒我家老二他們回來了還不見妳長姊，我便叫他們一起出村口去迎，放心吧！」

「好，謝謝嬸嬸。」

玉竹安心了不少，但沒見到人，心裡的石頭就還是落不下。心不在焉地吃完了一碗蛋羹後，她乾脆搬了個小凳坐到大門口。

從陶家大門可以一眼就看到自家門口那條路。

等了半個時辰，長姊沒等回來，倒是把二姊瞧見了。

她和陶家哥哥一人手裡提著個小網兜，裡頭瞧著都是魚蝦。

「二哥、二哥！」

玉玲聽到這聲二哥，走向自家屋子的腳立刻轉了彎。

「小妹？妳怎麼在這兒？長姊呢？」

「長姊還沒回來……」

玉竹也不知怎麼，瞧見二姊，鼻子就開始發酸。

「二哥，長姊走的時候說過的，讓我在陶嬸嬸家裡待一上午。可現在太陽都快落下了，長姊還沒回來。」

她越等就越是害怕。

玉玲一聽，心裡也慌得很，但她不敢露出來讓妹妹看見，只作輕鬆的樣子哄著。

「小妹別擔心，許是長姊給妳買了好多東西，走得慢了才耽擱了。二哥這就出去尋長姊，定能把長姊帶回來的。」

玉玲使了個眼色給陶木，陶木忙也跟著附和道：「對對對，不用擔心，我跟著妳二哥一起去，這裡的路我可都熟悉。」

兩人進院子和陶二嬸說了一聲，便放下手裡的袋子齊齊出了門。

玉竹還是不放心，卻也知道自己一個小孩子幫不上什麼忙，只好坐到陶二嬸身邊一起理著二哥他們帶回來的魚蝦，焦灼地等待著。

一開始還能坐得住，可隨著天色越來越暗，心也越來越慌，只恨不得插了翅膀出去找姊姊，哪裡還坐得住？只好又去纏著陶嬸嬸帶她去村口瞧瞧。

陶二嬸被纏得沒法子，正好自己也擔心，便帶著玉竹去了村口。也是巧了，兩人剛走到村口，就瞧見那路上幾個人影往村裡來。走近了，玉竹發現正是長姊他們。

咦？陶家哥哥加上二姊一起出去的，回來的話，應該是三個人，怎麼現在多了一個？瞧著身形還是個男人，他是誰？

不等玉竹琢磨明白，她就發現長姊走路姿勢不太對，竟是二姊一路扶回來的。長姊受傷了！

她就知道，若不是出了什麼事，長姊是絕對不會這麼晚回來的。玉竹掙扎著下了地，跑到姊姊身邊，緊緊抓著姊姊的手。

「長姊怎麼了？」

「沒事，就是沒注意腳扭了，才回來晚了。」

玉容拉著小妹的手，沒再說什麼，只顧著低頭往家裡走。

幾個人在前頭走著也沒注意，到家的時候才發現一直跟在後頭的男人不見了，也不知道是在哪兒分開的。

陶二嬸瞧著玉容精神不太好，便帶著兒子回了自己家，打算白日裡再來探望。

瞧著人都走了，玉玲才一把將屋門關上，扶著姊姊去床上坐下。

「長姊，到底是怎麼回事？方才我可是瞧見了，妳手上也有傷，背上衣服都磨破了。扭腳可扭不成這樣。」

「沒、沒事，就是扭腳摔倒了，衣服被地上的石頭上磨破了。」

玉容強裝鎮定，不肯再多說一句。

但她越是這樣，就越顯得有事。玉竹湊到長姊身邊，鼻子聳了聳。

「長姊，妳身上有臭臭的菸草味，妳也像村長伯伯那樣吐菸嗎？」

「我……」

玉容看著眼前的一大一小，差點忍不住把憋在肚子裡的話說出來。只是小妹還太小了，萬一聽了在外頭提起，自己的名聲……

「我有些累了，肚子也餓了，先做點吃的，吃了再說吧。」

玉玲接收到長姊的眼神，心領神會，也不再追問了，轉頭出去做吃的，吃完就開始哄著小妹睡覺。

姊姊們這麼想讓自己睡，那自己就睡吧。

玉竹演技了得，兩個姊姊還真是沒看出什麼來。

此時，外頭的天已經徹底黑了。只要她在床上一動不動，沒有聲響，姊姊們肯定看不出來她還沒睡。

如她所料，一等她睡著了，二姊就又開始追問起長姊。

這回，長姊倒也沒瞞著，把回來路上發生的事都說了出來。

「我今日買了糧食便牽著驢子往回走，走到半道上，發現身後有個男人跟著。他跟得不是很近，所以我沒瞧見臉，只覺得身材很是魁梧。整條路就我和他兩個人，我心中自然害怕，便走快了些將他甩掉了。」

一聽到有個男人跟在長姊身後，玉玲心中一陣後怕，握著姊姊的手緊了又緊。

「然後呢？那個男人追上來欺負妳了嗎？」

「沒有，他沒欺負我，倒是救了我。」

玉容靠在妹妹身上，心中那些害怕漸漸消散。她這會兒才有心情仔細回想著發生的事情。

「我把他甩掉後，走得有些快，眼看著快走到下陽村了，林子裡突然跑出來個醉鬼，嘴裡還叨著憑什麼別人都有媳婦，就是不給他媳婦。然後他就看到了我。那個醉鬼力氣太大了，拖著我便往林子裡走，說要讓我給他做媳婦，我實在是掙脫不開……」

要不是後面跟著的那個男人順著痕跡追了上來，如今自己……玉容打了個冷顫。

玉玲氣得牙癢癢，恨不得立刻沿路趕過去暴打那男人一頓。

「長姊，那個醉鬼，妳可有看清他的樣子？」

「倒是看清楚了，他的右臉有塊特別大的痦子，再見到，我肯定是認得出來的。只是……回來時只顧著害怕了，都忘了問恩人的姓名。他應當只是和我順路，是我小人之心了，現在想去尋都不知該怎麼尋去。」

「沒事，我瞧著那個男人是跟著我們進了村才分開的，想來也是這村子裡的人，總是能打聽出來的。」

姊妹倆又嘀嘀咕咕說了會兒話，這才睡下。

可聽完了姊姊遭遇的玉竹卻是怎麼也睡不著了。

她早該想到的，長姊一個弱女子，即便是路不遠也不該讓她一個人去城裡。雖然長姊如今瘦黑，根本瞧不出美貌，但架不住有那禽獸之人。

氣死她了！下回絕不能讓長姊再孤身一人去城裡。

玉竹又是氣憤、又是心疼，翻來覆去直到後半夜才睡了過去。結果一醒來瞧見長姊脖子上紫色的瘀痕時，心都要炸了。

什麼狗屁男人，活該沒有媳婦！下手這麼狠，簡直就是在殺人！心疼死她了。

玉竹輕手輕腳地爬起來，小心察看了下長姊身上其他地方。

脖子上的傷痕最重，耳朵後面有兩條傷痕，右手腕上也有一道瘀青，腳腕也是腫的。後背她不敢去看，怕吵醒長姊，不過依二姊所言衣服都磨破了，裡頭定然也是有傷的，得上藥才行。

玉竹把被子輕輕蓋回去，悄悄下床去找二姊。

只是屋前屋後都找遍了，也沒看到二姊的影子。

大概一炷香後，她才聽到二姊回來的聲音，立刻委屈兮兮地撲過去抱住二姊。

「二哥去哪兒了？」

玉玲一把將小人兒抱進懷裡回答道：「去還驢子呀，昨日就該還的。」是哦，長姊昨日是借了驢子去城裡的，她都忘了。

「二哥，長姊她……脖子……」

玉竹哽咽得說不下去。

明明一個人的時候心中只有憤怒，可一見到二姊回來，就忍不住鼻酸起來。

她埋頭靠在二姊的肩膀上，沒瞧見玉玲的眼也是紅紅的。

「二哥知道，等會兒就去買藥給長姊。小妹妳記著，長姊的事誰都不可以說，陶家嬸嬸也不可以，知道嗎？」

「我知道，二哥，長姊就是扭了腳，別的什麼也沒有。」

玉玲心中大慰，憐惜地摸了摸小妹的腦袋。

若不是這樣那樣的天災，小妹本該無憂無慮的，哪像現在這般，早早就懂事。

「乖啦，自己去把臉洗下，二哥去生火做點吃的。」

玉玲剛把人放下，就看到籬笆外走進來了一個婦人，瞧著很是陌生，她心中警惕起來。

「小妹，回屋子裡去，別開門。」

長姊如今那樣，是萬萬不能教人知道的。

第二十章

「玉家小兄弟是吧？」

玉玲點點頭，疑惑道：「妳是？」

「哦！我是村頭陶江家的，我叫魏春，你叫我魏嫂子就行。我來呢，是替我弟弟送還東西的。」魏春從袖兜裡摸了下，摸出了幾根顏色不一的頭繩來。「喏，就是這個。」

玉玲擺擺手，沒去接。「嫂子妳帶錯人了吧，這不是我家的東西。」

「怎麼不是？你姊沒說丟了什麼東西嗎？」魏春直接將那幾根頭繩放到玉玲手上。

「我弟弟昨日來我家給我兒子賀生辰，說是走在你姊姊後頭撿到的。只是他不知道你姊姊是哪一家的，便託我打聽來還了。我問過了，昨兒個牽著頭驢子去城裡的只有你姊姊。」

玉玲福至心靈，瞬間想到了那個救了長姊的男人。

從早起她就一直在擔心，自家守住了，卻讓那個男人說了出去。沒想到，他竟是這樣和家裡人說的。倒真是位君子。

這是恩人的姊姊，玉玲臉上立刻掛了笑，道了謝，客客氣氣把人送了出去。

村頭陶江家的魏嫂子……玉玲記在心裡，準備找陶木好好打探一下。

「二哥，長姊醒啦！」

聽到長姊醒了，玉玲回過神。「長姊，這頭繩是妳買的吧？」

玉容拿過頭繩看了下顏色，確認道：「是我買的。先前我放在身上，掙扎的時候掉了。妳哪兒找來的？」

「是救了妳的那個男人託他姊姊送來的。他沒多說什麼，只告訴他家裡是回來的時候跟在妳後頭撿到了。」

「那他……他是哪家的？」玉容說不出心中是何感覺，但迫切地想知道恩人的姓名。

「只知道是姓魏，長姊放心，待會兒我就去找陶木好好打聽打聽。妳現在呢，就乖乖在屋子裡頭養傷。」

之後幾日，玉容都聽話地待在屋子裡。有人來尋她便藉口腳傷得厲害，要多休養幾日。等到脖子上的痕跡都淡了，衣服蓋得住了，她才開始在屋外活動。

於是姊妹兩個在家鼓搗了兩日，做了整整一大罐的蝦皮粉，估計得有五斤。帶去城裡的那一小罐，也就能裝個二兩左右，這一大罐若是真能照之前那個價格賣出去，家裡就有一個銀貝的收入。

玉容想想就激動，可惜這幾日自己有傷，不能去城裡，也不知道那賣麵的李老頭用得如何。

李老頭自然是心急如焚了。

說來也是神奇，普普通通的一碗麵只要加上那增味粉，味道便能好上許多。自從他用了那東西，生意便好得不得了。

可生意好了，增味粉用得也格外快。眼瞧著馬上就要見底了，說好要送增味粉來的姑娘卻遲遲不見人影。

「喬安，這便是你說的那個麵攤？」

「正是，大人不如嚐嚐？」

來都來了，自然是要嚐嚐的。

喬安是李老頭攤子的常客，李老頭自是曉得他在官府做事。瞧見三位官爺沒有位置，不敢怠慢，連忙叫老婆子去隔壁借了張桌子過來。

桌子借來了，秦大人也不矯情，三人一起坐到一桌。

「店家，來六碗小份的素麵。」

「六碗？」三大男人吃六小碗麵？不能直接點三碗大份的？「可是還有客人沒來？」

秦大人笑了笑，搖頭道：「並不是，我們要點的是三碗以前的素麵，和三碗現在的素麵。」

李老頭立刻就懂了。「好，各位稍等。」

很快，六碗熱騰騰的麵就端上三人的桌。李老頭貼心地在加了增味粉的素麵裡放了幾顆蔥花做記號。

秦大人先是端了沒蔥的素麵嚐了嚐。味道和家中婆子做的並無區別。吃完了那一小碗素麵，又端起了另一碗有記號的。才吃了一口，他就放下筷子。

「大人？可是不合胃口？」

秦大人搖搖頭，閉著眼回味了下。的確是截然不同的味道。他又重新拿起筷子將剩下的麵全都吃完。

「喬安，去請店家過來，我有事要問他。」

李老頭得知要問話的竟然是秦大人，哪裡顧得上生意，立刻將手裡的東西交給自家婆子，趕緊過去回話。

「店家，聽說你這店裡的麵以前並不是這個味道。」

一聽這話，李老頭就知道秦大人想問什麼了。

「回大人，是的，小老兒在此處擺攤多年，味道一直沒有變過。直到前些日子來了位女客，賣了一樣東西給我，不管什麼麵加上一點點便能提味。」

「哦，是什麼樣的東西，不知店家能否拿來讓我瞧瞧？」

「自然。」

李老頭心中一嘆，知道今日這增味粉是留不住了。但他心裡沒有半分埋怨，因為秦大人是個好官，不管做什麼事都是為著淮城百姓著想。大人對這增味粉起意，想來也是有其他用處。

於是只剩個底的增味粉就這麼被秦大人帶走了。

秦大人也沒占便宜，除了該給的錢給了，還額外給了李老頭十個銅貝，算是找他買下的。回去的路上，秦大人反覆和喬安打聽了他和那位女客的談話。

「你確定她說這東西是用海物做的？」

「非常確定。大人，當時我大哥也在，不信您問我大哥去。」

秦大人點點頭。

懷裡的這點增味粉，得先拿去讓做飯的冬婆子瞧瞧，看能不能知道這是什麼海物做的。最近淮侯可是正在發愁，該怎樣把淮城的海物賣出去換錢呢！若是做出這增味粉的海物不是很難得的，那就太好了。

秦大人琢磨了半晌，交代下去，讓那賣麵的李老頭注意著些，若是再遇上那個賣增味粉的姑娘，一定要留住她，給官府報個信。

玉容不知道自己被官府惦記上了。自從她上回獨自進城受了傷，兩個妹妹都再不許她單獨進城，正急得不行呢，就聽說村長家後日要去趟城裡採買。這麼好的機會，當然要去蹭一蹭。

跟著村長家一路進城，回來的路上也有個伴，安全自是無恙的。玉容決定好了，就等著二妹傍晚回來告訴她。

正好，玉玲也有話要和她說。

「長姊，妳的那個救命恩人，我全都打聽好啦。」

「打聽出來啦？他叫什麼名字？」玉容瞬間將要去城裡的事忘得一乾二淨。

「他叫魏平，可了不得，是個廩吏，在官府當差的。他姊姊就是村頭陶江的妻子，聽說嫁過來已有六、七年了，育有一子，全家都極為寵愛，魏平更是隔三差五就要從城裡過來瞧他。」

「竟是官爺……」玉容只覺得心中的救命恩人形象更為高大起來。難怪那日他出手打那醉漢時格外乾淨俐落。

「那妳可打聽到了他在城中的住所？」

玉玲奇怪地瞥了一眼長姊，搖頭道：「這個陶木也不知曉，他也是去向別人打聽的。長姊，妳問他住所幹啥？」

「他救了我，自然該備禮感謝呀。」

玉容心裡已經開始琢磨著要備什麼禮，但家中無銀，只剩一罐蝦粉能夠拿得出手。可這東西也不好送人。算了，還是等去城裡把蝦粉賣了，再去城裡打聽下，買些肉食做禮吧。

她把自己的打算一說，玉玲倒是極為贊成。又聽到說是要和村長家的一起去城裡，頓時放心不少，也打消了自己要跟著一起去的念頭。

於是兩天後，玉容又一次進了城。

這回她直接抱著罐子去了上回吃麵的攤子。李老頭一見她，簡直就像是看見了救星。

「姑娘啊，妳可算是來了，叫小老兒好等！」

「真是對不住，前些日子受了點傷，一直在家養著，所以才沒能來城裡給你送東西，這不傷一好就趕緊來了。」

瞧見玉容帶來的那個大罐子，李老頭高興得兩眼發光，轉頭給自家老婆子使了個眼色，讓她趕緊去報信去。

第二十一章

一炷香後。

「姑娘，我們大人有請。」

「大人？什麼大人？」玉容被這突然冒出來的兩個男人嚇得不輕。

李老頭見狀，忙上前幫忙解釋。

「姑娘，是咱們府衙的秦大人想見妳，估計是跟妳這增味粉有關係。秦大人是個好官，姑娘莫怕。」

玉容知道這個秦大人，當初她們被冀城趕到這裡，就是那位秦大人負責收留她們。如今自己一家能安穩度日，多虧了他。「既然如此，那，帶路吧。」

說起來，自從來了這淮城，她都不知道官府的門是朝哪兒開的，今日倒是有幸去看看了。對了，救了自己的魏平就是在官府當差，等一下是不是能見到他？

「咳……兩位官爺，我能不能向你們打聽個人？」

其中一個衙差看了她一眼，回話還算客氣。「姑娘若是想打聽大人，那便免了吧。」

「不不不，你誤會了，我不是要打聽秦大人。我只是想打聽下，和你們共事的人裡頭有沒有一個叫魏平的人？」

「魏平？姑娘是他什麼人？」

兩個衙差的臉色瞬間變得和藹起來，不過聽到玉容回答說沒關係後，態度又變得不冷不熱。之後，一路到府衙玉容再也沒聽見他倆開過口，嘴巴嚴得很。

「姑娘，到了，大人就在裡頭等妳，妳進去吧。」

「我一個人進去？」

「是的。」

玉容來的一路都不害怕，現在卻突然有些害怕起來。那扇敞開的大門一眼望過去，什麼也瞧不見，令她心慌得很。站在外頭足足一刻鐘，玉容才鼓起勇氣抱著罐子走了進去。繞過了兩扇大大的書櫃後，她終於見到了傳說中的秦大人。

「民女玉容，拜見大人。」

秦大人努力控制自己將目光從那陶罐上移開，客氣道：「玉姑娘，不必多禮，起來坐著說話。」

一聽這話，玉容心裡一暖，略顯緊張地抱著陶罐起來，找了個椅子坐下。

「不知大人此次喚民女前來，所為何事？」

秦大人手裡的筆對著她的陶罐指了指。「本官聽說，妳這增味粉乃是海物所做？」

玉容點點頭。

秦大人心中一喜，又問道：「那做此增味粉的海物可難得？」

難得？玉容細想了下，二妹說那毛蝦素日網上來的不是很多，卻也不是很少。反正幾乎是沒人吃的，都是拿去餵雞鴨。「並不難得，還挺常見。」

秦大人一聽，眼裡的笑意止都止不住。「玉姑娘，妳可知如今淮城最缺的是什麼？」

這話問得玉容一臉茫然。她還以為秦大人會直接詢問做蝦粉的法子。

「大概是……缺糧食？」

「不不不，是缺錢。」秦大人站起身，背著手走到玉容面前。「能否打開罐子讓本官瞧瞧？」

「自然是可以的。」玉容低頭開始拆起繫在罐子上的繩子。

當初小妹做的那罐蝦粉沒有遮蓋，一個晚上就受了潮，所以之後的蝦粉就特別注意防潮。這罐蝦粉一做好，她就在布墊上又塞了乾草，還糊了泥，然後再以布蓋好、繫緊。這法子還是陶家嬸嬸教她的，管用是管用，就是拆起來有點麻煩。

秦大人一眼不錯地盯著玉容的動作，看到她取下來那糊了泥的封蓋，頓時明白，這增味粉應是怕潮，不過也正說明這東西能放。

海貨賣不出去的原因是什麼，就是放不久。淮侯和他都明白，淮城其實可以富裕起來，甚至可以比冀城更加富強，可他們就像是守著金山卻沒工具一般，守著大海，卻拿那些海貨沒辦法。因為大多數的海貨根本運不出去，只能賣賣一點鹹魚和蝦乾，來回除去車馬費用，根本不剩什麼，實在是不頂什麼用。可眼下這姑娘帶來的卻是條好路子。

增味粉他是親自嚐過的，食肆酒樓裡絕對好賣，富裕人家更是不愁銷路。而且這東西不像魚蝦那般一大堆運出去，卻只能賺上一點點銀貝。就這玉姑娘手裡的大罐子，一輛車便能裝上不少；而同樣一車魚蝦能賣出的價格，絕對要遠遜於一車增味粉。

秦大人越想心頭便越是火熱，看著玉容的目光也格外熾熱起來。

「玉姑娘，本官也不跟妳繞彎子，直說了吧！官府想買妳增味粉的方子。」

玉容心中雖已有猜想，但沒猜到秦大人會這麼客氣地說要買。這秦大人和家鄉的那位李大人可真是太不一樣了。

蝦粉的方子其實再簡單不過，玉玲早就說過，只要有心人琢磨些時日也是能琢磨出來的，她們本就沒打算長久做買賣，如今官府卻要買方子，賣了正好。不過，她沒打算賣錢。

「大人，這方子其實簡單得很，官府需要，民女自然不會藏著掖著。只是民女不想拿它換銀錢，而是想換點別的東西。」

「哦，什麼東西？說來聽聽。」

玉容心中一陣澀然，毫不猶豫地開口道：「民女想以此方換得家弟免除五年徭役。」

徭役苦重，每年總是有許許多多的人累死在服役時候。玉玲為了自己和小妹隱藏女兒身分，日日以男子身分出去勞作已是辛苦，若再讓她去服徭役，那簡直就是在挖自己的心。五年說長不長、說短不短，但足以讓自家不再像現在這般貧困，屆時，就算玉玲需要再服徭役，自家也可以拿出銀錢贖人。

秦大人萬萬沒有想到，玉容想要的竟會是這個。說實在的，每年服役那麼多人，免除一個人的徭役根本算不得什麼，也就是他和淮侯一句話的事。

「妳可想好了？」

玉容一瞧有戲，欣喜道：「大人，民女想好了，願拿增味粉的方子換家弟玉林免除五年徭役。」

秦大人點點頭，坐回到自己的書桌後。「既然如此，便遂了妳的願。」

玉容瞧著秦大人拿著筆在一根竹簡上寫了一行字，便傳了人拿著那竹簡去找一個叫喬遠的人。

「大人，那竹簡是？」

「瞧我，都忘了問妳是不是識字了，該給妳瞧瞧的。那竹簡便是免除妳弟弟徭役的批令，只是有這批令還不夠，還須得找到你們一家的戶籍登記，由部吏在妳弟弟名下批注一下。日後徵徭役之時，部吏瞧見批注，自然會略過妳弟弟。」

秦大人沒說多久，就聽到外頭人回話，拿著登記著玉家戶籍的竹簡回來了。

玉容識的字不多，但自家人的名字還有免除五年幾個字，她都是認識的。

二妹真的免了徭役！

秦大人這般乾脆，玉容只覺得心裡一直壓著的石頭頓時鬆了大半。

「多謝大人，民女這便將方子說予大人。大人可要拿筆記下？」

「肯定是要記下的，稍等。」秦大人起身去了隔間，拿了厚厚一卷空白竹簡出來。

「大人，其實……這方子，用不著這麼多的竹簡，三根盡夠了。」

「三根就夠了？」秦大人有些不太相信。

結果連三根都不用，兩根就抄完了。

那增味粉的原料竟是漁民們拿來養雞鴨的毛蝦？而製成粉的過程，竟然就是烘烤再搗磨？略去了玉容說的那幾點注意事項，整個方子最重要的製作步驟，就是烘烤後再把蝦磨成粉。這麼簡單的東西，為什麼之前就沒有人想到呢！

「大人，這方子都寫了，民女是不是能回……」

秦大人回過神來，正準備點頭，突然想到什麼，又開口留下了玉容。

「現在時辰還早，玉姑娘且等等，本官命人去買些毛蝦回來，還得請姑娘再做一遍。等做完了，本官會派車送妳回去，妳放心。」

方子都說了，再做一遍也沒什麼。玉容很是乾脆地答應了，跟在秦大人的身後準備去府衙的後廚，卻不想走在前頭的秦大人突然轉過身來。

「對了，妳這罐子裡的增味粉是拿到城裡來賣的吧？」

「正是。大人，可是以後都不能賣這增味粉了？」

秦大人笑了笑，搖頭道：「那倒不是，只是日後官府會出面收這增味粉，妳若是要賣，日後直接賣到官府便是。至於妳手上這罐嘛，就由本官買下，讓這府衙裡的小子們也嚐嚐味。」

小子們……

玉容心下一動，想到了自己那個連模樣都沒看清過的救命恩人，魏平。

待會兒做出了蝦粉，直接向秦大人打聽的話，應該……可以吧？

第二十二章

不等玉容下定決心，就聽到門外傳來一道熟悉的男聲。

「大人，方才您交代下來讓去買的毛蝦，屬下家中正好還有些，便回去都拿來了。」

這聲音……和那天傍晚在林子裡救下自己的人一模一樣！

玉容偷偷從秦大人身後探了個頭，想看看救命恩人長什麼樣子，結果他一直低著頭，什麼也看不清楚。

「魏平，你先把那些毛蝦拿去給冬婆子，讓她把蝦都清洗了瀝乾。」

秦大人一開口，魏平立刻領命走了。

玉容雖然沒看到他長什麼樣子，但看到他的身形十分高大，腰間一把佩刀更是威武，走起路來還快得很，幾個眨眼便不見了。

等秦大人帶著玉容來到後廚的時候，冬婆子已經把毛蝦全都清洗乾淨，瀝了水。

「玉姑娘，接下來就看妳動手了，要什麼都可以和冬婆子說。」

玉容不著痕跡地四下看了看，沒發現想見的人便收了心，專心做起蝦粉。她瞧了下，魏平帶來的毛蝦也就一斤左右，拿一塊石板就全都擺得下了。

等做好後，一斤多的毛蝦就變成了半碗蝦粉。

秦大人特地讓冬婆子做了碗麵，又親自加了新鮮出爐的增味粉嚐味道，確定和之前那些是一樣的，心頭大定。

方才做這東西的時候，他也是全程觀看，過程實在簡單，即便是他來，也做得出來。心中歡喜的秦大人已經迫不及待地想要拿著增味粉和方子去見淮侯了。好在他還記得囑咐下去，派了輛馬車送玉容回去。不過玉容覺得馬車有些太招搖了，便和趕車的大叔商量換成牛車。

當牛車慢悠悠地駛出來的時候，玉容突然靈機一動。

「大叔，能不能先將車子繞去魏平家一趟，他上陽村的姊姊有話讓我帶給他家。」

府衙的車伕，興許知道魏平的住處呢？

還真讓她猜對了。

車伕問都沒問，直接調頭將牛車趕到了離府衙極近的一處巷子內停下。

這地方，玉容從來沒有來過。她下了車，走進巷子瞧了瞧，家家戶戶的房門樣子似乎都是一樣的，實在看不出來哪家是魏家。

算了，先回去，剛從府衙出來，身上只有秦大人買下蝦粉給的銀貝，還沒買肉做禮，就是瞧清楚了也不能去。

於是她直接坐了牛車去集市上買了點必需品，便回了上陽村。路上，她瞧了下，和村長家約好的地方已經沒車，想來村長家的已經都回去了。

到約定的時候沒看到她，他們回去也不知道會怎麼跟陶嬸兒說。

「大叔，麻煩能再快點嗎？」

「好，姑娘坐穩了！」

牛車跑快了起來，可即使是這樣，她還是在半道遇上出來找她的陶嬸、陶叔，還有眼睛哭得又紅又腫的小妹，讓她心疼。

「長姊！嗚嗚嗚……妳怎麼沒跟村長伯伯家一起回來呀？嗚嗚嗚……」

玉容抱著哄了又哄，才把小祖宗給安撫了下來。

「阿容這是去哪兒了？也沒給村長家帶個口信，玉竹一見妳沒跟他們回來就哭著鬧著要去找妳，拉都拉不住。」

陶嬸兒也是被鬧得頭疼，一向乖巧的娃突然又哭又鬧的，真是讓她招架不住。往日她姊姊沒按時回來，也沒見她這麼大的反應。

玉容心知小妹是因著上回的事擔心自己，連忙和陶嬸兒道了歉，請他們一起上了牛車回去。

到家時，玉容想起秦大人的話，很快官府便會將做蝦粉的方子公布出來，到時候會由官府出面來收購蝦粉。雖然價錢可能沒有自己一開始賣得那麼高，但總比拿去餵雞鴨得好，也是一項收入。

「嬸兒，這幾日妳若是有法子就多弄些毛蝦來，我教妳做點東西，能賣錢的。」

「毛蝦？那東西能賣什麼錢？」陶二嬸不太信。

「嬸兒信我，保證賺錢。」

陶二嬸想想也沒什麼損失，拿來試試也行，於是第二日她就提著一袋毛蝦來了玉家。

可能心裡還是不怎麼相信小小的毛蝦能夠賣錢，也沒有聽話地多找些毛蝦，就拿著兒子船上分到的那點就來了。

等她瞧著玉容幾下把一袋毛蝦做成了粉，心裡已經隱隱有些後悔，結果再一嚐，真是恨不得立刻去找人換了毛蝦來多做些。

「嬸兒，這東西妳放罐子裡封好了，別受潮，官府馬上就要開始收這東西了。方才也看會了吧，這幾日就儘量多做些；若是等官府通知下來，到時候想要買毛蝦可就不容易了。」

「啊?!官府收？妳哪兒來的消息？官府收這東西去做什麼？」

陶二嬸想相信又不敢信。

玉容瞧她那糾結的樣子，只好把昨日的事情大概和她說了下。

自己去府衙的事，她沒想瞞著誰，畢竟再有一個月，徵召徭役的部吏就要來了，自己拿方子免除五年徭役的事情到時候也瞞不住，而且秦大人還有意拿自己的例子來鼓勵民眾積極獻方。

這種對自己名聲有好處的事，她自然是不會拒絕。她也是想著，若是阿娘也流落到了淮城，聽見自己的名字，自然就能找來。

陶二嬸聽完，半天沒能回過神來。

府衙是多威嚴神秘的地方，玉容不光是進去了，居然還見到了秦大人！她幾乎立刻忘了毛蝦能賣錢的事，又問起了秦大人。

陶嬸兒一直在玉家待到了傍晚才心滿意足回家，臨走時，玉容特地和她說了，明日可以多帶些人到家裡來學，那意思就是打算先教村裡人做這個增味粉。

於是接下來的幾日，玉家人來人往，親戚帶親戚，都是為了來學那什麼能把毛蝦變寶的方子。玉容忙得團團轉，雖然身體有些累，心裡可踏實了。

自己一家是逃荒來的，突然被分配到這個村子，村裡人都不熟，平日裡遇上村民也都是淡淡地點個頭，誰也不會主動來找她說話，除了陶家，總是有種融入不進這個村子的感覺。

現在嘛，她已經能認出村裡大半的女人，還得了幾個朋友，就連小妹都多了好幾個玩伴。

「長姊，我去找二毛他們玩啦！」

「去吧去吧，吃飯的時候就要回來哦，不可以在別人家裡吃飯。」

「知道啦！」

玉竹得了話便如同那放飛的小鳥，飛出了家門，先去二毛家。

二毛是個女孩，她爹是陶二叔的姪子，起初也是陶嬸嬸帶到家裡來玩認識的。小丫頭今年六歲，是個比男孩子還野的小瘋子，村裡的小孩們小到三、四歲，大到九、十歲，通通都打不過她，頗有種上陽村一霸的感覺。

也不知道為什麼，她對其他小孩子凶巴巴的，對玉竹卻是很照顧。知道今日玉竹要來找她玩，早早就在門口候著，一瞧見玉竹便上來拉著她跑。

「小竹子！跑快點，馬上就要退潮了，我娘她們都走啦！」

「二毛，歇、歇會兒！我腿短！」

「嘖，妳真是太弱了。」

二毛嫌棄歸嫌棄，腳下卻慢了下來，兩個人慢慢往海灘走。走著走著，發現前頭路上有個小男孩在哭。

玉竹認出來，那個小男孩就是上次跟著她抓螃蟹的陶寶兒，剛伸出腳要過去，就被二毛拉了回去。

「別管他，他娘魏大春可凶了，等一下要是被她看見，肯定說是妳把她兒子弄哭的，到時候說不定還會打妳。」

「魏大春？」

玉竹眨眨眼，突然覺得這個名字好熟悉。

長姊那救命恩人的姊姊，好像就是叫魏春來著，所以陶寶兒就是那個備受家人寵愛的娃？

第二十三章

「二毛，我跟他認識，我去瞧瞧他怎麼了。」

玉竹小跑到陶寶兒身邊問：「陶寶兒，你怎麼哭了？」

聽到熟悉的聲音，陶寶兒抹了把淚，抬頭看過來。「是、是妳啊？」

「你還記得我呀？你一個人在這兒哭什麼呢？」

玉竹不問還好，一問，陶寶兒居然越哭越大聲，不知道的還以為是她把陶寶兒欺負了。

「小竹子，我都說了，叫妳不要管他啦！咱們走吧，長福他們肯定都等著咱們呢。」

二毛又上前來拉玉竹。

玉竹也想去海邊玩，可這陶寶兒怎麼說也是長姊救命恩人的外甥，看見了不問問不太好。

「陶寶兒，你真的不理我嗎？不理我，那我就走啦？」

見他還是不說話，玉竹嘆了口氣轉身準備和二毛離開，卻不想衣襬突然被後頭的陶寶兒給拽住。

「玉竹妹妹，妳、妳別走……嗚嗚嗚……」

玉竹一陣頭疼。

她最怕的就是這樣一直哭卻不說原因的人。一旁的二毛顯然比她更沒耐心，扯開了陶寶兒的手，凶巴巴地朝他吼道：「愛哭鬼走開！真是討厭，一天到晚就知道哭哭哭，回家找你娘哭去！小竹子，咱們走。」

陶寶兒被吼得一個哆嗦，眼淚都憋回去了，紅紅的眼睛掛著淚珠，別提多可憐。

他大概是整個村子裡最白淨的小孩子了，哭起來，那雙眼睛也顯得格外地紅。玉竹對這樣的小娃娃實在硬不起心腸，決定再問最後一遍。

「陶寶兒，你先別急著哭，你得告訴我你在哭什麼呀！你到底怎麼啦？說出來，二毛這麼聰明，肯定能幫你解決問題的。」

被順了毛的二毛心情瞬間好了不少，也覺得陶寶兒好像沒那麼討厭了。

「對！你說出來，我可以幫你。」

陶寶兒支支吾吾了好一會兒，才把事情講清楚。原來是他裝著零嘴的荷包被村裡一個大男孩搶走了。

「吃的東西他拿就拿了，可是，那個荷包，是我生辰的時候舅舅送我的！」說完他又哇地哭了出來。

二毛啪地拍在他的肩膀上。「不許哭！」

陶寶兒的哭聲戛然而止，還打了個嗝。

玉竹忍著笑問道：「你認識那個搶荷包的男孩嗎？」

陶寶兒委屈兮兮地搖了搖頭。他若是認識，還用得著在這裡哭，直接叫娘上門去討要回來就行了。

「那他長什麼樣子？高矮胖瘦，有沒有什麼和別人不一樣的地方？」

「他很高，比我高，還比我瘦，比別人凶。」

這個描述真的是讓人很難找。

「二毛，你有辦法幫他找到人嗎？」

二毛很是驕傲地拍拍自己的胸脯。「當然可以啦，我可是很聰明的。」

她帶著玉竹和陶寶兒找到自己的小跟班，才問了兩句，就有個娃大聲說他知道了。

「方才我出來玩的時候，看見石頭拿著個漂亮的綠色袋子很高興地回去了。」

陶寶兒一聽，頓時激動起來。「我的荷包就是綠色的！」

「石頭是誰？」

玉竹跟村裡的小孩們玩了幾日，好像都沒聽過這個名字。

二毛湊到她耳邊小聲道：「石頭啊，是個壞孩子。他爹死了，家裡就一個娘。他老是出來偷偷拿別人家裡的東西，我娘說了不許和他一起玩。」

這樣啊……

「那陶寶兒的荷包怎麼辦，咱們可以幫他拿回來嗎？」

玉竹剛問完就瞧見二毛用一種「妳是傻子嗎」的眼神看著她。

「這事他娘去不就好啦？哪兒用得著咱們去幫忙呀。」

於是得了消息的陶寶兒很聽話地回家找他娘去了。不過一炷香後，大家又見他跑了回來。

「二毛、玉竹妹妹，我、我能不能，跟你們一起玩啊？」

玉竹自然是無所謂，只是如今自己也是跟二毛混的，還要聽聽她的意見。

然後二毛很乾脆地拒絕了。「不行！」

就瞧見陶寶兒那還紅腫的眼又開始蓄起眼淚。玉竹拉了拉二毛的衣袖，小聲問為什麼。

「他太嬌氣，磕一下、碰一下他娘就得來找我們麻煩，又愛哭得很，比女孩子還能哭，我可不想帶他。」

一聽二毛這話，陶寶兒立馬吸著鼻子保證道：「我保證不哭，也不叫我娘來找你們麻煩。」

「隨便你。」

二毛傲嬌地丟下三個字便拉著玉竹往沙灘上走，完全忘了之前自己還斬釘截鐵地說著不要帶陶寶兒。

玉竹跟著二毛在沙灘玩了會兒，身上帶著的小簍子就滿了。裡頭其實也沒裝啥，就一點蛤蜊還有貝殼。要想抓那些好東西，那還得再往前走，不過村裡的大人都是不讓小孩子過去的。

越是前面的沙灘，漲潮時的水位也深，淹起來也快，就怕一個不注意，小娃娃逗留在沙灘上就被潮水困住淹了。

二毛雖然平時老跟爹娘頂嘴，這時候卻是很聽爹娘的話，只肯遠遠帶著自己的小跟班們在淺灘上玩耍。

魏平一來就瞧見小外甥正撅著個屁股跟一群小孩子刨沙，當真難得。

寶兒從小就在城裡住著，今年是因著他阿爺身體實在不好又想孫子，才讓他回來住。聽姊姊說，寶兒跟村裡的孩子合不來，平時沒少受人欺負，都是一個人在玩。沒想到這次來上陽村居然瞧見他跟別的孩子玩得還挺開心的。

「寶兒！」

聽到自己的名字，陶寶兒立刻循聲看過去，瞧見是最疼自己的舅舅回來了，立刻喊著舅舅就跑。幾個小孩跟著看了一眼，不甚在意地繼續玩他們的，唯有玉竹發了好一會兒的呆。

她見過陶寶兒的舅舅！他就是當初自家剛到淮城時，城門口嗓門特別大的那個官爺。

話說當時，自己還衝他笑來著。原來救了長姊的，就是他。

玉竹下意識地朝他們走了過去。

陶寶兒被抱得高高的，一眼看到了走過來的玉竹，立刻就掙扎著跳下舅舅的懷抱，過去拉人。

「玉竹妹妹，這是我舅舅！我舅舅可厲害了，能抓好多好多的壞人！」

魏平聽了只覺得哭笑不得。姊姊也不知道是怎麼和寶兒說的，將自己說得也太過誇張了。

但這小丫頭，好似有些面善。

「魏叔叔，你不記得我啦？我們在城門口見過。」

說著玉竹又做了個和那時一模一樣的表情。

魏平立刻就想起了那個對著自己笑的小女孩。雖然眼前這個小丫頭臉圓了些，身上也長了肉，但那雙又大又亮的眼很難忘。

「原來竟是妳，真是太巧了。怎麼樣，這一個多月在上陽村住得還習慣嗎？」

玉竹用力點點頭。「上陽村很好，還給我們一家分了房子住，也沒有再餓肚子。」

得知玉竹在村裡適應得很好，魏平很是欣慰，畢竟這一家當初是由自己插手才分來了這裡，若是過得不好，他也於心難安。

「過得好就好。好啦，你們小孩子自己去玩吧，我還要去辦差事呢。」

魏平摸了摸兩個娃的頭，正準備往村裡走，突然又轉過身來問道：「玉竹？妳姊是叫玉容對吧？」

「對呀。」

「那巧了，我正要去妳家尋妳姊姊，妳能帶路嗎？」

玉竹想都沒想便點頭應了。

走在路上的時候，魏平想著自己和這玉家挺有緣的。等到了玉家，瞧見大人讓自己找的玉容就是那日自己救下的姑娘時，他心裡莫名有種很玄的感覺。

自己和這玉家，恐怕不是一般的有緣。

第二十四章

「小妹……你們這是？」

玉竹一瞧就知道姊姊沒有認出魏平就是她的救命恩人，忙提示道：「長姊，魏叔叔是陶寶兒的舅舅，他說他來找妳有事。」

一提陶寶兒，玉容便反應過來了。畢竟她這些日子也聽二妹帶回來不少消息，知道救命恩人最疼愛的外甥便是叫這個名字。所以，小妹領回來的這個男人，就是魏平！

玉容眼睛一眨不眨地盯著他，一顆心緊張地撲通亂跳，上前照著家鄉的規矩給他行了個禮。「上次途經下陽村遭難，多謝恩公出手相救，玉容實在感激不盡。」

魏平連連擺手。「姑娘言重了，那只是順手而為，想來任誰路過瞧見都不會袖手旁觀的。」

玉竹瞧著兩個人一個比一個客氣的樣子，心中只覺得好笑。

「魏叔叔，你不是說來找長姊有事的嗎？」

「對對對，是有事。玉容姑娘這會兒可有時間同我一起去村長家？大人吩咐的事，得在村長家才能說。」

聽到是大人吩咐下來的事，玉容明白他恐怕是想去找村長說那收購加工毛蝦的事。這是正事，當然不能耽擱。玉容便鎖了門，帶著他和玉竹一起去了村長家。

大人們在屋子裡頭談事，玉竹這樣的小娃自然就被趕了出來。

院子裡有些亂，擺放著大堆的桌椅，村長的妻子雲氏正帶著自己的妯娌指揮著子姪們進進出出地幫忙布置。

玉竹個子小，一不小心就會撞到人，所以她和長姊說了一聲，跑去村長家屋後那條小水溝坐著等姊姊出來。等了好一會兒，才瞧見長姊他們從屋子裡頭談完事出來。

「陶村長，秦大人交代的事，得督促著盡快傳達下去。我呢，就回去覆命了。」

之後，玉竹就被長姊抱著回家了。「長姊，你們關在屋子裡頭說了什麼悄悄話呀？」

「什麼悄悄話，那是說正事。」

至於是什麼正事，玉容沒有和小妹講。小妹才四歲，這些事不是她該知道的。

不過晚上等玉竹睡著後，她和玉玲說事的時候，還是被她聽到了。

原來魏平這一趟是給各村發放府衙收購增味粉的通知的，當然還有方子。考慮到長姊是這方子的貢獻者，手藝已經純熟，便讓她在附近的幾個村子做示範，帶領村民們。

府衙辦事效率還真是快，長姊這才回來幾日，他們就發了通知，而且即日起便能在城中販售增味粉，由官府統一收購，來者不拒。那之後的日子豈不是要忙翻了？

接下來的日子正如玉竹猜想的那樣，玉容忙得團團轉，經常是上半天在這個村，下半天又在那個村。平時只能餵雞鴨的東西如今竟然能變成錢，村民個個都積極得很。

玉竹如今幾乎是常駐在了陶家，儘管平日長姊會把她的糧食交到陶嬸嬸家，儘管陶嬸嬸和陶二叔都對她很好，可她還是覺得不自在。

她不止一次說過，讓長姊把存糧食的鑰匙給她，她可以自己在家做飯吃，但長姊就是沒有鬆口。誰會放心一個四歲的小娃娃獨自在家生火做飯呢，萬一不小心燒了房子傷著自己怎麼辦？

兩個姊姊有這樣的擔心也是無可厚非，玉竹理解，但陶嬸嬸的阿娘聽說重病了，今日就得回去照顧，陶二叔也得跟著去。所以……

「不行，妳一個人在家想都不要想。小妹乖啊，妳現在還小，等妳長大了，妳說什麼都行。待會兒我把妳放到巧蘭嬸兒家裡去，妳不是喜歡跟二毛玩嗎？今天可以跟她玩一整天了。」

「我不要！」

玉竹很是委屈。她明明有自己家，為什麼要去別人家裡待著？看著別人一家熱熱鬧鬧，自己卻是孤零零的，心裡可不好受了。

玉容還是頭一次見妹妹這麼反抗自己，生氣倒是沒有，就是覺得好笑。若是小妹再大個兩、三歲，她興許能放心，可四歲絕對不行。

玉玲生怕她們吵起來，忙做了和事佬。

「長姊，不如就讓我帶小妹去船上吧！今天瞧著是個好天，去船上也不打緊。」

一聽上船，玉竹頓時兩眼發光，立刻撲到二姊身上抱著她就不鬆手了。

「二哥、二哥，我要去船上！」

「胡鬧！船上是妳能去的地方嗎？」玉容黑著臉訓了小妹，轉過頭又訓起了二妹。「那船老大能破例收妳上船學抓魚，能破例讓妳帶娃嗎？漁船就那麼大個地方，小孩子跑了跳了一個不注意掉海裡了，他願意承擔這些風險嗎？再說妳在船上還得做事，哪有工夫看著小妹。我不放心！」

玉玲等長姊訓完了，才開口道：「長姊，妳先聽我說完嘛。今兒個船老大不上船，只有我和陶木兩個人。我們也不是去捕魚，就是沿著海岸運些海貨到行江碼頭，一來一回雖然時間有點長，但看顧小妹還是可以的。妳要再不放心，便拿個繩子將小妹捆了，我給她放船上，保證丟不了。」

玉容還在猶豫。「可小孩子上船，總歸不好。」

「這有啥不好的？村裡的小娃娃們，十個有九個兩、三歲就開始往船上跑了。漁民家的娃，天生就是要吃海裡的飯，長姊，妳該適當讓小妹接觸這些了，咱們又不是只在這兒住個三兩天。」

玉竹瞧見長姊聽了這話，眉頭鬆了不少，頓覺有戲，立刻放開二姊的腿轉過頭去抱著長姊。「對啊對啊，長姊就讓我跟二哥去吧！要不然以後跟二毛他們玩，他們說起船上的事我什麼都不知道。我保證乖乖的，不亂跑也不跳，長姊，求求妳啦！」

玉容最怕的就是小妹這樣黏乎乎的，讓她實在不忍心拒絕。加上出門的時候馬上就要到了，也沒工夫在家跟兩個妹妹磨蹭，最後只能答應了。

第二十五章

「二哥真的會把我捆起來嗎？」

「怎麼會，妳不是說妳會很乖嗎？妳乖乖的，二哥做啥捆妳？」

抱著軟乎乎的小妹，玉玲心滿意足地捏了又捏。自從她上了船，平時真是太少時間和小妹相處了，真怕哪天回家，小妹就和自己生分了。

「瞧，那就是咱們今天要坐的漁船。咦，陶木頭已經到了。」

玉玲趕緊走快了些，到船邊才發現該運的貨差不多都已經讓陶木搬到了船上。

「你這人怎麼回事，都說了讓我跟你一起搬，昨天都答應得好好的。」

陶木不以為意。「反正我閒著也是閒著嘛！你那小身板拉拉漁網還行，搬這些會累壞的。」

明明是關心的話，讓他說出來卻像是嫌棄玉玲身體弱似的。

在小妹面前被這樣看低，玉玲自是氣不打一處來，放下小妹便開始去搬剩下的竹筐。

玉竹瞧著那一筐筐的魚，勒得二姊手都泛紅了，心酸得厲害。二姊這才跟著上船大半月，就已經明顯比自己和長姊黑了，平時在自己看不到的地方，都是在做著這樣累的事。

二姊好辛苦啊……

長姊說過，戶籍造假是大罪，二姊的身分是絕對不能讓人知道的。難道日後就要讓二姊這樣一直勞累下去嗎？

不行！

一定要想個辦法，既能恢復二妹身分，又能不被官府問罪。

話說，當年范蠡將所有身家捐獻給了齊國，得了齊王封為相國；若是自家也能發家，以淮城如今的經濟情況，就算沒有范蠡那麼雄厚的家財，應當也是可以免去戶籍造假的罪名吧？

玉竹的心從這一刻起又充滿了鬥志。

自己曾經身無分文都能打拚出一間公司，這個時代的商機更多，她就不信會賺不到錢。

搬完貨的玉玲一回頭就瞧見小妹眼睛紅紅的樣子，眼淚都在眼眶裡打轉。

「小妹？眼睛怎麼紅了？」

「二哥，我沒事，就是風有點大，沙子進了眼睛。」

玉竹擺了個笑臉，玉玲才沒說什麼。抱著她直接上了船，將她放到魚筐之間，自己方才特地留出的空隙裡。

「乖乖在這兒坐著，睏了就靠在筐上睡一會兒。」

「知道了，二哥。」

漁船搖搖晃晃地行了不到一炷香的時間，她就睡著了。

等到再醒來的時候，船已經靠了碼頭，二妹和陶木哥正在卸貨。玉竹趴在船舷上，瞧著簡陋的行江碼頭上人來人往，都是卸貨裝貨的壯漢。

大海遼闊，每每遠望總是能讓她的心境平復下來。只是這會兒卻靜不下心。因為她在東南方的天空中，發現了大片白色羽毛狀的卷雲。

老漁民一瞧就知道，這是颱風來臨的徵兆之一。

半個時辰後，卸完貨的兩人終於回到了船上。兩人累得不行，身上的汗水都把衣裳給浸濕了。

玉竹忙拿著船上的扇子過去給她搧風。「二哥，要不要喝點水？」

玉玲笑著搖了搖頭，自己拿過扇子搧起來。「二哥沒事，歇一小會兒就好了。」

玉竹瞧她精神還好，心下放鬆不少。只是一瞧見遠處那片卷雲，心裡又慌得很。她轉頭去扯了扯陶木的衣袖，指著那片卷雲問道：「陶木哥哥，那片雲是不是很像鳥兒的羽毛？」

陶木抬頭瞥了下，很是敷衍地說了個像。

他並不知道這片雲彩代表的是什麼。這樣看來，上陽村的那些老漁民也應當是不知道的。因為知道的話，這樣重要的知識是不可能不教給後輩的。

玉竹咬著唇，心亂如麻。

天空高處出現這樣的雲，很大機會是颱風要來了，但也有可能不是。自己說出去也不會有人相信，甚至還會把自己當怪物吧？

「陶木哥哥，我聽二毛他們說，咱們這兒有時候會颳很大的風對嗎？」

「是的，很大的颱風。颳颱風的時候可不能出門，玉竹妳這麼小，會被吹上天的。」

陶木說完，彷彿是想到了小人兒被吹上天亂轉的場景，自己竟笑了起來。玉玲沒好氣地白了他一眼，將妹妹拉了回來。

「別聽他胡說。小妹餓了沒？」

玉竹搖搖頭，又湊到了陶木身邊問：「那颱風來之前，會有什麼預兆嗎？」

說到這個，陶木倒是正經起來。自從玉林上船以來，船老大和自己好像都沒和他講過颱風的事，這會兒左右沒事，跟兄妹倆講講正好。

「颱風啊，咱們這兒一年總是會颳個三、四次，今年已經來過兩次了，你們那屋子的屋頂便是在上一次颱風吹壞後重新修繕的。我爺、我爹他們都是老漁民，他們說過，若是海裡無風有浪，驟雨驟停又落，魚兒亂跳，那便是颱風來臨的徵兆了。」

玉竹暗暗點頭，老前輩們觀察得很仔細了，這些確實是颱風來臨前的徵兆，只是還不夠完整，很多是後人一點一點積累起來的。

陶木又講了些颱風來時的注意事項，講完了，也歇息好了，兩人便拔錨搖槳啟程回去了。

沒了沈重的貨物，回程要輕鬆得多。玉玲閒著也是閒著，便把船上的一個小漁網拿出來，拉著小妹理順了，直接拋進海裡。

她不確定能不能網到魚，反正沒事做便來練練撒漁網的技巧。

就在撒出第九回沒多久，玉玲明顯感覺到手裡的網比先前重了不少。

「小妹，這網應該有魚哦。」

玉竹立刻很給面子地將她誇了一頓，然後眼巴巴地趴在船舷上，想瞧瞧二姊到底網了什麼魚上來。

隨著漁網一點點拉回來，網子裡的魚也一點點變得清楚。一眼就能看見的紅，還有幾道淺黃色攪和在一起。

「陶木，你快過來看看，這是什麼魚啊？」

玉玲一把將網提出水面，扔到了船板上。一條足足有玉竹手臂長的紅魚正在網裡掙扎著。那條顏色火紅的魚身上遍布著藍色小星星，玉竹一眼就認出了這是深海才有的東星鮁。

這東西在現代可貴得很。相比起來，旁邊那幾條巴掌大的黃鯽魚便不怎麼起眼了。

「這、這、這是紅星魚！」

陶木顯然很是激動，想伸手去摸又怕弄傷了魚，趕緊去拿木桶在海裡打了水，將魚放到水裡養著。

「玉林，你可真是厲害！」

第二十六章

玉玲傻愣愣地看著木桶裡陌生的魚，不明白自己怎麼厲害了。這魚也就是比普通魚漂亮些吧，看不出有什麼奇特的啊？

「這魚很值錢嗎？」

陶木羨慕地看著桶裡的魚，使勁點了點頭。

「可不是一般值錢呢！就連船老大都得獎勵你。這種紅星魚很是難得，幾年也不見得能撈到一條，有時候颱風過後倒是能撿到，就是死的也很好賣。紅色代表吉祥幸運喜慶，咱們海上吃飯的人就信這個。」

聽他這麼一說，玉竹有些明白了。

現代的東星魬貴，是因受保護，很是難得，而這裡，值錢是在於牠包含的寓意。這樣濃烈的紅在淺海魚中確實少見，身上還帶著藍色小星星，和星辰搭上了邊，可不就值錢了？這條船出了這樣一條好貨，船老大自然會高興，二姊運氣真好！

玉玲聽得一愣一愣的，別的不想知道，就想知道能賣多少錢。

「這東西能賣多少？」

陶木豎起一根手指頭。

「一個銀貝？」

「不，是一百個銀貝。五年前，下陽村的一個漁民就是網到了這個，賣出一百銀貝的高價，從而搬進了城裡，生活無憂了。」

玉玲倒抽了一口涼氣。一百銀貝！那麼多！不過很快，她又冷靜下來。

「能賣一百銀貝，那也是船老大的。」

三人都清醒了過來。

是的，這船是船老大的，漁網也是船老大的，所以即便是玉玲撒的網，這魚也是船主人而不是她的。

玉玲很是可惜了一會兒，但她心態好，很快便調整了過來。

「能撈著這東西也是我的運氣，何況肯定還有船老大的獎勵，這趟出來不虧了。」

玉竹很是自豪，二姊一直都是這樣的人，心胸遼闊，從不斤斤計較。

三個人蹲在桶邊又看了會兒魚，才換玉玲去搖槳。只是才行了不到一炷香的時間，船身便開始搖晃起來。

明明海上沒有什麼風，海浪卻一層層地朝他們沖了過來。起初只是輕微搖晃，漸漸地便搖晃得越發厲害。玉玲生怕小妹一個不穩被甩進了海裡，直接讓陶木拿了繩子將小妹拴在船上。

這會兒她倒是有些後悔沒有聽長姊的話了，萬一今天真出了什麼事，帶累了小妹，那她真是死一萬次都不夠。

「木頭，你過來，咱們一起把船先穩住。」

陶木明白嚴重性，忙過去幫忙。玉竹就跟坐雲霄飛車似的，一會兒高高揚起，一會兒又重重落下，屁股都快麻了，還時不時有大朵浪花過來親她的臉。

等海浪漸漸小了，漁船漸漸穩定下來時，三人的衣裳已經濕透了。屋漏偏逢連夜雨，還沒等他們喘口氣，天上又突然下起了雨。

雖然雨很快就停了，但陶木和玉玲的臉色都不太好。這一連串的事在告訴他們，颱風快來了。兩個人划槳的動作明顯更快了些，也沒有心情談天說地，甚至把玉竹給忘了。

要不是玉竹開口叫二哥，玉玲都忘了自家小妹還被捆在船上。這會兒又風平浪靜了，解開繩子也無妨，玉竹終於擺脫繩子站了起來。

之後的一路上倒是沒再出什麼意外，但著實是耽擱了不少時間，和預期要回上陽村的時間差太多。等船回到上陽村的時候，船老大都要急瘋了，正在召集人準備出海去尋。

「陶木！你怎麼回事?!送個貨送這麼久，我還以為你讓鯊魚給吃了呢！」

船老大爬上船就去揪陶木的耳朵，準備再繼續教訓幾句，眼角卻瞥到了木桶裡的一抹紅色，頓時瞪大了眼。

「這、這是紅星魚?!」

船老大此刻哪還顧得上教訓陶木，一雙眼睛黏在木桶上，扯都扯不下來。

「好小子啊，出去一趟弄回了這麼個好寶貝！」

周圍本是準備一起出海找人的漁民，一聽紅星魚，瞬間圍攏過來看稀奇。小小漁船頓時被圍得水洩不通。

陶木要跟船老大交接帳目，而玉玲這才驚覺，小妹呢？

嚇得她趕緊爬上船找，好在小妹縮在角落裡沒事，可瞧著一點精神都沒有。玉玲暗道不妙，趕緊抱起小妹便往家裡跑。回來的路上下了驟雨，大家都濕了衣裳，加上行船的時候難免有風，小妹怕是著涼了！

窮人家最怕的就是生病，尤其是小妹這麼小的孩子。玉玲摸著小妹越來越燙的身子，急得眼淚直掉。

長姊還沒回來，幸好她身上也有鑰匙。玉玲先給妹妹換了一身乾淨衣裳，又趕緊去村中幾個交好的人家詢問了下有沒有退燒的藥。

家中有小娃娃的，一般都備著一二，玉玲也是運氣好，很快便借來了兩副草藥。熱熱的草藥餵下去，雖然不見小妹有什麼好轉，體溫卻沒再升高了，玉玲這才鬆了一口氣。這些日子瞧著小妹身體好了些，她便大意了，上船前就該給小妹準備衣裳的。

唉，等會兒長姊回來，還不知道要如何訓自己。她趕緊又出去把飯食給煮上，希望長姊回來能從輕發落。

正忙活著呢，就聽到船老大那洪亮的嗓門在外頭響起。

「玉林呢？玉林！」

玉玲生怕將小妹吵醒了，連忙掩了門出去。

「噓！老大，小聲點，我小妹生著病，剛迷迷糊糊睡著了。」

船老大立刻放低了聲音。「陶木都跟我說啦，那條紅星魚是你撈上來的。你小子沒把魚味下，是個仁義的。我呢，也不是那種只會吃獨食的人，這一個銀貝是我先獎勵你的，另外的呢，得等我把紅星魚賣了再說。」

冰冰涼涼的一小塊銀貝被塞到了手裡，玉玲也沒推辭。這是她應得的。

「謝謝老大。」

「唉，這老大也不知道還能聽你喊多久，若是紅星魚真能賣到一個金貝，那我便準備換大船了，屆時分你們的錢應該也能買條小船，就是不知道到時候你跟陶木是自己單幹，還是繼續跟著我？」

「我……」

玉玲也不知道，她對船上的一些操作還不怎麼熟練，單幹恐怕沒那個本事。

「行啦，什麼事都等到我賣了再說。對了，這幾日便休息吧，陶木和回來的漁民都說海上出現了颱風來臨的預兆，這幾日就不要出海了。」

這事船老大不說，玉玲也正準備說的。

「我知道啦，老大趕緊去把魚賣了吧，記得到時候請我們好好吃一頓。」

「自然、自然！」

船老大笑得合不攏嘴，樂顛顛地走了。

玉玲珍而重之地將那個銀貝放進了懷裡。這可是她第一次自己賺到的銀貝，嘿嘿，有了這個銀貝，長姊應當沒那麼生氣了吧？

結果……

傍晚，玉容一進家便怒氣沖沖地舀了碗水，坐到門檻上咕嚕咕嚕喝完。

「氣死我了！」

玉玲心虛地幫小妹把被子掖了掖，走了出來。

「長姊，這是怎麼了？這麼大的火氣。」

「還不是南平村的那些人！真是不明白，明明別村的人都學得好好的，就南平村的，尖酸刻薄又事多。一個簡單的烘烤居然讓我重複了二十來遍，要不是為著秦大人的話，我早就不幹了。」

玉容抱怨了幾句，心裡舒服了很多。左右一看沒瞧見小妹，有些奇怪。平日裡自己一回來，那小傢伙可熱情了。

「小妹人呢？睡著了？」

「嗯……那個……長姊，我說了妳別生氣啊！」

玉玲吞吞吐吐的樣子瞧著真是急死人了，玉容乾脆起身自己去找。

「老二！小妹這是怎麼回事?!」連二妹都不喊了。

玉玲趕緊進屋認錯，又把路上發生的事情講了一遍，最後才把懷裡那塊銀貝交到了長姊手裡。

所謂拿人手短，玉容拿了妹妹這塊銀貝，頓時氣弱了不少。要接著訓吧，想著二妹也疼小妹，定然已經自責得很，也就不好再說什麼了。

第二十七章

姊妹倆就這麼看顧著床上的小人兒，不時拿塊溫熱的毛巾給她擦擦出了汗的身子，直到燒退下去了，兩人才出了屋子準備吃飯。

「對了長姊，這幾日就不要出門了，他們都說颱風要來了。」

「颱風?!」

玉容迅速將家裡的糧食在腦子裡過了一遍，發現夠吃是夠吃，柴火卻是不夠的。

這些日子，她自己忙著各個村子到處跑，二妹又一天到晚在船上，家裡的柴火還是好幾日前去撿的，都要見底了。

「是不能出去，但家裡沒柴火了，等一下妳在家看著小妹，我去後山撿些回來。」

「別！我去就行了，妳力氣沒我大，我一次就能把幾天的柴火都撿回來。」

姊妹倆正爭論著該誰去撿柴，突然聽到外頭傳來陶木的聲音。

「玉林、玉林！方才我去後山砍柴，順便給你家也捆了一捆，我放在外頭了，你記得出來拿進去。」

他喊完便走，也不等個回話。

玉玲對此已經是見怪不怪了。陶木那傢伙老是覺得自己身材瘦小，便什麼都照顧著自己，拿自己當弟弟看。這才大半個月，弄得她欠了大堆的人情，都不知道要什麼時候才還得清。

玉容開門出去撿回了那一大捆的柴火。

「陶木拿都拿來了，用吧。待會兒我做點吃的妳送過去，陶嬸嬸跟二叔都沒在家，他們兄弟肯定就是隨便對付。」

玉玲點點頭，上前將柴火接過去，放進了屋裡。

只是還不等玉容做好，狂風暴雨便呼嘯而至。姊妹倆忙著轉移晾曬的衣物和雞鴨，屋外的小土灶瞬間被澆了個透心涼。

幸好灶上煮的粥蓋了蓋子，端進屋裡接著煮一煮還能吃。也是這會兒，姊妹倆才發現，家裡缺了一樣東西。

蓑衣。她們平日裡居然誰都沒有想過要買兩件蓑衣放家裡，以至於現在出不去。

即便是門窗關得嚴嚴實實的，都能感受到外頭呼嘯而過的颱風有多恐怖。方才玉玲想看看外頭，剛掀開一點門板就被淋了一頭一臉，雨珠砸在臉上都生疼的那種，嚇得她趕緊又把門板合上。

門板合上了，屋頂沿著石壁卻在一點一點地滲水，彷彿下一刻屋頂就會被掀翻似的。

兩人正憂心著，就聽到小妹在叫人。

「長姊……二哥……」

姊妹倆顧不得操心屋頂的事，拿粥的拿粥，端水的端水，都圍到了床前。

「怎麼樣？還有沒有哪裡不舒服，頭疼不疼？」

玉竹剛睡醒還懵著，只記得自己在船上又冷又睏地睡著了，然後二姊好像抱著她回了家。

然後……她咂吧了下嘴裡殘留的藥味，臉色一言難盡。居然又生病了？她是想幫著姊姊們發家致富的，怎麼總是個拖油瓶的角色？

「長姊，我吃的藥貴嗎？」

姊妹倆沒想到小妹醒來的第一句話竟是這個，哭笑不得。玉玲端著水給妹妹餵了些，笑道：「小小年紀，別總惦記著這些，這退燒的藥是我從巧蘭嬸兒她們家裡借的，等颱風過了，咱們去採藥還了就是。」

「颱風……」

玉竹這才注意到外頭的風雨聲。自己著涼發燒最多也就睡了半日，竟然來得這樣快。

玉容瞧她那愣神的樣子，還以為她是在害怕，忙把她抱進懷裡給她餵粥。

「長姊，我長大了，可以自己吃的。」

玉竹堅持不要餵，玉容便也隨她，只幫她端著碗，讓她自己舀。

此時，外頭的風雨越發猛烈，吹得門板都在顫抖。玉竹還好，玉容姊妹倆卻是從來沒有經歷過颱風，心裡到底還是怕的。可如今這個家裡她倆就是頂梁柱，誰都不想在小妹面前露了怯，都把那點害怕壓在心裡。

這一晚，只有玉竹睡得香甜，兩個姊姊一左一右地睡在她身邊，聽到瓢潑大雨砸在門板上就要抖一抖，又聽狂風呼嘯，宛如猛獸出籠，更是嚇得不敢睡。

本以為天亮了雨便會小些，結果不但沒小，反而還更大了，才修繕沒多久的屋頂已經從滲水變成漏水，屋子裡也就只有床上那塊還是乾的。

倒是隔壁的小屋子，地方小，屋頂也格外牢固，沒有漏雨水進去。玉容便把大屋子裡一些不能沾水的東西放在木桶裡，蓋上乾草和布運到了小屋子裡。

當然，玉竹也被移了過去。

小屋子堆滿東西，僅床上留了一點位置給玉竹活動。牆上的通風口被堵住，門一關，屋子裡便漆黑一片，加上外面那嚇人的風雨聲，若不是玉竹有個成年人的靈魂，恐怕真要怕得在屋子裡大哭。

這樣不好的環境，如今卻是整個玉家最舒適的地方。

玉竹已經聽著兩個姊姊在隔壁咳了好久了。大屋子漏雨，柴火全都淋濕了，一點火便滿屋子都是煙，還不能開門散出去，聽得她心裡難受得很。

她給自己定下了一個目標，一定要蓋一座有煙囪、有土炕、有灶臺的石頭房子給兩個姊姊！

颱風肆虐了三日後，雨總算是小了下來，兩個屋子的門板也總算可以打開透透氣了。三日的大雨將院子裡新栽的一小壟菜都澆死得透透的，籬笆也是東倒西歪，屋頂就更不用說了，破了好幾個大洞。

「幸好有這幾個洞透氣，不然我跟妳二哥恐怕都要嗆死在屋子裡了。」

玉容難得還有心情說笑，笑完了便換了身破舊的衣裳，頂著細雨去收拾外頭的殘局。籬笆倒了可以扶起來，菜死了可以重新種，只要家在人在，什麼都可重來。

玉玲也換了身衣裳出去，把雞圈修整了下，加了塊板子避雨。

姊妹倆在這兒忙活著，玉竹嘛，只能坐在門口。她那小身板是再淋不得雨了。

「玉容妹子，玉林，你們怎麼也沒穿個蓑衣就出來了？」

玉容抬頭，抹了下臉上的雨珠，這才瞧清楚來的是隔壁陶木兄弟。陶木一見她就成了啞巴，問話的是大哥陶實。這兩兄弟穿著厚厚的蓑衣，一個扛著竹梯，一個扛著乾草和木板。

「陶實大哥，你們這是去哪兒啊？」

「不去哪兒，我們是來幫你們補屋頂。這次的颱風挺厲害的，我們家那麼扎實的屋頂都破了兩處，你們這個肯定禁不住。」

玉家姊妹聽了這番話，那感動就不說了。要不怎麼說有句話叫遠親不如近鄰呢，遇上一戶好鄰居可真是大幸。

玉容忙去收拾東西，讓他們兄弟搭梯子。玉玲則是去接過陶木手上的東西。

「欸，木頭，你怎麼回回見了我長姊都不敢說話？我長姊很可怕嗎？」

陶木下意識地抬頭看了下玉容，使勁搖頭。

「你長姊很好，但我有那毛病，對誰都一樣，只要是女子，就開不了口。」

「那可不一定。」

玉玲留了個意味深長的笑，抱著一堆乾草過去幫忙。陶木這毛病還真是稀奇，可自己就是女子，他跟自己說話的時候卻沒事，想來他這毛病並不是真的不可以和女子說話。

不過這事，她是不會和陶木說的。身分大事，得瞞得死死的。

這場颱風過後，玉家很是清閒了一陣。很多人家都在忙著修繕院牆屋頂，誰有心思去做什麼蝦粉。

玉竹在村子裡轉了一圈，再次感嘆自己的好運氣。

當初抽到了最小的屋子，其他幾戶沒少笑她運氣差，可現在颱風一過，他們那泥牆就跟融化了似的，還得重新和了泥磚來砌上。不像自家，只補個屋頂就算完了。

村民們損失著實不小，有衣服被颳走的，有鹹魚乾被吹走的，也有各種農具吹不見的。自家嘛，好像就損失了一壟菜。窮也有窮的好處，收拾起東西來就是快。

「長姊，我回來……咦？」

玉竹瞧見自家門口坐了個很是眼熟的男人，卻一時想不起他是誰。

船老大倒是記得玉竹，立刻朝她招了招手。

「這是玉林的小妹吧，過來大伯這兒吃糖。」

他一攤手，滿是老繭的手心裡放著一塊暗黃色的糖塊。玉竹下意識地嚥了下口水。長姊說過，糖可貴了，所以家裡除了必要的調料，是沒有糖的。

「來拿呀！」

玉竹把眼睛從糖塊上挪開，暗罵自己沒出息。一轉頭，假裝害怕生人的模樣躲到了二姊身後。

「老大，你自己收著吧，她不吃糖。你接著說正事。」

「對，對，說正事。剛不是說我那紅星魚賣了嗎？我打算換一條大船，正在招人手。你跟陶木要是願意去呢，我每月開給你們八十銅貝，不願意去呢，我也不勉強。」

船老大手一抬，把糖塊丟進嘴裡。

「先前說好了，賣了紅星魚要給你跟陶木分錢的。我說話算話，給你們一人分十個銀貝，又或者還有另外一種分法。」

玉玲一挑眉，問：「什麼分法？」

「另外一個分法嘛，就是我不給你們分錢，但是我把那條漁船送給你們兩人。你們拿去做什麼，我都管不著，捕了什麼魚，我也不過問，但你們每月的收成得分我一成。你們倆的人品，我還是信得過的。我來之前去陶木家和他也是這樣說的，他只說還要考慮下。所以這要看你們自己商量的結果了。」

船老大心裡盤算了很多，這法子看上去是自己要吃虧些，可他總覺得能捕到紅星魚的玉林運氣不會太差。萬一以後又捕到了呢？或者又撈了什麼別的稀罕物，總歸也有自己的一份。

而且那舊漁船有些年頭了，就算拿出去賣，頂天也就能賣個二十幾個銀貝左右，賺也賺不了太多，目光還是要放長遠些好。

「玉林，你覺得呢？」

玉玲說實話心動了，但她還是個新手，心裡實在沒底。

「我先和家裡人還有陶木商量下吧，明日我跟他去你家裡給你回話。」
「行！」

第二十八章

船老大剛走沒一會兒，玉容便端著洗乾淨的衣服回來了。

玉玲上前幫著一起晾衣，一邊把剛剛船老大來過的事說了一遍。

「長姊，妳說咱是拿那十個銀貝，還是跟陶木家合夥要船呢？」

玉容拿著件衣服在手裡擰來擰去，也糾結得很。誰都知道漁船肯定是要比十個銀貝好的，但二妹上船才學沒多久，沒有船老大帶，就這麼讓她跟陶木出海，實在是不放心得很。

「這事陶家怎麼說？」

「還沒去問呢，這不等妳回來，想先問問妳嗎。」

玉玲拿過姊姊手裡的衣服掛到繩子上，轉頭問她道：「要不，咱們去陶嬸嬸家和他們商量商量？」

「也好。」

姊妹倆兩三下晾完了衣裳，抱著玉竹便去了隔壁。陶嬸嬸昨兒個就已經回來了，這會兒，院子裡一家四口都在，顯然也是在商量拿船還是還錢的事。

兩家人坐一起商量了，最後還是選了要船。至於玉容擔心二妹經驗不足，陶二叔說了，由他親自掌船，先帶一帶玉玲。

玉家姊妹這才知道，原來陶二叔也曾是船上的一把好手。從漁幾十年，經驗比那船老大只多不少，只是後來年紀大了，腰又受了傷，撒網拉網的活都幹不了，才退了下來。

別人家的船掌舵是輪不到他的，幹得都是重活累活；可若是自家有船了，他去掌掌舵、搖搖槳還是沒問題的。畢竟他只有腰不好，手上力氣卻好得很。等他把玉玲帶出來了，就讓陶實上船，兩兄弟一起帶著玉玲出海。這就是他們兩家商量出來的結果。玉容想想，對陶二叔還是挺信任的，便也答應了下來。

第二天，玉玲便和陶木一起去了船老大家，跟他說了要船。三人還去了趟官府，重新做了登記。登記的時候，玉玲留了個心眼，使了十個銅貝讓登記的小吏給他們和船老大的協議寫成書簡，寫明了每月收成分船老大一成，但只限於他贈送的漁船所出。若是哪日她和陶木攢了錢另買了漁船，所得便他無關了。

船老大沒什麼意見，畢竟想換新船，沒個十幾年根本就不可能。他這也是遇上賣了紅星魚才捨得換大船；等過了十幾年後，自己早就撈得差不多了，這兩人是真憨。

玉玲才不管船老大是怎麼想的，寫了契，她心裡就踏實。

三人在府衙門口分了手，玉玲心滿意足地和陶木回了上陽村。

自此，陶、玉兩家的關係便更為親密了。

船的事情很快落實下來，玉玲又開始了早出晚歸的生活，只是每次晚上帶回來的，再不是什麼小魚小蝦。

陶家人知道玉家人逃荒虧了身子，一天捕撈的魚蝦裡總會挑上一點最好的讓玉玲拿回來給家人吃，加上玉容手裡有存銀，捨得買肉回來補，這才吃了一個多月，玉竹便被養得白胖起來。

這日，正給小妹梳著頭呢，玉容剛唸叨了幾句，就瞧見魏春帶著兒子上門來了。

「玉容妹子，在梳頭呢？」

「魏姊姊，快進來坐。我這抓著頭髮騰不開手，妳自己拿凳子可好？」

聽到姊姊的稱呼，玉竹沒憋住笑了下。長姊喚陶寶兒娘親「姊姊」，自己卻喚陶寶兒舅舅「叔叔」，這都亂套了。

「玉竹妹妹，妳好像胖了耶。」

一聽這話，玉容便眉開眼笑。她就喜歡聽人說小妹胖了，證明她養得有效果。

「魏姊姊，這麼早過來是有什麼事嗎？」

「是有點事想找妳幫忙。」魏春有些不好意思地拉過兒子。「就我家寶兒，不知道能不能放妳家幫我照看一日？我趕著回城瞧我娘，可我婆母去鄰縣看我那小姑子去了，明日才能回來；公公身體又不好，禁不得鬧騰，我實在不放心將寶兒留在家裡。」

說完，她大概也是覺得自己的要求很無理，畢竟自家和玉家平日都沒什麼來往，便又解釋了幾句。

「本來我是想把寶兒放到我二弟妹那兒的，可是這小東西死活不肯去，吵著想跟玉竹玩。我趕著瞧我娘到底怎麼樣了，也不方便帶他，這才厚著臉皮過來請妳幫忙。」

魏春也是沒法子，村子裡跟她家交好的沒幾家，唯一放心的弟妹那兒，寶兒又哭鬧著不肯去，纏著找玉竹。玉容二話不說就應下了。

魏春自己不知道，可她就是自己救命恩人的姊姊，這點小事，自然是要幫的。

「魏姊姊，妳說妳趕時間去看妳娘，妳娘怎麼啦？」

「我娘啊，眼睛不好，早些年又斷了腿，行動很是不便。昨日聽說在家摔了一跤，也不知道嚴不嚴重，送了這小東西過來，馬上便要走了。玉容妹子，寶兒就麻煩妳照顧了。」

玉容恍然大悟。難怪呢，陶寶兒從小就跟著魏春住在城裡，想來是為了照顧她娘的緣故。

魏春想來是真的著急得很，說完便急急忙忙地走了。她那當成心肝肉的寶兒半點都沒捨不得，只顧著看玉竹紮的兩個小啾啾。

「玉竹妹妹，妳的頭髮有點黃色，真好看。」

誰想要這樣枯黃的頭髮呀！

「陶寶兒，你怎麼不去找二毛呢？我瞧著你最近跟她關係好很多啦。」

「我想去的，可是我娘跟她娘打過架，我娘說去她家會沒面子，死也不去。」

小娃娃就這麼把自家的事一股腦兒地倒出來了。

玉容瞧著兩個娃說話挺要好的樣子，放心了不少。她怕的是兩個孩子玩不到一處，吵架打架，那才頭痛。

原本今日她是想著在家把剩下的那點棉花塞進薄被裡縫好，但兩個娃在家關著，大概就只能玩玩門口的泥巴，還是帶他們出去吧。

玉容很快收拾好了家裡，提了籃子帶著兩個娃出了門。臨出門前，她偷偷叮囑了小妹，讓她一定要管住陶寶兒，千萬別亂跑。她算是發現了，陶寶兒只聽小妹的話。

「今天帶你們去撿貝殼，家裡光禿禿的有些不好看，咱們撿些漂亮的貝殼回來穿了掛上，晚上給妳二哥一個驚喜。」

「好哇好哇！」難得長姊有空閒帶她出來玩，玉竹歡喜極了。

「寶兒，等一下到沙灘了，你就跟我一起撿，不許瞎跑，聽見沒？」

陶寶兒乖乖點頭。「我肯定聽話。」

三人很快到了沙灘上。這片沙灘離村子較遠，並不是村民日常耙蛤蜊的那處。沙灘上有著密密麻麻的白色蛤蜊殼和各種其他貝殼海螺。

玉容把籃子放在海浪沖不到的地方，先過來給兩個小的挽袖子。

「好啦，現在可以撿啦。不過不能撿缺胳膊斷腿的，得撿這樣一整片的，知道嗎？把你們覺得好看的貝殼、海螺都撿了放籃子邊，等一下我來看誰撿得又多又好，回去給他編一個漂亮的貝殼項鏈。」兩個小娃很給面子地應了。

而後玉容又帶著兩個娃往前走了走，撿了好些從來都沒有見過的貝殼。難以想像，在這大海深處究竟藏著多少讓她稀奇的東西。

「長姊，妳看那兒！」

「什麼？」玉容順著小妹指的方向看過去，只有一片海浪，什麼也沒有。玉竹急得貝殼也不要了，跑過來就要抱。

「長姊，妳抱著我，我給妳指。就在那片海浪裡，剛剛應該是被捲下去了。」

「妳看到啥東西了？」玉容抱起小妹，再看海面，還是什麼也沒有。就在她以為小妹只是眼花的時候，沖上沙灘的海浪退去，她瞧見一塊紅豔豔的東西也跟著海浪退去。

這下不用小妹說，她也知道該去把東西抓回來。她把妹妹放到沙灘上，用了最快的速度追上海浪，趕在那塊東西消失前抓住它。剛往回跑兩步就被身後第二波海浪撲個正著，險些被捲進海裡去。

渾身濕透的玉容心有餘悸地拿著東西跑回沙灘上，這才發現自己拚命搶回來的，居然只是個像木頭一樣的東西，還難看得很，全身都是豬板油那樣的細小脈絡，密密麻麻的，很是難看。這東西大概也就顏色好看，拿回去能當個擺設。玉容不以為意地將那塊紅疙瘩扔進了籃子裡。

玉竹難掩興奮，趴在籃子上摸了又摸，彷彿看著個金貝一般。這是紅珊瑚呀！紅珊瑚做的首飾，尤其是珠串，她可喜歡了。顏色正，色又潤，還對身體好。可惜她不能直接開口跟長姊說這是什麼東西。

晚上找機會拿去讓陶二叔瞧瞧，陶二叔可是老江湖，見識得多，應該知道這是啥東西。

「小妹、寶兒，咱們今天不撿啦，先回去吧。」

玉容衣服都濕透了，十月的天本來就涼，再被海風一吹，任誰都受不了。

好在今日收穫不錯，若要貝殼，下次再來就是。三個人開開心心地回了玉家。

第二十九章

這一天，陶寶兒覺得很開心，上午撿了貝殼，中午吃了好吃的粟米飯和香香的魚湯，下午和玉竹妹妹去挖了好多蟲子餵雞，還找了三個雞蛋出來。玉竹妹妹說，三個雞蛋也有自己的一份功勞，還分了自己一個。

魏春來接兒子的時候，就看著他抱著一顆雞蛋傻笑。

「寶兒，娘來接你回家啦！」

原以為聽見自己的聲音，兒子會很驚喜地跑過來撒嬌，卻沒想到心肝寶貝一看是她，立刻轉頭就往人家屋子裡頭跑。

「不要，我要在玉竹妹妹家睡。」

魏春一愣。「寶兒，娘給你買了你最愛吃的糖。」

一聽到有糖，陶寶兒又興沖沖地跑了出來。

「娘，我要吃，我要吃糖！」

魏春從籃子裡拿出一個桑葉包，卻沒有給兒子，而是拿進屋子給了玉容。玉容推了又推還是沒能推掉，只好收了下來。

這回有著糖塊的誘惑，陶寶兒總算肯乖乖地跟著他娘離開。就在母子倆走了沒一會兒，玉玲他們也回來了。

玉竹眼珠一轉，跑進屋裡把紅珊瑚抱了出來。

「長姊，這個好漂亮，我可以拿去玩一會兒嗎？」

玉容正忙著給二妹盛粥呢，抬眼一看，不甚在意道：「拿去玩吧，反正也沒什麼用，我都準備拿來當柴火燒了。」

玉竹得了允，忙抱著那塊紅珊瑚溜去了隔壁。

「陶二叔，你在殺魚呀，是今天抓的嗎？」

「對啊，今天抓的，妳二哥也拿回去一條，妳沒——」剩下的話，在陶二叔瞧見玉竹懷裡的紅珊瑚時戛然而止。陶二叔生怕自己是眼花了，還揉了好幾遍眼睛。

「丫頭，妳這懷裡抱的東西是哪兒來的？」

瞧陶二叔這樣子，還真是認得。玉竹心頭一喜，等的就是他問這話呢！

「這是我跟長姊今日去撿貝殼時撿回來的。長姊說它沒什麼用，還準備當柴火燒呢。」

「胡鬧！怎麼能燒呢?!這可是好東西。」

陶二叔也不殺魚了，扔下手裡的刀，把手洗了洗便趕著玉竹要跟她一起回去。屋子裡的陶二嬸一瞧見，拿著大湯勺追了出來。

「嘿，陶老二，讓你殺個魚怎麼跑了你？」

「有事！叫妳兒子殺！」

陶二叔跟著玉竹到了玉家，這會兒玉容正在縫製妹妹刮破的衣裳，玉玲則是坐在門檻上吃飯，瞧見陶二叔來了，兩人都站了起來。

「小妹，妳這是幹了啥壞事，把陶二叔都招過來了？」

玉竹嘿嘿一笑，拍拍自己懷裡的紅珊瑚。「我可乖了，才沒幹壞事，是陶二叔說這是好東西。」

陶二叔點點頭，拿過來愛惜地摸了摸。

「對，的確是好東西。我們這兒的人都管它叫珊瑚，平時都是長在海底下的。若是風浪大了，也會被沖到沙灘上。這東西啊，一般都是拿來做首飾，這麼大一塊，能做好幾副呢，趕明兒拿去城裡的首飾鋪子賣了，可別拿去當柴火燒。」

玉容聽得臉熱，知道自己鬧了笑話。

送走了陶二叔，姊妹便趕緊收拾好了家裡，抱著紅珊瑚圍坐在床上，拿著那油燈，前前後後、仔仔細細瞧了一遍。

玉玲瞧著也喜歡，順口提了一句。「長姊，陶二叔說這東西可以打首飾呢，要不咱別賣了，留著打首飾給妳和小妹做嫁妝？」

玉竹一臉茫然。她才多大點，二姊居然就操心起她的嫁妝了。

不過話說回來，長姊倒是翻過年就到了婚嫁的年紀，才是該備嫁妝。紅珊瑚寓意好，留著做嫁妝還挺合適的。

「不做，賣掉！」

玉容不知想到了什麼，臉色變得不太好看，也沒了燈下看珊瑚的興致，直接下床收好珊瑚，一吹燈，房間裡頓時一片漆黑。

小的猜不透長姊是怎麼了，玉玲卻是猜到了。無非是想到自己如今是個男兒，不能婚嫁，也不能有嫁妝，替自己難受唄。

可男兒也有男兒的好處，自己並不覺得委屈，長姊實在不必這樣時時為難自己。

玉玲這樣想著，手卻不自覺地摸上了長姊繫在自己右手腕的紅頭繩，在心裡嘆了一聲。

雖然玉容很想第二天就去城裡賣珊瑚，但一是沒有車，二是沒有同行的，要她一個人自己走上幾個時辰的路，她還是很怕。

所以直到半個月後，又到了月初村民集體進城的日子，她才跟著一起進了城。

陶嬸嬸這次也一起去，不過不是去買東西的，聽說是她的一個閨中姊妹給陶實相了一個姑娘，叫她先去看一眼。這種事玉容自然不好摻和，兩人下了牛車便分開了。

城裡頭沒有熟人就是這點不好，幹什麼都跟無頭蒼蠅似的。她怕再耽擱時間會讓妹妹們擔心，乾脆厚著臉皮去尋了路人問話。

原來首飾鋪子和一些大布莊都在那些富人府邸周圍，離這些雜貨小食攤還隔了兩條街。也是，這條街來往的多是小老百姓，首飾鋪子在這裡確實會沒什麼生意。

問清楚後，玉容便找了過去，走過了一座飯莊和布坊後，終於看到了一家名叫珍玉坊的店鋪。一瞧名字就知道這是個賣首飾的地方。

玉容整理了下儀容，走了兩步，又想起鞋子上有很多泥，連忙去找了塊石頭刮乾淨了。

即便是渾身上下都打理了一遍，她還是有些心慌。人家接待的都是富人，自己這樣穿著麻布衣裳的，會不會一進去就被打出來？

她在珍玉坊外的那條路上，來來回回走了好幾遍，終於鼓起勇氣進去。

店內寬敞，錯落有致的木架上擺放著各種大大小小的玉璜和玉璧，還有好多漂亮的玉簪和玉鐲，玉容的眼睛都快要看不過來了。

好一會兒，她才反應過來自己這樣有些丟人，不過預想中的奚落嘲笑都沒有，店裡頭的白掌櫃還親自來和她說話，讓她很快放鬆下來。

白掌櫃倒不是願意做好人，而是他明白這姑娘一看就不是來買首飾的人，手裡還提著個蓋了布的籃子，顯然是來賣東西的。

他這店裡平素雖然主要販售玉飾，但也賣珍珠飾品，所以時常有漁民來販售珍珠，便猜想這姑娘也是如此。

「姑娘是來賣珍珠的？不知可有從別的漁民那兒打聽過我店裡收珍珠的價格？」

玉容搖搖頭，直接把籃子裡的布一揭。「白掌櫃，我要賣的不是珍珠，是這個。」

在滿是玉器的珍玉坊裡，籃子裡的一抹鮮紅真是太耀眼了。白掌櫃差點沒穩住自己的情緒。

居然是紅珊瑚！一定要買下來！

珍玉坊雖然生意一直還好，但最近兩年沒有什麼亮眼的貨，東家已經不滿很久了，這塊紅珊瑚來得正是時候。

「咦？這是什麼東西，顏色真漂亮，白掌櫃，這是拿來做首飾的嗎？」

「白掌櫃，咱們府裡可是你店裡的老主顧，有了好東西可得給我們留一份。」

眼瞧著圍過來的客人越來越多，白掌櫃額頭都開始冒汗了，又是賠禮、又是陪笑的，才帶著玉容躲開客人進了內室。

「姑娘，這珊瑚能不能讓我過過手？」

玉容點點頭，心裡其實一點底都沒有，但她從上次賣蝦粉的經驗中學到，反正不管怎麼樣，不要表現出很著急地把手裡東西賣出去的意思就對了。

白掌櫃小心翼翼地拿起珊瑚，顛了顛又摸了摸，心裡滿意得不行。

「這塊珊瑚不知姑娘預備開價多少？」

要問菜米油鹽的價格，玉容都清楚，可這珊瑚她哪裡會知道？

「還是白掌櫃先說個實誠的價出來吧，要是價錢合適，我就賣你了。」

白掌櫃一聽，原來是個根本不懂行情的小姑娘，於是他假裝很痛心地豎起一根手指。

玉容還以為是一個銀貝，心裡其實是願意賣的，不過還是想再試試那招。所以也不說話，只默默把紅珊瑚拿回來放進籃子，又重新蓋上布，起身便朝外頭走去。

若是掌櫃急著叫她回去，價錢應該還可以往上提；若是老闆不理她，那她就再換一家。

「欸、欸！姑娘，別走啊！」白掌櫃生怕人走了，急急忙忙上前去拉住了籃子。「價錢不滿意，咱們還可以商量的嘛……這樣吧，我給妳十五個銀貝，如何？」

十五個銀貝！

玉容呆了。十五個銀貝……好多錢！天，這紅珊瑚這麼值錢的嗎？

第三十章

白掌櫃見她死死抓著籃子，卻不說話，還以為她是嫌少了，只能忍痛又加了三個銀貝。

「十八個銀貝！姑娘，我這可是誠心實意的價格，妳去別處肯定賣不了這價錢的。姑娘放心，我們做買賣的講的就是誠信，說十八便是十八。妳不信，出去打聽打聽，咱這珍玉坊可是老字號了。」

聽了白掌櫃這話，玉容才算是清醒過來。十八個銀貝啊！傻子才不賣。

於是一番談話後，紅珊瑚到了白掌櫃懷裡，十八個銀貝進了玉容的兜袋。

「玉姑娘，下次若還有這些好東西，記得要來我們珍玉坊啊！」

玉容笑著應了，至於以後還有沒有、會不會再來，那就另說了。

從珍玉坊出來後，她就直接回了停放牛車的地方。其實她本來是想著賣完紅珊瑚就去逛逛街，看看有沒有家裡需要的東西，看著買點。可現在身上銀錢太多，玉容生怕逛街的時候弄丟了，還是趕緊坐車回去藏好錢才是。

只是等她回去時，蔡大爺的牛車彷彿回去接村裡人了，還沒回來。她便站在樹下等著，等了好久也不見牛車回來，天色又瞧著像是要下雨的樣子，便有些著急起來。

這時，一輛牛車出現在她的視線裡。

牛車上坐著個慈眉善目的大娘，趕車的雖穿著一身普通衣裳，但腰間掛的配刀卻是府衙的人才有的。官府的人定然不會打家劫舍，尤其還帶著個老太太。玉容厚著臉皮上前攔車。

「這位大哥，不知你們這牛車是往哪個村走的？可否讓我搭個便車？」

趕車的那人聽了她這話，想都沒想就拒絕了她。玉容失望轉身之時，車上的大娘開口叫住了她。「姑娘，我們這車是要去上陽村，妳若是順路便上來吧！」

「上陽村?!真是太巧了，我也是到上陽村。大娘謝謝！」

玉容瞧得出來，做主的還是大娘，大娘都開口了，她也就不客氣地上了車。上車後她才發現，這位大娘的眼珠子竟然是灰色的。

眼睛不太好，趕車的還是官府裡的人，她立刻便想到了魏春那日說的話。

「大娘，不知您是否有個女兒叫魏春？」

「春兒？姑娘認識我家春兒？」聽到自己女兒的名字，大娘一雙無神的眼睛彷彿有了色彩，態度也少了疏離，多了點親近。

玉容點點頭，又想起大娘應當看不見，便笑道：「大娘，我叫玉容，魏姊姊半月前說要進城看望您，寶兒便是放在我家裡的，他與家妹是好朋友。」

大娘一聽到外孫的名字，頓時笑了。「是，春兒上次來的時候說起過，寶兒被她託付給了村中一戶姓玉的人家，當真是麻煩妳了。」

「不麻煩、不麻煩，寶兒很乖的。大娘，上次聽說您摔倒了，怎麼樣，現在沒事了吧？」

「我沒事——」大娘剛開了口便讓那趕車的男人搶了話頭過去。

「哪兒就沒事了，沒事魏平就不會讓我送您去魏姊那兒了。您啊得聽話，別老想著什麼都自己去幹，這不傷還沒好呢，就又傷著了。」

「就一點小傷，我都說沒事了。臭小子趕你的車，我們女人說話你插什麼嘴？來來來，玉姑娘，妳跟我說說我那外孫的事吧。」兩個人在車上聊得很是投契，到了上陽村時，大娘口中的玉姑娘已經變成了親切的容丫頭。

「容丫頭，我這腿腳不便的，不好去玉家找妳，妳若是不忙的時候，記得來春兒家裡瞧瞧我，我喜歡和妳說話。」

玉容自然是連連應下。說實話，她也是真心喜歡這余大娘，尤其她還是魏平的娘。之前要報他救命之恩，給他送點肉、送點吃的，全都被他拒絕了。這回大娘來村裡小住，自己給大娘做些吃食，看他怎麼拒絕。

第二日，她說話算話，一忙完手裡的事，便帶著小妹，提著做好的幾塊雞蛋餅去了魏春家。

幾個大人說著話，兩個小的坐不住，便和家裡人說了聲，跑出去玩了。

起先陶寶兒還挺快樂的，只是走著走著，不知道想到了什麼，情緒便低落了下來。

「玉竹妹妹，妳還有多久才長大呀？」

玉竹心頭警鈴大作。這小屁孩一臉正色問這話，莫不要說等自己長大了就娶自己？

「你問這個做什麼？」

陶寶兒似模似樣地嘆了口氣道：「等妳長大了，就能嫁給我舅舅了。」

「你舅舅?!陶寶兒，你是不是沒睡醒啊？胡說八道什麼呢！」

玉竹翻了個白眼，轉頭朝二毛家跑去。她要去找二毛，才不跟這傢伙玩了。

「玉竹妹妹，妳別跑呀！」陶寶兒跑得比玉竹快，幾步就擋住了她。

「妳別生氣嘛，妳要不願意，那就不嫁我舅舅就是了。」

玉竹好想撬開這傢伙的腦子，看看他一天都在想什麼東西。

「陶寶兒，你還是個孩子呢，你舅舅的婚事自有你外祖母和你娘操心，你管太多了吧？」

「可是我外祖母和我娘都沒辦法了呀。昨晚上，外祖母還哭了，說人家姑娘都嫌她眼瞎腿瘸是個拖累，不肯嫁給我舅舅。玉竹妹妹，妳這麼好，肯定不會嫌棄我舅舅的。」

陶寶兒說著想起外祖母那傷心的樣子，自己也跟著紅了眼睛。

玉竹聽完可算是明白了，余大娘那情況，她還真不好說什麼。陶寶兒也是一片孝心，才會亂扯自己和他舅舅。

「唉，陶寶兒，總之呢，這些都不是你該操心的事。你舅舅到現在還沒成婚，說不定是為了遇上更好的呀！」

「遇上更好的？」陶寶兒似懂非懂，回家就問了娘親。

魏春真是沒想到，玉竹一個四歲的小丫頭說話竟這樣中聽。聽說她是玉容親手帶大的，想來定是玉容教得好。話說那玉容真是挺好相處的，跟娘也談得來，所以有沒有可能……

「娘，我瞧著妳挺喜歡玉容的，阿弟也和她見過幾次，要不我去探探她的口風？」

余大娘有那麼點心動，但很快又開口拒絕了。「別去了，容丫頭一家也不容易，下頭又還有弟弟、妹妹，肯定不想早早成婚。而且咱家這條件，娶了人家姑娘也是拖累了她。再說，人家也不一定能瞧上妳弟弟，別到時候弄生分了。」

魏春還想再說點什麼，可她娘已經懨懨地合上眼，擺明了不想再繼續這個話題，她也只能暫時將這打算壓進心底。

不過她還是存了份心，後來和玉容來往時，態度比起之前又是親近了許多。

一轉眼便是個把月過後了。

沿海的十一月雖然還不是太冷，但海風一陣一陣吹著，三姊妹都有些受不住地早早穿起了厚棉衣。

玉容姊妹倆平時還能在被窩裡睡懶覺，玉玲卻得頂著寒風，早早出門。

天越冷，海貨便越是能放，最近城裡買魚蝦的外地客明顯多了起來。還有兩、三個月就要過年了，大家都卯足了勁想多撈些魚蝦賣錢。玉玲是尤其想多掙錢的人。

儘管家中已經有了十幾銀貝的存銀，但距離蓋房子可遠得很。陶木都跟她講過了，村中那些半石半泥磚的房子，都是祖祖輩輩傳下來的。

泥胚築的牆面要時時修繕，老一輩若是手裡有些餘錢便會買上幾塊石料，趁著閒暇時把它們鑿成長條狀加蓋上去，不過有的人家幾乎勞碌一生也只能加蓋兩、三層。

因為石頭實在太難鑿成形了，又是只能空餘時間去做，每天一點一點的，家家戶戶的進度都不一樣，於是便有了如今上陽村的模樣。

不過玉家住的石屋卻不是幾代傳下來的，聽說是一位已經過世的大爺獨自打拚、掙下了家業，花了很多錢請人來蓋的屋子。因為沒有親眷，過世後，屋子便歸了村裡。那樣兩間石頭屋子，說光是石料的錢就花了上百個銀貝，再加上其它，玉玲想都不敢想。還是先賺錢，買塊地再說吧！

「玉林，發什麼呆，過來拉網了。」

「哦，來了！」

這是他們今天拉的第二次網。頭一網收穫不怎麼樣，只抓了小半盆的魚蝦，個頭都不怎麼大。

陶二叔在後頭穩著船，陶木和玉玲輪流拽著漁網往上拉，拉上來了便可以尋找下一個撒網的地方。不過在這之前，他們得先把掛在漁網的各種海貨扒拉下來，分進各個盆桶裡。兩個人就地坐在潮濕的船板上，動作一個比一個俐落。只是陶木身上只穿了一身薄襖，陶二叔也是穿得極少，唯有玉玲，裹得跟個球兒似的，實在格格不入。

陶木拿玉玲當兄弟，見她畏冷，手都凍紫了，想都沒想便拉過她的手。

「玉林，你得多吃點飯了。這麼久了身子還沒養好，你看我和我爹，穿這樣的薄襖動一動都會流汗，你穿這麼厚還冷得不行。我幫你搓搓手吧，小時候我大哥就常這樣給我搓，可暖和了。」

他一邊說著一邊一本正經地幫玉玲搓著手，玉玲呆呆地愣了好一會兒才回過神來。

這木頭的手，好暖啊……

第三十一章

這天晚上，玉玲翻來覆去，很晚都沒有睡著。

陶木頭對她真是挺好的，平時就處處照顧著自己，重活都是搶著做，這麼好的一個男人，怎麼就得了不敢和女人講話的毛病呢？

不過他卻可以和自己說話，是不是代表自己很特別……

玉玲心裡剛冒出點苗頭，突然想到自己的身分，一盆涼水澆下來，清醒了。她有什麼資格去想呢，說不定等陶木頭知道她是女子，也和面對著長姊她們時一樣，半句話都說不出來了。還是睡覺吧，天亮就得出門呢。

結果後半夜，她就醒了，肚子還一陣一陣地疼。熟悉的感覺告訴她又來月事了。上個月沒來，她還慶幸了很久，沒想到這個月又來了，還疼得格外厲害。

玉玲撐著身子下床，換了月事帶，沒去叫醒長姊，而是去了小灶臺那兒生了火，打算燒點熱水喝。但柴火燒起來噼哩啪啦的，玉容很快也醒了。

出門瞧見二妹捂著肚子在舀水，頓時明白過來，上前奪過水瓢，把她趕進了被窩裡。

「回回都跟妳說，來事了記得叫我，就是倔，還當不當我是妳姊了？」

玉玲訕訕的，沒有說話，老實地窩在被窩裡。

很快，玉容便端著一碗熱騰騰的開水蛋進來。玉玲一嚐，很是詫異道：「怎麼是甜的？

長姊什麼時候買糖了？」

「不是買的，是上回魏家姊姊送的，放在罐子裡一直沒捨得吃呢。」

「那煮給小妹吃啊，我都這麼大了，不用吃糖的。」

玉玲剛要把碗放回去，就被姊姊攔住了。玉容坐到床上，愛憐地摸了摸妹妹那被風吹日曬得又黑又乾的臉，眼淚沒忍住，落了下來。

「小妹是我們的妹妹，妳也是我的妹妹，我兩個都疼，沒有說好東西就一定都要給小妹才行，妳吃的苦已經夠多了。」

「長姊……不苦的，妳別哭，真的，我每天都很開心。」

玉玲想笑，扯了扯嘴角，腹中又是一陣疼痛，結果笑出來比哭還難看，倒是把玉容逗笑了。

「好啦，咱們不說那些，妳先把這蛋吃了，涼了吃下去肚子又該難受了。小妹若是想吃，等她起來我再給她做，過年咱們買一大罐糖放家裡，到時候吃個夠。」

玉玲連忙乖乖地把一整碗都吃個乾淨。熱燙燙的一碗糖水下肚，肚子真的舒服很多。她這樣子，反正也是不能上船去，乾脆又睡去了。

玉容則是出門去陶家打了聲招呼，說是玉玲舊傷復發要休息幾日。兩家人都很親近了，陶二叔也是拿玉玲當自家小輩看的，便讓她好好休息，又叫了大兒子起床，叫他一起上船去。

這個時候，天都還沒怎麼亮，起床忙活的大多都是要出海捕魚的人。玉容回到家裡，一點聲響都沒有，乾脆也躺回床上準備睡個回籠覺。

睡前，她習慣地摸了一把小妹的臉，竟然摸到了眼淚！

小妹哭了?!

「小妹？」

玉容翻身坐起來把小妹抱進懷裡，仔細摸了下，確實是眼淚，眼眶都還是濕潤的。

玉竹假裝被叫醒了，迷迷糊糊地道：「長姊，怎麼啦，天亮了嗎？」

「還沒呢，是作噩夢了嗎？怎麼哭了？」

「沒有作噩夢呀，但是我夢見一個跟二哥長得像的叔叔，他摸我的頭還抱我，我就好想哭。」

這個夢自然是玉竹瞎編的。

方才長姊一起床，她也跟著醒了，長姊和二姊說話的時候，她就站在牆邊聽著。長姊哭，她也跟著哭。她也好心疼二姊，可她現在太小了，說什麼、做什麼都怕出格，怕惹人懷疑，也怕長姊她們會害怕。

不過剛剛長姊問她是不是作噩夢的時候，她倒是想到了一個好辦法，就編了這樣的一個夢出來。

二姊長得最像爹，長姊說過很多次，而且從她們平時談起爹娘時的話，很容易拼湊出爹娘的樣子、性格。所以她準備拿爹爹當藉口做些事情，希望爹爹在天有靈不要怪罪，她只是想幫著姊姊們盡快把日子過好起來而已。

和她猜想的一樣，一聽到說是和二妹長得很像的男人，玉容瞬間就想到了爹。

「小妹，妳看清了嗎？那個人下巴上是不是有顆紅痣？」

玉竹順著話點點頭，回答道：「有的，有顆紅痣。我一瞧他就覺得親切，長姊認識他嗎？」

「當然認識，他是咱們爹呀！小妹，爹走的時候妳還小，不記得他，但是他來夢裡看妳了。」

一想到這兒，玉容忍不住又哭了起來。

爹若是還在，他們一家就還好好的。即便是逃荒，也會一家人一起走，哪像現在這樣，娘不知所蹤，二妹為頂立門戶做了男兒。

這些日子積攢的心酸苦痛，玉容通通哭了出來。哭完了，整個人都輕鬆了許多。

「小妹，爹有沒有跟妳說什麼話？」

「有啊，可是他說的話，我聽不懂。」

「什麼話不懂？」

玉竹幫著長姊把眼淚擦了擦，疑惑問道：「為什麼爹會說他對不起妳跟二姊還有我？咱家哪有二妹？」

「啊？嗯……是沒有二姊，爹說錯了。妳別管這個，妳說說，爹和妳說什麼了。」

「爹說他現在過得很好，每天都能見識很多以前沒見識過的東西，他還帶我去了海邊，掰了些石頭，然後煮給我吃。可是我還沒吃到，長姊妳就叫醒我了。」

玉容現在有點懷疑，爹是不是來瞧妹妹了。這夢作的，爹帶妹妹去掰石頭做什麼？
「長姊，咱們天亮了去海邊也掰些那樣的石頭回來吧！我認得，上回陶嬸嬸也帶我去弄過，爹說那個叫海蠣。」
玉容雖是半信半疑，但天亮退潮後，還是花了半日陪著小妹一起去敲了許多回來。
玉玲坐在門口，瞧著一地的黑疙瘩，臉色一言難盡。
「長姊，妳聽了小妹一個夢，就去敲了這麼多石頭回來，也不嫌累。」
「這妳就錯了，我可不是光聽，我還看了，這石頭裡頭是真的有肉。」
說完玉容拿起一塊，用刀沿著縫輕輕一撬，裡頭飽滿白嫩的海蠣便露了出來。
她又不傻，裡頭要是沒東西，怎麼可能費勁把這幾十斤的石頭往家裡搬。
「小妹說這裡頭的肉有用，妳也拿個刀，咱一起撬出來。」
玉玲親眼瞧見裡頭撬出了肉，這回倒是沒再說什麼，乖乖拿了工具出來幫忙。
不能幫忙弄海蠣，玉竹便給自己找了其他活。
剛撬出來的海蠣會帶著細碎的硬殼，所以她就一顆一顆清理乾淨，再放到盆子裡。
姊妹仨齊心協力折騰了一個多時辰，總算是把這一堆的海蠣全都撬出來了。別看這一堆殼挺多的，幾十斤重，但挖出來的肉連湯帶汁，估計也就八、九斤。
「好腥的味道啊，長姊確定這東西真能吃嗎？」玉玲嫌棄地捏起一顆海蠣甩了甩。「瞧著肉是挺多的，但怎麼這麼像長福他們流的鼻涕呢？」
不說還沒覺得，二妹這一說，玉容也覺得像，頓時一陣惡寒。話說這東西能不能吃、怎麼吃，她也不知道，得聽小妹的。

「小妹，這些海蠣都撬出來了，然後呢，爹是怎麼做的？」

「爹直接拿去煮了，再把肉撈起來。」

玉竹怎麼指揮，姊倆就怎麼做。她們也沒想過這東西會做出什麼好吃的來，只是覺得既然是爹給小妹託了夢，不妨就試試，也省得小妹老是惦記。

因著家中陶罐大小有限，所以煮的海蠣並不是很多，只煮了兩斤左右。玉竹生怕火太大等一下燒糊了，親自掌火。煮了差不多兩刻鐘的時候，這才讓長姊趕緊撈了海蠣起來。

煮熟的海蠣沒了那層黏液，圓鼓鼓、白胖胖的，看上去可愛許多，玉玲甚至沒忍住，拿了一個試吃。

只不過味道和自己想像的實在差得很遠。

「嗯……這個……海蠣還是有點腥。」

玉容也嚐了一個，味道雖然淡，但還好，沒吃出過重的腥味。她常年做飯，很快便反應過來這海蠣可以拿來做湯或者加進粥裡。有了調味的東西加進去，應當會好吃些。

這些海蠣肉比蛤蜊還大，不管好不好吃，總是樣食物，對漁民來說不是壞事。

「小妹，肉都撈上來了，妳要怎麼吃？」

玉竹抬眼瞧了瞧那還在冒著熱氣的海蠣們，毫不在意地道：「長姊，都先拿去鋪開吧，讓它們風乾了，明日曬成海蠣乾。」

「海蠣乾？」玉容和二妹互相看了看，還是依言做了。

等她們鋪好海蠣回來，發現妹妹還坐在灶前，陶罐裡還裝著剛剛煮過海蠣的水，正咕嚕咕嚕地不停翻滾著。

「我再倒點進去煮吧。」

玉容說著便要倒海蠣，玉竹趕緊攔住了。

「長姊，先不要倒了，咱們煮這個就行了，我瞧著爹就是這麼做的。」

姊妹倆一聽都愣了。這是要煮白水？爹真會讓小妹做這樣無聊的事？

玉容暗暗衝二妹搖了搖頭，玉玲頓時明白了，本來想說點什麼的，算了，就讓小妹自己玩吧，她們今兒弄了一大盆的海蠣肉也不算白忙活了。正好她肚子又不舒服起來，乾脆進屋去躺下。

屋外便只有燒著小火，耐心煮海蠣水的玉竹，還有不放心的玉容。她怕小妹不小心傷到自己，便端了針線簍子坐在門檻上，一邊縫補，一邊盯著。

半個時辰過去了，她的衣裳全縫補完了，小妹還在煮。

一個時辰過去了，家裡家外都收拾了一遍，雞也餵過了，小妹還在煮。

一個半時辰後。眼瞧著天都要黑了，玉容有些坐不住了。

「小妹，都快到做飯食的時候了，灶臺讓給長姊做飯吧。」

「長姊，就快好了，再等等嘛。」玉竹不肯讓。

玉容探頭往那陶罐裡看了一眼，黑糊糊的一片，都快煮乾了。

「小妹，這都糊了，別再燒了。妳乖乖去玩別的，聽話。」

都弄了快兩個時辰，柴火費了不說，等一下罐子再給燒壞就麻煩了。玉容覺得小妹玩玩可以，但得有個度。

眼瞧著就要成功了，玉竹當然不肯了，她噠噠噠跑進屋裡，取了鹽和蝦粉出來，往罐子裡一樣倒了些許，然後攪和攪和，才用湯勺勾了一點點未成品出來。

夕陽西下，昏黃的日光照得湯勺上的東西彷彿琥珀一般，實在好看。

「這是……」玉容張嘴想問，嘴裡就被小妹餵了一勺。

那帶著點黏稠的東西一入嘴便有萬般滋味化開，令人口舌生津，捨不得嚥下。這下不用小妹解釋，她都知道這是好東西。

「長姊，這還沒做好呢，爹做好了盛出來是有些黑中透紅的。」

嚐到了滋味的玉容立刻改口道：「那就再煮煮。」

玉竹笑咪咪地重新坐回去，接著煮了差不多三刻鐘後，又加了鹽，這才裝了出來。

這便是調味品中的重要一員：蠔油。

雖然方才的味道是最好吃的，但畢竟是拿來做調味的，鹽加多些，能存放的時間也更長。按照她以往做醃製品的經驗，這些蠔油大概能存放三個月左右，如今馬上入冬了，時間只會更長。

成品一出來，玉竹便纏著姊姊燙了一盤菜，再加上一點蠔油拌一拌，清香的小白菜立刻變了味道，姊妹兩個一個沒忍住，全都吃光了，忘了給屋子裡的玉玲留一份。

「長姊，爹說這東西叫蠔油，能放上三月不壞，冬日更長。」

玉容一聽，頓時兩眼發光。剛剛才吃過，她自然知道這個叫蠔油的東西絕對是調味佳品，絲毫不遜於之前的蝦粉。

可蠔油卻比蝦粉更容易製出來，就是撬海蠣的時候要多花費點工夫，不過這點工夫和拿著杵搗半天蝦粉比起來，那可要輕鬆得多了。何況這東西居然只需要煮熟海蠣的水，煮完了海蠣撈起來還能另用，實在是妙哉。

這下玉容徹底相信爹來給小妹託夢了，不然，小妹哪裡會想到這些。

於是晚上吃飯前，姊妹仨特地在桌上給爹也留了個碗，還簡單地拜了拜，弄得玉竹很是心虛，一晚上都沒好意思說話。

隔日，玉容一早便去了隔壁，這回她打算拉著陶嬸嬸一起做。和蝦粉一樣，她應該還是會將方子賣予秦大人，畢竟沿海那麼多的海蠣，自家也不可能全都包下，還不如讓秦大人他們來弄，也可造福百姓。

不過在這之前，自家怎麼都要先賺上一筆再說。馬上要入冬了，要花的銀錢實在很多，得趁著年前好好掙點錢。

陶嬸嬸也是個識貨的，一嚐蠔油拌的菜便知道玉容拉她入夥是自己占了大便宜，心中對玉家更是親近了不少。

當天兩人便趁著退潮的時候，去海邊撬了不少海蠣回來。有村民瞧見了，玉容也沒遮遮掩掩，很是大方地告訴他們這像是石頭的東西裡包裹著海蠣，如同蛤蜊肉一般，都是能吃的。

反正他們就算知道，撬回去也熬不出蠔油來。畢竟誰也不會像小妹那樣，閒得坐在灶臺前熬兩個時辰。

玉容和陶嬸嬸說得是自己煮海蠣的時候，撈起海蠣卻忘了倒水，小妹玩鬧，添了柴火，才無意中熬出來的。

她總不能說這是我爹顯靈託夢，那也沒人會相信。

陶嬸嬸根本沒想那麼多，就想著怎麼多做些，多掙錢。因著海蠣的事都告訴村裡人了，玉家沒有圍牆，她們擔心熬蠔油讓人瞧見，便把東西都搬去了陶家。

幾個人各有分工。玉容和陶嬸嬸負責去撬海蠣回來，玉玲則是負責把海蠣肉給撬出來。玉竹負責看火，將昨日剩的那些海蠣都熬煮出來。

忙活了一整天，就弄了一大罈蠔油，海蠣卻剩了不少。

大家這才意識到問題出在哪兒。

家裡的罐子太小了。

煮一次就要兩個時辰，罐子就那麼大，出的貨當然也就那麼點。這還是陶家最大的罐子，若是換成玉家的，恐怕只能熬半罈出來。

看來明兒個得先去買個大點的罐子回來才行。

不過，第二日還沒等她跟陶嬸兒找好車子出門，就聽到村裡頭的人高喊著，秦大人來了！

第三十二章

秦大人怎麼會突然來上陽村？

不等玉容琢磨明白，秦大人就找上門來了。

一路陪同的自然是村長還有陶家的幾位族老。那族老們鬍子是一個比一個長，年紀一個比一個大，籬笆外還站著一圈圈的人。玉容被這麼多人一起盯著，只覺得彆扭極了，連話都不知道該如何說。

跟著一起來的魏平見狀，轉頭向秦大人低語幾句，見秦大人點頭，便客客氣氣地將村長等人送出了玉家。

「玉容姑娘，現在可方便說話了？」

玉容鬆了一口氣，笑道：「多謝大人體諒。不知秦大人此次大駕光臨，是為了什麼事？」

說到來意，秦大人斂了幾分笑意，變得正色起來。

「昨日魏平來上陽村探望外甥，偶然聽聞一事，回城後告訴了我。」

玉容恍然大悟明白過來。定是昨兒個魏平來村子裡時，得知自己告訴村民海蠣可食用的事情，回去就告訴了秦大人。

「大人是為了海蠣來的？」

秦大人點點頭。

「一半一半吧。本官原本是明日才會來的，不過聽到魏平傳回來的消息，有些坐不住，便趕著今日過來了。玉容姑娘，妳可真是厲害，先是弄出了蝦粉，現在又發現了一樣新食物。不知這海蠣，妳家中現在可有？」

「有的，有的。」

玉容一時還拿不準要不要現在將做出蠔油的事告訴秦大人，便只拿了海蠣和刀過來。

「大人您瞧，這便是海蠣了，生長在海底的礁石上，退潮的時候就能瞧見。遠看和石頭沒什麼兩樣，但是撬開殼就能看到裡頭的肉了。」她一邊說著，一邊拿刀撬開了海蠣。

秦大人看得入了神。

天地萬物果真神奇，誰能想到在那一片礁石上，竟能藏著這樣的食物。往年他沒少到海邊來巡視，退潮時，海裡露出的大片礁石上幾乎長滿了這個，一片連著一片，教人看了頭皮發麻。以前還以為是天然的礁石，就長成那樣，沒想到竟然是可以吃的東西。

「可否生吃？」秦大人有些迫不及待想嚐嚐海蠣的味道。

「生吃是可以生吃，只是味道可能會有點腥，不知道大人吃不吃得慣。」

玉容直接把海蠣連同殼都遞到秦大人的手上。玉竹在旁邊瞧著，心想這當官的好像還挺親民的，沒有她想像中那樣高高在上。不過他應該不會吃生海蠣，畢竟生海蠣確實很腥，一般人受不了。

但這位秦大人顯然不是一般人。

就見秦大人一仰脖，俐落地將那顆海蠣倒進了嘴裡。

「美味！」秦大人彷彿意猶未盡，催著玉容又拿了兩塊來，親手撬開吃下，滿意得直點頭。「今日開了眼，還填了口腹之慾，真是不虛此行啊。魏平，把東西拿過來。」

魏平就在身後候著，一聽吩咐便立刻從懷裡拿了個紅色荷包出來。秦大人接過，遞給了玉容。「這是淮侯給你們家的獎勵，獎妳獻方有功。」

玉容怔怔的，拿著荷包一動不敢動。淮侯啊，那是多了不得的人物，竟然會給自己獎勵？「秦大人，這……民女不是已經得了免除徭役的獎勵嗎，怎麼還……」

「放心拿著吧，增味粉賣得極好，才往周圍兩、三個城池販賣便已經供不應求了，這是妳該得的。」

有了這話，玉容才算是安心了，也沒打開看，只是珍重地將那荷包放進了懷裡。魏平瞧見她這動作，想到那荷包方才就是躺在自己懷裡的，莫名有些臉熱，趕緊轉過身去瞧外面。

秦大人坐了會兒，和玉容姊弟說了會兒家常話後，便起身準備回城裡。玉容想了想，還是開口留了人。

「大人難得來一次，不如嚐兩道民女做的家常菜再走？」

「嗯，家常菜？」

秦大人直覺有異。玉容若真是要留客，就該說留他吃個便飯，怎麼會說嚐兩道家常菜再走。

這家常菜……他倒是期待起來。

「看來本官今日真是有口福，那就麻煩玉容姑娘了。」

秦大人重新坐了回去，玉容則是帶著兩個妹妹去準備。她打算燙個小白菜，再蒸一個蛋羹。不對，是蒸兩個，總不能讓救命恩人眼巴巴地瞧著秦大人吃。

玉容已經決定，今日就將這蠔油介紹給秦大人，至於他要不要買方子、要不要買蠔油，那就全看他了。

小白菜煮得很快，兩碗雞蛋羹也眼見著好了，玉容便進了屋子，拿了自己用的那罐蠔油出來。小白菜加點蠔油拌一拌，雞蛋撒上點蔥花也加上蠔油，這便齊全了。

「大人請用。」

秦大人猶豫了下，先接了筷子去挾小白菜。小白菜可說是餐桌上出現得最多的素菜，他倒要瞧瞧，這玉家姑娘做的小白菜有何不同。

結果菜一入口，他便驚了。

小白菜還是那個小白菜，但其中加的某樣調味品，將味道調和得十分完美，鹹香中又透著絲絲清甜，比往日吃過的小白菜實在好太多了。

秦大人壓下心底的驚訝，放下筷子，端過雞蛋羹瞧了瞧。可算是讓他發現蹊蹺了。

那蔥花上頭澆了一勺紅褐色東西，他拿勺子沾了一點嚐了嚐，有點鹹，不過和沒加鹽的雞蛋羹攪起來一起吃，便成了美味。

小白菜裡頭彷彿也是加了這東西，但兩道食材不一樣，味道也大不相同，實在教人驚嘆。

秦大人不想辜負了美食，暫時壓下疑問，低頭吃起了雞蛋羹。

魏平早飯只吃了個饅頭，早就餓了，看大人吃得那麼香，真是羨慕極了。正嚥著口水，眼前就多了碗一樣的蛋羹。

他一時猶豫，不知該不該接。

玉容一瞧他這樣子就來氣，自己做的吃食在他眼裡就跟洪水猛獸似的。

「又沒下毒，你怕什麼？」

魏平飛快地看了眼秦大人，再回頭時，蛋羹就已經到了自己手上。

「願吃就吃，不吃……不吃你就端著吧！」玉容把勺子往他碗裡一擱，轉身就走。

秦大人聽見這動靜，無聲地笑了下，放下碗勺，叫住了正要進屋的玉容。

「玉容姑娘，來來來，咱們說說正事。」

叫了人，他又轉頭對魏平道：「端外邊去吃，別教人過來聽著了。」

魏平聞言如蒙大赦，端著雞蛋羹，二話不說掉頭就走。瞧他遠遠地站著，一口一口吃著雞蛋羹時，玉容才收回了視線。

「玉容姑娘，如果本官沒有猜錯的話，加在小白菜和雞蛋羹裡的東西應當也是用海物所做吧？甚至很有可能就是用那海蠣做的。」

玉容也大大方方地承認了。

「大人真是慧眼，雞蛋羹和小白菜裡頭加的蠔油，正是海蠣所做。其作用和之前增味粉略有相似，但味道更鮮更好，而且造價更低，保存期也夠長。」

秦大人聽完，心裡一陣激動，卻不能失態，努力穩了心神才談起價錢。

「玉容姑娘，妳既是將這東西拿到本官面前，想來也是想和本官做買賣。妳就直說吧，這蠔油的方子打算怎麼賣，賣多少？」

這問題難住了玉容。

本就是臨時起意，她一時還真不知道該怎麼賣。原本是想做些出來，先去城裡賣，看看價錢，結果秦大人趕著趟地就來了。

「大人，民女想和家裡人商量一下。」

秦大人點點頭，沒有意見。

姊妹仨便把秦大人關在屋外，嘀嘀咕咕商量了好久。

一刻鐘後，姊妹終於商量好了。「大人，這方子，咱們打算賣五十銀貝。」

至於為什麼要賣五十，也是有緣由的。

姊妹仨都想在這上陽村擁有一座自家的房子。可想蓋房子，得有地基才行。那就得找村長、找里長去買。但她們是逃荒的外來人，不比本村人買地那麼便宜；外來人若是要買地，就得加價。

也就是說，一塊可能只要幾銀貝的地基，她們去買就要十幾個銀貝才行；再加上建房子七七八八的，五十已經算是最低預算了。

起先玉玲還想過攢好了錢就找陶木幫忙買地，再轉手賣給自己，結果發現因為村裡耕種田地太少，地基批得實在嚴格，不管男女，終身都只能低價購買一塊地基。

這嚇到了玉玲。陶木不出意外，日後還是要成婚的，人家拿來蓋婚房的地基，玉玲哪開得了口去找他幫忙，於是就算了。

不過若是實在有錢，要擴張自家宅屋，也可以花雙倍的價錢去買。當然，這個村子裡是沒有那種有閒錢的富人。

玉玲和玉容原本以為攢下一百銀貝還要很久，沒想到機會來得這麼快，才大膽和秦大人提了五十銀貝。

哪想秦大人聽了，居然一邊搖頭一邊笑了。

玉容被笑得心慌，還以為是自己要求太高了，正準備開口說話，就聽到秦大人問：「玉容姑娘，想來妳還沒有打開過淮侯獎勵給妳的荷包吧？」

「是……」

秦大人笑著點點頭。「那就對了，若是妳打開過荷包，就不會只開五十銀貝的價格了。妳打開瞧瞧。」

玉容心裡隱隱想到了什麼，一顆心跳得越來越快。荷包就在懷裡，方才自己拿到手的時候也摸過，那形狀是錢貝，很多很多的錢貝。只是當時她以為應該是銅貝，可瞧著秦大人這樣子，倒像是銀的。

她把荷包摸出來，扯開繩子往裡一瞧。

「天啊！」

居然真的是銀的！好多好多的銀貝！絕對不下百來個！

玉容震驚地抬頭看向秦大人，說不出話來。

「放心吧，本官早說了，這是妳應得的。咱們淮城靠著這幾月賣的蝦粉，收入的銀錢超乎妳的想像，淮侯還擔心獎少了呢。」

「不少不少，很多了。」

玉容緊緊攥著荷包，生怕一個眨眼，它們就不見了。有了這一袋子銀貝，她們終於可以在這村子裡擁有自己的家了！

「所以，蠔油的方子，你們確定還要五十銀貝嗎？不再漲點？」

不知道的還以為秦大人才是賣東西的一方，生怕價格賣低了似的。玉容真是哭笑不得。她回頭瞧了眼二妹，見她點了點頭，心裡便定了主意。

「大人，還是五十銀貝吧，不改了。多謝淮侯與大人對民女家中的眷顧。」

玉家姊妹都不是貪心的人，五十銀貝對她們來說已經很多很多了。而且玉容也是想著給秦大人和淮侯留點好印象，萬一哪天二妹身分不小心洩漏，也能從輕發落。

秦大人不明白這其中的彎彎繞繞，只當玉家是個知足的，心中甚是滿意。

「既然如此，本官晚些時候便命人將銀錢送來。」兩人的交易這就算是談好了。

玉容很上道地立刻讓玉玲端了撬好的海蠣出來，生起火，準備現場熬一次蠔油給秦大人瞧瞧。

火一升起來，秦大人便端了個凳子坐到灶臺旁。他對這個新樣式的小灶臺稀奇地研究了一番，再回過神時，罐子裡的海蠣都被撈了出來。

他原以為蝦粉的方子就夠簡單的了，結果沒想到蠔油更簡單，居然只要煮過海蠣的水熬煮就可以了？

這樣一來，蠔油可以拿去賣錢，海蠣還能再拿去果腹。如此良方，當真是天佑淮侯！

秦大人可以想像得到淮侯知曉後會是何等興奮。這玉家於淮城，真可說得上是福星了。這樣短的時間裡就拿出了兩個為淮城添收的方子，還發現了一樣新食物，功勞著實不小。

此次可說是乘興而來，滿意而歸。

他覺得，還是得在淮侯面前再替玉家討點賞，不能寒了人家的心。

兩個時辰後，村裡人都見著秦大人滿面笑容地走了。

玉容在秦大人臨走時，把自家和陶家一起做的那罈蠔油都給了秦大人，本意是送他，自己再把錢補給陶嬸嬸，但秦大人執意要給錢，只好收下了。

秦大人給了一枚銀貝，兩家分一分就能得五百銅貝，熬蠔油的原料全都是不要錢的，這可真是無本萬利的買賣。

可惜自家沒那個野心，不然憑著蠔油方子倒真可發家。

玉容送走了秦大人，便急著回家和妹妹們一起數錢，高興高興。奈何太多來打探消息的村民，甚至連村長都來了。因著秦大人沒說準話，她也不知道官府什麼時候會正式收蠔油，又或者官府是要自己收了海蠣自己做？這些她都說不準，所以只能讓大家先撬些海蠣回家總沒錯。

一直應付到了天黑，村民們才都漸漸散了去。

玉竹趕緊給長姊端了一碗粥來，說了這麼久的話都沒吃東西，長姊肯定餓了。

「不用，長姊不餓，走走走，咱們進屋去。」玉容已經迫不及待了。

姊妹仨閂好了房門，點亮油燈，趴在床上。玉容先是把家裡存錢的罐子拿出來，全都倒在床上。一堆銅貝中，有著二十枚銀貝亮澄澄的。這是上次賣了珊瑚的錢，和之前玉玲得的一銀貝獎勵，還有一枚銀貝是今兒秦大人給的。

等分好了銅貝和銀貝後，玉容才拿出了那個荷包，倒出裡頭那堆銀貝。

她們仔細數了數，一共有兩百銀貝。

「長姊、二哥，銀貝真好看！」

「沒想到我居然能摸到這麼多的銀貝，長姊，我不是在作夢吧？」

兩個妹妹都在稀罕地摸著那一堆銀貝，玉容也拿了一枚在手上瞧著，心中真是萬千感慨。真是想不到，前幾個月還在逃荒呢，如今居然算是小有家底了。

只是財多招人眼，玉容小心翼翼地把床上的錢都收了起來。

「咱們家現在這些錢，我打算明日去找村長買地，然後找人蓋個小院子，沒意見吧？」

玉玲、玉竹都笑著搖頭。

她們可是早就想有自家的屋子了。

現在住的房子雖好，但一點改動都不許，院牆也不能蓋，哪有自己家的房屋舒心。

「那就這麼說定啦，明日咱們就去買地！」

第三十三章

因著心裡頭記掛著買地的大事，玉容早早就起了床。二妹身體不適不能出門，小妹貪睡，也都沒起床。她收拾完家裡，又給兩個妹妹蒸了蛋羹，溫在罐子裡，才帶著自家的戶籍竹簡去了村長家。

這會兒，陶村長一家已經都起床了。陶村長聽了玉容的來意，沒怎麼驚訝。畢竟昨日秦大人親至，想來那增味粉的獎賞並不少。

「買地蓋房子，當然可以，只是妳應該知道村裡買地的規矩。」

玉容點點頭道：「知道，陶二嬸有同我講過。我們買地的話，需要付雙倍的銀錢。」

「知道就行，那妳等著，我進去給妳拿個東西。」

陶村長進了屋子，很快地搬了塊挺大的灰白石板出來。那上頭有些黑色圈圈叉叉的痕跡，不知道是什麼東西。

玉容上前幫著一起把石板放到地上。

「玉丫頭，妳仔細瞧瞧，這是咱村裡所有的房屋和地基。有主的我都已經畫了叉，剩下那些帶圓圈的就是沒主的，妳可以自己選。」

陶村長不著痕跡地捶了捶腰，坐到了一旁的石頭凳上。

這塊石板上，房屋地基的所有位置大小，都是他一家一家去察看，按照差不多的比例縮小畫上去的，具體到只要是村裡人一眼就能找到自家的房屋位置。

玉容也一眼找到了自家現在住的那兩間小屋子。她驚訝地發現，現在住的那兩間石屋雖然小，地基卻大得很。

原來自家離陶家中間還有一小段距離，可從這石板上看，地基都直接到了陶家門口的正對門，瞧著和陶嬸嬸家幾乎一樣大了。

察覺到玉容在看的地方，陶村長也跟著瞧了一眼。

「說起來，你們現在住的那塊地基就滿好的，離水近，前後鄰里也是好相處的。當年陶子明還特地找人看了風水，說是極好，只是他當時的積蓄只夠蓋兩間屋子，好好的地基有些浪費了。」

玉容聽了便有些心動，兩個妹妹不止一次提起很喜歡那兩間石頭小屋，就是可惜地方小了，除了睡覺的地方，就沒有別的空間。家裡存放東西都堆在睡覺的屋子裡，各種味道都有。

若是能將這塊地買下……

「怎麼，妳想買這塊地？」陶村長好意提醒道：「若是要買這塊地，就得連同那兩間屋子一起買。當年陶子明蓋那屋子一共花了一百五十銀貝，妳若是想買，可不便宜。」

「那我再瞧瞧。」

玉容一個個地看過去，從村頭看到了村尾，總共挑出了三、四塊比較好的地方。但，都沒自家現在那塊更合心意。仔細詢問了下價錢後，她便告辭回家了。

總是要跟妹妹們商量一下再說。

結果兩個妹妹幾乎是想都不想就選了現在的地方。要不怎麼說是姊妹呢，心意都是一樣的。

「咱們現在住的這塊是好，但村長說了，要買的話恐怕不會便宜。」

剛到手的銀貝，恐怕會直接少掉大半。姊妹一時又有些拿不定主意來。

別的地也有一般大的，幾十銀貝就能買下。何況買下還得蓋房子，泥胚最便宜，三、兩間頂多幾個銀貝；可住在海邊，颳風暴雨的，泥胚屋子一點都不頂用。

現在住的地方倒是好，但一下要拿出大半銀貝去買，想想都覺得心疼。儘管這些銀貝是從天下掉下來的，也捨不得。

正糾結著呢，就聽到外頭傳來了小草的聲音。

「玉姊姊，在家嗎？」

玉容趕緊開了門走出去。瞧見小草手裡還端著盆沒洗過的衣裳，應當是要去河邊洗衣裳的。

只是去河邊並不用經過玉家門口。

「小草怎麼來了？」

「玉姊姊，我來就是同妳說幾句話。方才妳和我公公說話的時候，我跟有財也聽到了。有財說，你們這屋子可是村裡頭的心病，拆了捨不得，賣了又沒人買得起，村裡都頭疼很久了。他說妳出八十銀貝估計就能買下來，要是玉姊姊能買的話，再去談談，應當能成。」

小草說完便端著木盆往河邊去洗衣裳了。玉容回頭瞧瞧門口的兩個妹妹，朝她們挑了下眉。

「怎麼說？」

「買！」

這房子是真材實料的好，若真能便宜買下，有什麼理由不買呢？於是玉容又一次登了村長家的門。

陶村長略有些激動。「妳真想好了，要買兩小石屋和那塊地？」

反覆確認了好幾次，他才慢吞吞地開始講起了價錢。

「當年陶子明建那房子一共花了一百五十銀貝，當然，現在不能讓妳也出那麼多。這樣吧，連地和房子，一共一百一十個銀貝。」

一百一，玉容出得起，但還是要講講價。

「村長，不瞞您說，秦大人昨兒個是拿了淮侯給的獎勵來的，總共就那麼一點，買了地跟屋子，還得再蓋一間圍個院牆不是？真用一百多銀貝買了，那我蓋房子和起院牆都不夠了。您老就照顧照顧我，乾脆七十銀貝賣我得了。」

「七十銀貝？這……不行。」

陶村長那明顯的心動，玉容看在眼裡。她這幾次進城，別的沒學會，看人臉色、討價還價可是學得很好。

「村長，那屋子其實我也不是很喜歡，就是瞧著是石頭砌的，夠牢固，而且不用換新鄰居去相熟，才動了心思。若是真要我掏空家底去買它，那我是不願意的。算了，咱們還是看看山下那兩塊地吧！」

玉容一副興致缺缺的模樣，實在不像假話，陶村長又哪裡想得到會被一個小輩糊弄，還以為她是真不想買了，頓時著急起來。

陶子明的那兩間小石屋，他是真想賣。放著要拆吧，石頭也要毀掉大半，太過可惜；不拆吧，又沒人買得起，當真是進退兩難。

能賣七十銀貝，他心裡是能接受的，族裡也能接受。

玉容這丫頭，說來對村裡也有功。增味粉不光是讓淮侯掙錢了，村裡各家也掙了不少，何況她買房屋地基是準備扎根上陽村，是好事。

這樣一想，陶村長心裡立裡好受了許多。

「七十銀貝就七十銀貝，但地基得另外花錢買。」

玉容心中一喜，趕緊低頭理了理衣袖，再抬頭時，微揚的唇角已然平復。

「另買的話，加起來一共多少？」

陶村長想都沒想，直接道：「一共九十五銀貝。」

這個價錢對於玉容來說，實在是意外之喜。生怕陶村長再反悔，她立刻從荷包裡取了五十銀貝交到村長手裡。

「村長，這些您先拿著，剩下的什麼時候簽契簡，我再什麼時候給您。」

雖然要一下給出去那麼多，但蠔油方子賣了五十銀貝，秦大人說好今日會送到村子裡來。

家裡還有一百多個銀貝打底，她心裡一點都不虛。

陶村長呆呆地看著手中那銀光閃閃的銀貝，恍惚間還以為自己在作夢，好一會兒才依依不捨地將銀貝還給玉容，交代她準備好銀錢後，再一起拿來找他。

「好，我這就回去拿錢。」

玉容很是勤快地跑回家，拿了錢又來了村長家。村長也不含糊，請了族老做見證，收了錢，便把地基還有房子的契簡找出來都交給玉容。

從現在起，那兩間小石屋包括那一大塊地，就改姓玉了！

這樣的喜事，玉容回去便告訴了陶嬸嬸，順便將她應分得的五百銅貝一起拿了過去。

陶二嬸歡喜極了。她本來就喜歡玉容一家，現在得知會和他們做長長久久的鄰居，那可是幾世修來的緣分。可惜老大訂了親，老二又得了那怪病，不然她真想替老二和玉容牽個線。

等到晚上漁船都回來的時候，玉容又去陶家請了陶嬸嬸一家過來吃飯，順便向陶二叔打聽了蓋房子的事。

「妳想蓋個什麼樣的？」

玉容想了想，回答道：「裡頭的屋子不著急，現在這樣也還能住，要緊的是把圍牆砌出來。」

自從知道她獻了蝦粉的方子，家外來往的人多了不少。興許那些人並無惡意，但誰願意每天做什麼事都要被人盯著瞧。

「叔有認識的好手嗎？」

聽見她這話，一旁的陶實笑出聲來。

「這哪還用得著去找什麼好手啊，我和我爹就是好手。咱家那牆、那雞圈都是我跟我爹自己和的泥胚，自己搭的，人家正經的匠人興許都沒我們砌得好。」

玉玲下意識轉頭看向坐在身邊的陶木，伸肘捅了捅他。

「你呢，你不會？」

陶木張了張嘴想回答，瞥到玉容又說不出話來，只好轉過頭，湊到玉玲耳朵旁，只看著她小聲回答道：「我爹說我沒天分，和的泥胚都是散的，砌的牆也是歪的，就不許我動手了。」

大概是太近，玉玲根本沒注意到木頭說了什麼，只覺得半邊身子麻酥酥的，好一會兒才回過神來。她不自覺摸了摸耳朵，悄悄紅了臉。

目睹了這一切的玉竹，默默把碗裡最後一點湯喝下，假裝什麼也沒瞧見。

陶家用過晚飯便回去了，玉容姊妹仨收拾完家裡，齊齊躺在床上，安靜了很久。

玉竹在想二姊和陶木的事。

其實兩家為鄰居，陶叔、陶嬸兒還那般好，二姊嫁給陶木真是再合適不過。可戶籍造假的罪一天沒有被免除，便要提心弔膽地過一天。別說成親，連心意都不能教人知道。

二姊心裡是喜歡陶木的。

她突然很卑劣地慶幸陶木不能和其他姑娘說話，這樣他就能一直單身下去，說不定過幾年就能想到法子為二姊脫罪呢！

玉玲也在想著這事，不過她不是想著以後有沒有機會和陶木在一起，而是決定日後跟陶木保持距離。

她不能讓人看出破綻，戶籍造假一旦被人發現，長姊跟小妹都要受牽連，絕對不能再像今日那般不小心了。

兩個妹妹今日都格外安靜，玉容很快察覺到了不對勁。

「這是怎麼了，今兒怎麼不說話？買了屋子跟地，不開心嗎？」

「啊，沒有，怎麼會不開心？」

玉玲反應最快。玉竹則是趕緊裝睡，因為很多重要的事，長姊都是要等她睡著了才會和二姊說。

「剛剛陶二叔和我說，咱們這塊地，要是用泥胚砌院牆的話，大概也就兩個銀貝左右。」

多年姊妹，玉玲一聽便聽出了長姊話裡的猶豫。

「長姊是不想要泥胚砌的院牆？」

玉容沒有說話，只是嘆了口氣。

她在想，自己是不是太過奢侈了，竟然會想花錢買石頭來砌院牆。她到現在都還記得陶二叔聽到自己打聽石料價格時，那一言難盡的表情。

「長姊？問妳話呢！」

「什麼？妳問啥了？」
玉容心不在焉得實在太明顯，玉玲大概明白長姊在想什麼了。
「長姊是不是想要砌個石頭做的院牆？」
「我……還沒想好。」
砌石頭院牆，有好有壞，實在兩難。
「長姊，想砌咱們就砌。妳想，要是砌泥胚牆，颱風暴雨一過，那牆得垮成什麼樣子，年年都要修修補補，豈不麻煩？還在猶豫什麼，可是銀錢不夠？」
「那倒不是。陶二叔說了，砌院牆的話，不用買咱們屋子這樣昂貴的青石，買些毛石就行。若是將整個地基都圍起來的話，大概要花個十幾銀貝。」
十幾個銀貝對現在的玉家來說，並不是什麼大問題。
玉容翻了身，撐著腦袋望著二妹道：「可是我還想在兩間石屋旁邊給妳蓋間青石屋子，若是還要蓋石頭院牆，咱們家的錢恐怕就不剩什麼了。而且，錢多招人眼，怕被人惦記。」
這也是她最擔心的兩點。
玉玲倒是不以為意。
「長姊，秦大人親自上門來送獎勵，本就招人眼啦！有心之人一打聽就能打聽出來獎了多少，咱們藏著掖著，才會教人惦記。拿去蓋屋子，人家一瞧就知道咱家花得差不多了，他們再惦記，還能把石頭給撬走？」
「好像也有道理。」玉容的心開始漸漸偏移。

既然有條件，為什麼不在一開始就把屋子建得好些呢？反正日後都是留給二妹跟小妹的，自然以她們的喜好為先。

小妹不必說了，她是極不喜歡泥胚做的房子。現在瞧著二妹也是更屬意石屋，那還猶豫什麼。

「行吧，咱們院牆就砌石頭的。」

「嘿嘿，長姊真好！」

玉玲抱著姊姊狠狠親了一口，才跳下床去睡覺。

玉竹心裡的歡喜一點不比二姊少，為著長遠的舒適，怎麼也要砌個石頭院牆出來。而且她還想著將土灶弄出來放到院牆下，蓋個廚房，有了石頭院牆，風雨不懼，還能蓋個小廚房，再弄個煙囪砌上去，想想就美滋滋。

心滿意足的玉竹一覺睡到了大天亮。起床的時候家裡只剩二姊一個人，聽她說長姊跟著陶二叔去古和村看石料了，砌院牆大概也就這幾日的樣子。

玉竹腦中靈光一閃，立刻跑去院子裡挖了泥又和了點水，坐著小板凳捏了半天。

「小妹，這天就不要玩泥巴了，仔細手凍著。」

「二哥，我不冷，就玩一會兒。」

玉玲還以為小妹是在捏泥人，也沒管她，自己忙著把家裡家外都收拾了一遍。等她空閒下來想陪小妹一起玩的時候，看到小妹捏的那東西，驚得嘴都合不攏了。

整個就是自家的縮小版，還加了院牆、菜園、新房子，還有好些個她都不認識的東西。

第三十四章

「二哥，瞧我捏得像嗎？」

玉竹仰起小臉，一副求誇獎的樣子。玉玲笑著蹲下來，摸了下她的頭，發自內心地稱讚道：「我家小妹真厲害，捏得像極了。可是有些東西，我怎麼都不認得。這是什麼？」

她指的是一處圓圓的東西。

「這叫石磨，爹住的地方就有。能直接把烘乾的毛蝦丟進這洞裡，轉一轉就成粉了。」

這麼厲害？玉玲好奇地把那坨叫石磨的泥巴拿在手上，左看右看，都沒看出什麼名堂，不由得有些洩氣。

爹爹還真是偏心，總是給小妹託夢，也不來看看自己和長姊。

她把那石磨放回去，又指著院牆下的那一排問：「這又是什麼？」瞧著有些像自家那個小灶臺，但是自家小灶臺並沒有那麼多孔。

「這是灶臺呀！」

玉竹捏的是農村土灶裡最簡易的一種，只有兩口，中間還有小洞，可以拿來放陶罐。但前提得有鍋才是。自從她來了這裡，家裡就一直只有兩只陶罐。她原以為是這個時代沒有鐵鍋，但小草成親那天，她去村長家吃席，分明瞧見過鍋子。

「二哥，為什麼村長伯伯家有鍋，咱們家卻沒有啊？」

「鍋？那種黑黑的大鐵鍋？咱們家就三個人，買那個做什麼？」

瞧二姊這樣子，她對自己這個灶臺似乎並不怎麼感興趣。玉竹不免有些失望，還以為自己捏的這個灶臺很實用，姊姊們一定會喜歡。

要是姊姊們都不喜歡自己捏的這些東西，那她折騰這一上午是在幹啥？

玉竹悻悻地搓了搓手，把手上的泥都刮了下來，不想捏了。

這麼冷的天，玉玲本就不想讓妹妹玩水、玩泥巴，見她不玩了覺得正好，也沒注意妹妹有些不太開心。

「不玩了吧？走，二哥給妳打水把手洗下。滿手都是泥的，長姊回來看見該訓我了。」

姊妹倆打了水洗手，捏得似模似樣的一座小院子便扔在了地上，跟著玉容一起回來的陶二叔一眼就瞧見了。

「這是……」

他低頭仔細瞧了瞧，又抬頭看了看，發現捏得竟和眼前的屋子一般無二，只是用泥巴捏得更為完整些，還蓋了院牆，規劃出了菜園，門邊的院牆下還搭了個……這是生火做飯的地方？這上頭還有根四四方方的東西，是做什麼的？

陶二叔來了興致，蹲下去仔細看了又看，發現這東西安的地方正是做飯的地方，貼著牆延伸出去，正好能將煙火帶到屋子外頭，妙哉妙哉！

他以前怎麼就沒有想到還能做成這樣，天天在屋子裡頭做飯，熏得屋子都黑漆漆的，還難聞得很，碰上暴雨天氣，屋子更是嗆得厲害。

實在受不了的時候，他曾在牆上挖過兩個洞透氣，結果煙沒出去，雨倒是全漏進來。原來是自己弄錯了法子。

站在陶二叔後頭的玉容也瞧見了，心中驚訝之餘，立刻想到這肯定是小妹捏的。因為二妹的手實在是沒這麼巧，她連縫個衣裳都縫不直的人，怎麼可能捏出這樣的小院子。

倒是小妹，聰穎過人，手巧得很。

一個四歲孩子將這些捏得栩栩如生，是不是有些太過了？人家可不一定當小妹是早慧。

於是瞧見兩個妹妹走過來的時候，玉容直接把這帽子扣在二妹頭上。

「二弟，妳都多大的人了，怎麼還跟個小娃娃似地玩泥巴呢？」

玉玲當場愣住。「我……」

「我什麼我，這麼冷的天還帶著小妹瞎胡鬧，等一下要是凍病了，看我怎麼收拾你！還不快帶小妹進去添件衣裳。」

玉容一邊訓著人，一邊給二妹使了眼色。玉玲這才反應過來，扯著小妹回了屋子。

「小東西，看二哥挨訓很開心呢？都是妳害的，還笑！」

玉竹捂著嘴，偷偷樂了會兒，轉身從衣櫃裡扒拉了件衣裳出來，自己穿上。既然長姊都說了要進來添件衣服，不添怎麼行？

外頭的陶二叔看著那堆泥巴，許久才回過神來。知道是玉林捏的，真是恨不得立刻找他探討一下，那個能將煙火引出去的東西到底是怎麼做的。

結果很不巧，陶二嬸突然跑過來尋他，說是娘家有事，讓陶二叔去借車子送她回娘家。

兩口子風風火火的，跟玉容道了個別就走了。

玉容轉身便把妹妹捏的那座小院子給鏟起來，挪到了屋後，然後進屋抓人審問。

結果審著審著，自己倒是聽入迷了。

「長姊，我上回瞧見爹現在用的灶便是我捏的那個樣子，買個大鐵鍋，正好咱們平時可以熬蠔油賣嘛！旁邊有放陶罐的位置，也不耽擱煮飯。而且只要是在燒火，最後頭那個鍋裡就會一直有熱水。現在天冷，不是正合適嗎？」

兩個姊姊齊齊點頭。

玉竹小大人似地背著個手來回走，一邊又講起了煙囪的好處。

猶記得上回颱風來的時候，那一屋子的煙是多麼難受。玉容、玉玲一聽小妹說的煙囱便覺得可行，想著怎麼也要在新家砌上，這樣落雨颳風的時候也能少受些罪。

玉竹說了半天，喉嚨都乾了，終於說服姊姊將家裡砌上土灶。玉玲則是自己選了進門右手邊的位置，打算蓋自己的新房子。至於左邊嘛，暫時先空出來種點易養活的蔬菜就行了。

商量好了小院子的大致規劃，姊妹仨便忙活著將院子內的雜草清一清，大的石塊也撿出來放到一邊。

之前熬製蠔油時，家裡撬海蠣還丟了好多海蠣殼沒丟，這回也打算一起清出去。

玉竹瞧著那麼多扎手的海蠣殼，腦中靈光一閃。

「長姊，這些海蠣殼就別丟了吧，不如等院牆蓋得差不多的時候，咱們把這些海蠣殼都倒上去，這樣就不擔心有人會爬牆啦！」

「這個主意好！」

兩個姊姊都領教過海蠣殼的鋒利，這些東西若放上了院牆，還真能頂用。

不過玉竹的話也給她們提了醒。若真有那膽大的人，敢翻院牆，這點海蠣也只能傷著人，要看家護院，還是得養條狗才行。

一聽到姊姊商量著養狗，玉竹蹦得老高。

「我知道、我知道！二毛家有小狗狗，剛生了一個月的小狗狗！」

天知道她想養一隻小狗想了好久。

「長姊長姊，妳就讓我去嘛！二毛家的狗都好小，我自己能抱回來，而且肯定挑一隻又大又聽話的回來。」

玉容最是怕小妹癡纏，忙不迭地應了。

「去吧去吧，記得帶幾個銅貝在身上。先去問問二毛她娘賣不賣再說，別上去就問人家送不送，那樣不好。」

「知道啦！」

玉竹飛快跑進屋裡頭，拿了十個銅貝揣進兜裡轉身就跑。

「這丫頭，真是，爹娘都是沈靜的性子，也不知她是隨了誰。」

玉竹一路小跑，很快就到了二毛家門口。剛跑進去叫了聲二毛，就看到二毛家的院子裡坐著五、六個村裡的嬸嬸。

大家瞧見她，眼裡頓時燃起了熊熊的八卦之火。

俗話說三個女人一臺戲，這裡這麼多……她直覺地想調頭。
「小玉竹，快過來。」
二毛她娘笑著朝玉竹招手，其他幾位也在招手，像極了要誘惑小紅帽的大野狼。
玉竹硬著頭皮走了過去。
「巧蘭嬸兒，二毛今兒沒在家嗎？」
「在呢，只是她瘋了一上午，正在睡覺，一會兒就醒了。妳在這兒等等她吧，二毛可是天天唸叨著妳呢。」
巧蘭嬸兒笑得情真意摯的，倒不像是說假話。若是平常，玉竹肯定二話不說就留下來，但今天這麼多人，肯定要逮著問自己好多事。
村裡的這群女人也沒啥娛樂活動，最喜歡的就是聽八卦了。
長姊一直擔心著家裡銀錢被惦記，甚至想過要不要讓秦大人來明說賞了多少錢，只是那樣太過麻煩秦大人，長姊一直拿不定主意。
但，也不是一定要秦大人說的話，大家才會信，一個四歲的娃娃偷聽到了家裡的談話說出來，大家也是會信的。畢竟才四歲嘛，誰會相信她撒謊？
玉竹這念頭也就瞬間在腦子裡過了一遍，立刻仰起小臉笑道：「好的，巧蘭嬸兒，那我在這兒等二毛起床。」
一個正在做針線的大娘一見她坐下，立刻忍不住問道：「小玉竹，聽說你們家買地、買房子啦？」

「對呀！」
「嘖嘖嘖，那兩間石屋，可是好東西。都能買房子了，看來秦大人獎勵不少呢。妳知道獎勵了多少嗎？」
「知道呀！」
見玉竹這有問必答的模樣，幾個女人立刻追問道：「那秦大人到底賞了多少啊？」
「賞了……」玉竹攤開手掌，一根根手指頭豎起來，又一根根放了回去，來來回回逗得幾個問話的心癢難耐。
吊足了胃口，她才豎起兩根指頭伸到眾人面前。
「兩百！有兩百好漂亮的銀貝！」
一聽兩百銀貝，幾個人頓時炸了鍋。
「天啊！兩百！我就說秦大人肯定賞了很多很多！」
「這下好了，人家是不吃不喝半輩子不用愁，哪像咱們，還得苦哈哈地到海裡刨食。」
「真是的，老天怎麼就不給我個方子。」
一個個說得都酸得很，但也是人之常情，並不惡毒。玉竹注意到，唯有自己面前的巧蘭嬸一句話都沒有說過。聽到那些人的酸話，臉上也沒個表情，只是手裡落針的時候，一連扎錯了好幾處。看來她的內心並沒有外面表現得這樣平靜。
她有些替長姊和自己難過。
長姊一直挺喜歡巧蘭嬸兒，以前她去自己家裡，性情也是極好的，沒想到在知道自家過得好後，居然一絲為自家開心的神色都沒有，甚至還很煩躁。

而且她明知道院子這麼多女人會抓著自己問話，還招了自己過來，拿二毛做幌子留人，擺明了自己也想聽，然後讓別人出頭來為難自己。

以她跟長姊如今的關係，去問長姊，長姊肯定不會瞞著她。但自從秦大人來過後，她就再也沒去找過長姊。雖然不知道她心裡想些什麼，但肯定不像表面上那樣大方明朗。

日後，不可深交矣。

二毛還可以一起玩，但她家，玉竹覺得自己以後不會再來了。

「小玉竹，聽說你們家那屋子一共花了九十五個銀貝，那妳家還剩的一百多是不是留著給妳二哥娶媳婦呀？」

這個問題真是在場嬸嬸、大娘們最關注的一個問題。她們自家雖然沒有適齡的女兒，但近親、遠親的總能找出一個來。以前的玉家她們看不上，但現在嘛，要是有那麼厚的家底，她們也是可以考慮一下的。

結果玉竹下一句話就對她們澆了一盆涼水。

「沒有銀貝了，全都花完了。」

「花完了？怎麼會呢？那可是兩百銀貝呀！」

聽了她這話，幾個人也沒心思做手裡的活了，都圍著玉竹問她怎麼回事。

玉竹彷彿是口無遮攔的娃娃一樣，家裡的事，人家一問便開始往外說。

「長姊和二哥拿錢去買了石料要蓋院牆，還買了石料給二哥蓋屋子，錢都給出去了，過兩天就送到家。」

二毛家的小院，突然一下變得格外安靜。好半天才有個大娘乾巴巴地笑道：「妳這兄長和姊姊，還真是捨得。」

可不是捨得嗎，她們若是有了這兩百銀貝，誰不是藏著掖著，精打細算地花。玉家倒好，一揮手買了地跟屋子，再一揮手又是院牆跟屋子，還用石頭砌。這揮揮手間，兩百銀貝就花完了，真是太大手大腳。

買地、買房子她們理解，畢竟誰都得有個根，但院牆什麼的，她們是真理解不了。搭個泥胚的院牆不也挺好的嗎，壞了就修修，又不是不能用。

這事聽到這兒，差不多也結尾了。院子裡的七大姑、八大姨一個個地急著回去跟親戚朋友分享這消息，都告了辭，紛紛離開。

玉竹也想走，不過還有正事沒辦。

「巧蘭嬸兒，二毛說家裡有剛出生的小狗狗是嗎？」

巧蘭還想著玉竹方才說的話，好一會兒才回過神來，答道：「是有小狗，妳等二毛醒了，帶妳去吧。」

玉竹搖搖頭。「我是來買小狗狗的，買完還要回去呢。巧蘭嬸兒帶我去看吧！」

這下巧蘭倒是沒拒絕，帶了玉竹去了自家狗窩。

他們一家人勤快還是很勤快的，狗窩也收拾得挺乾淨，幾隻狗更是圓滾滾，格外可愛。

玉竹之前來瞧過幾回，小的還看不出什麼，但聽說狗媽媽平時在看家護院，很是厲害。

這會兒幾隻小狗正在睡覺，只有狗媽媽醒著，瞧見不是生人便也沒叫，只搖了搖尾巴。

「小玉竹看看，喜歡哪隻？」

玉竹早就有喜歡的，就是二毛曾經準備送她的那隻全黑小狗。那隻狗真的是極合眼緣，眼神跟其他小狗完全不一樣，一看就教人覺得以後定是個看家的好手。

「巧蘭嬸兒，我想要那隻全黑的，能幫我抓出來嗎？」

巧蘭面上閃過一絲為難，但還是遂了玉竹的意，把那隻全黑的抓了出來。

「怎麼這麼瘦？」

方才在窩裡，又被其他幾隻圓滾滾的擋住，看得不真切，抱出來才瞧仔細了，當真瘦得只剩下皮包骨。

這才過了半個月，怎麼就瘦成這樣了？玉竹心疼得很，把牠抱進懷裡摸了又摸。

「要不妳換一隻，這隻不知怎的，就是不愛喝奶。也不是搶不過，我都把其他幾隻抓出去了，就牠一隻在窩裡，牠也不喝。」

「我就要牠。巧蘭嬸兒，這是十個銅貝，給妳。我先回去啦，妳幫我跟二毛說一聲，我改天再來找她一起玩。」

玉竹給了錢就抱著小狗回家。等走到了家門前才想起來，自己出來的時候說過的話。

「我肯定挑一隻又大又聽話的回來。」

她低頭瞧了瞧窩在自己懷裡，那瘦瘦小小的一團。反正長姊沒見過二毛家的狗狗，等一下自己跟長姊說這就是最大的一隻，長姊應該會信吧？

第三十五章

「小妹，小狗抱回來啦？快過來給我瞧瞧，我都好長時間沒瞧見過小狗了。」聽到長姊的聲音，玉竹心虛地捂住了狗狗。

「怎麼了這是，還不讓看呀？是不是長得太醜了？」

玉玲笑著朝她走過來，只看到了一團黑色。「黑色的小狗？挺好的嘛。公的還是母的呢？」

這個玉竹還真不知道。

「二哥，給小狗狗的窩弄好了嗎？外面太冷了，咱們把小狗狗放到窩裡去。」

玉玲被這一打岔，頓時忘了自己是來看小狗的。

「那個窩還沒弄好，長姊正在清咱們穿爛的衣裳，說是給牠縫個套子，到時候套在乾草外頭，這樣能暖和些。我去幫長姊一起理理。」

之前她們逃荒時穿來這兒的那些單衣，實在破舊得不行，但玉容一直沒捨得扔，全都塞在了衣櫃裡。她本是想著做鞋子的時候拿來糊個鞋底，或者做個鞋面，現在倒是用不著了。

冬日的海邊實在是濕冷，條件稍微好點的人家都會買幾塊兔皮來做鞋子。就是實在條件不好的，也會想法子去後山套兩隻回來。身上穿少些倒無妨，腳一定不能受涼。

玉容早在上個月便把自家姊妹的鞋子都給做好了，她還別出心裁地買了兔毛縫了一圈在小妹的靴子上，實在好看。

這會兒趁著姊姊們在忙著做狗窩，玉竹抱著小狗回了房間。平時姊姊總會在櫃子裡給她留些吃的東西，她想瞧瞧能不能餵給狗狗吃。

一個月的狗要說也能斷奶了，而且巧蘭嬸兒不是說牠不願意喝奶嗎，給牠吃點別的試試看，總不能由著牠這樣一直餓下去。

玉竹一手摟著狗，一手扒拉著櫃子門。

她太矮了，踮著腳，費了好一會兒工夫才弄開了。裡頭果然放著吃的，小碗裡放著兩塊蝦餅。那是用蝦仁剁碎了加了青菜末和著粟米粉捏成餅蒸的，這是長姊自己琢磨出的吃法。餅裡頭雖然只有鹽和蝦粉調味，但勝在食材新鮮，味道也很不錯。玉竹從不挑食，只要是長姊做的，從來都是很給面子地吃光光。

不過今日……她嚥了下口水，拿了塊餅下來坐到自己的小板凳上，掰了一小塊，試探著伸到了小狗嘴邊。

巧蘭嬸兒嘴裡那不肯吃、不肯喝的狗一聞到玉竹手裡的蝦餅，突然頭一伸、舌頭一捲，蝦餅瞬間沒了影。

這不是挺能吃的嗎？

玉竹趕緊又掰了幾塊，結果牠沒怎麼猶豫，全都吃進了肚子，餵水也是乖乖喝了。兩塊巴掌大的蝦餅很快就被吃得乾乾淨淨，連點渣都沒有剩下。

所以，是巧蘭嬸兒說了謊，還是這小東西真的喝不慣奶呢？

「小妹，狗窩弄好啦，快把小狗抱出來試試看。」

聽到二姊喊她，玉竹慌了下，不過很快又鎮定下來。既然小狗能吃，並不是得了什麼病，很快就會長起來的。好好跟姊姊們說說，姊姊們肯定會留下牠。

玉竹知道姊姊疼自己，多半會留下小狗，但不知為什麼一想到要出去，又有些心虛，磨蹭了好一會兒才把小狗帶出去。

小狗的新窩是一團厚厚的乾草，外頭籠了一層拼接的碎布，瞧著不是很好看，但比起其他狗狗只能睡地上的待遇，這狗窩已經是很好了。玉竹很是小心地把懷裡的小狗放了進去。

這就是小妹去挑回來的狗？未免也太瘦了吧?!

姊妹倆正要開口，就瞧見小妹可憐兮兮地望了過來，窩裡那隻小狗也是可憐兮兮地望著她們，叫她們到嘴的話都說不出來了。

好一會兒，玉玲才尷尬地笑了笑，說道：「這隻小狗看上去挺乖的。」

玉容忙不迭地跟著應和。「對，瞧著有點乖。」

乖不乖的另說，重要的是小妹喜歡。就當是養著給小妹做伴解悶，日後若是看家不行，再去村裡別家買一隻就是了。

「把牠先搬到咱們屋子裡去吧，屋子裡暖和。」

玉玲點點頭，連窩帶狗搬進了屋子，再出來又丟了個難題過來。

「這狗叫啥名字呢？」

玉竹非常迅速地將這個任務甩給了姊姊。「長姊快想想，給牠取個名字。」

玉容被趕鴨子上架，琢磨了好一會兒才想了名字出來。

「叫牠黑豆怎麼樣？」她自覺是挺好聽的，結果兩個妹妹臉上都是一言難盡的表情。

「二弟妳來，我不行，我想不出其他名字了。」

玉玲回頭瞧了下狗窩裡的小黑狗，正對上牠那雙格外閃亮的眼睛，心頭一動，有了想法。

「我之前跟船出海的時候，看見過一頭大白鯊捕食獵物，那凶猛的樣子實在教人心驚。陶二叔說，大白鯊可是海裡頭的小霸王，咱家還指著這小黑狗看家呢，希望牠也能像大白鯊那樣凶猛，就叫牠黑鯊吧！」

黑鯊。

「真好聽！」這名字玉竹一聽就喜歡上了。

玉容瞧著既然兩個妹妹都喜歡，她自然沒什麼意見。

黑鯊就這麼在玉家養了下來，不過大多數時候都是玉竹在照顧，玉容和玉玲在忙活著蓋院牆的事。

之前陶二叔帶著玉容去瞧了兩座採石場，對比了價錢後，她已經付了訂金，訂了一批毛石和青石。這幾日已經開始有牛車陸陸續續地往家裡送來石頭，堆了小半個院子。

玉容一家畢竟都還年輕，許多事情不如陶二叔經驗老道，所以蓋院牆、蓋房子的事，玉容大半都託付給了陶二叔一家。

陶二叔負責任得很，砌牆的匠人都是他打聽了又打聽才找來的，小工也是村裡找來的勤快人，兩個兒子也被他徵過來做小工，每日和泥抬石忙得很。

玉玲也跟著一起在做，雖然累是累了些，但一想到這是蓋自家屋子，心裡就格外滿足。

不過這下漁船是徹底沒有人管了，也沒了收入。按照玉家這砌院子、砌房子的速度，全都完工估計要兩個月後了。

兩個月的時間，其實可以高價雇兩、三人出海捕魚，但這樣只雇兩月，肯定是雇不來什麼好手，萬一出海出了什麼事那就麻煩了。而且就算打回了魚，除去工錢再交了魚稅，到手裡也沒有多少。

可能兩個月沒有收入，陶嬸嬸一家卻從來沒有抱怨過什麼，只真心為玉家姊弟高興，他們終於在村子裡有了個自己的家。

玉容塞了兩次錢給陶嬸嬸，陶嬸嬸都堅持不收，只說等屋子蓋完了，她若是還有閒錢再來給老頭工錢。她是擔心玉容花了這麼大筆錢出去，手裡沒了存銀。

其實陶嬸嬸的這個擔心，玉容自己也擔心著。

說實話，家裡一共有兩百七十多個銀貝，已經算不少了，但買石料、付工錢，新屋子要打床櫃，還有一天天要供人吃食，一樣樣的都要花出去。

現在院牆才砌一半，光訂石料的錢就花了大半。等蓋完屋子，都不知道手裡能剩下幾個錢。

可是，該買的還是要買。

眼瞧著院牆都快砌成了，又要準備砌灶臺、蓋屋子。屋子有匠人、有陶二叔，玉容倒不怎麼擔心，只要錢到位、材料到位，便沒什麼可擔心的。只是家中的一些小東西卻要她去操心買回來。

最重要的便是那兩口大鐵鍋了，買回來才好比照著砌灶臺。

於是玉容早早就去蔡大爺那兒訂了車，準備明日和陶嬸嬸去趟城裡，把家中需要的那些零零碎碎的東西都買回來。

正好入了上陽村後，兩個妹妹便再沒進過城，所以也帶了兩個妹妹一起去。

姊妹仨和陶家嬸嬸，天才亮沒多久便坐著牛車出了村子。

早起的村民都瞧見了，大家都知道玉家最近在砌院子蓋石屋，心裡是羨慕極了，嘴裡偶爾也會有幾句酸話，但旁的什麼歪心思卻是沒有的。

官府從一開始收購增味粉，到最近加進去的蠔油，通通都是因著玉容獻上去的方子。也是因為有這方子，他們才能不用花任何本錢，每月都有近百銅貝的進項。

現在，村裡家家戶戶誰不是天天架著柴火在熬蠔油，熬這東西簡單得很，只要注意些火候就可以了，平時帶著孩子，一邊撬著海蠣、一邊看著鍋，又清閒、又能賺錢。

近百的銅貝相當於家中多了一個壯勞力的收入，誰心裡會不歡喜呢？玉容這一獻方，可是造福了不知多少的沿海村民，如此功德，淮侯、秦大人獎勵她也是應該的。

村裡人對待玉容明顯比以前更加親近，玉容心知是為什麼，可她們不知道，最大的功臣應該是小妹才是。

蝦粉是小妹無意弄出來的，蠔油雖說是爹託夢，那也是小妹弄出來的。偏偏小妹太小，不能讓她顯得太與眾不同，只好自己把這名聲扛下來。

唉，總覺得虧欠了小妹。

等一下到了城裡看看小妹喜歡什麼，定要給她買下來，這還是小妹出生以來，頭一次到城裡逛街呢！

小半時辰後，牛車晃晃悠悠地到了城裡停車的位置。這回有陶嬸嬸，玉容輕鬆了許多，很多地方不用再到處問人，陶嬸嬸直接就能帶著去了。

她們先去了城中唯一一家打鐵鋪子。

那家鋪子就在停車的這條街尾，隔著老遠就聽到叮叮噹噹的打鐵聲絡繹不絕。等四人走到鋪子前時，頓時一股熱浪迎面襲來，熱得離譜。難怪外頭的人都穿著棉襖，唯有他們還打著赤膊。

這是個兄弟合夥開的鋪子，打鐵的老大一瞧見四人，立刻抹了把汗探頭問道：「大姊，可要看些什麼？」

四人裡陶嬸嬸最為年長，人家一眼看來，自然以為是母親帶著幾個孩子。

陶嬸嬸笑了笑，問鋪主有沒有鐵鍋。

「鐵鍋？有倒是有。」

鋪主轉身進了鋪子裡，很快提了個黑黑的大鐵鍋出來。那鐵鍋是真的大，玉竹感覺自己跳進去拿個鍋蓋都能蓋上。

玉容一時有些猶豫，買個這麼大的鍋回去，那灶臺得砌多大？

「沒有小一點的鍋嗎？」

「早就沒有啦，自從咱們秦大人發了那個蠔油的方子下來，我這店裡的鐵鍋都讓人給買走了。就剩這一個最大的，沒人買。」

難怪沒人買，這麼大，平時洗鍋倒水的，端都端不動。

玉竹瞧見長姊猶豫，連忙扯了扯她的衣袖。「長姊買吧！」

鍋是大了些，但嵌在灶臺上，又不用搬動。

玉玲想得卻是這麼大的鍋，能熬的蠔油肯定很多，也贊成把鍋買下來。

玉容見妹妹們都說買，心裡的猶豫頓時消失無蹤，直接和鋪主討價還價一番，最後花了兩百銅貝買下那口大鐵鍋。買了鍋後，又在鋪子裡買了兩把銅鎖，還有幾樣農具。

幾百銅貝可是大買賣了，鋪主承諾把東西都送到車子上。玉容爽快地付了錢，正準備帶著妹妹們走，卻叫小妹拉了回去。

「長姊，我想買這個。」

玉竹眼巴巴地看著鋪子牆根下那一排銅鼎，想著它能煮的食物，口水都要流出來。銅鼎不用搭灶臺，直接燒火便能烹煮食物，拿來煮火鍋當真是再合適不過。眼看馬上就要過年了，到時候院子、屋子也都蓋好了，一家人圍在一起燙點海鮮火鍋吃，想想就幸福。

玉竹到底是纏著姊姊將那銅鼎買了下來。

姊妹仨跟著陶嬸嬸又去了買肉的地方。城裡海貨便宜，但肉是真貴，一斤肥肉要十幾個銅貝，瘦的也要七、八銅貝。

玉容秤了十幾斤肥瘦相間的，又買了骨頭和大塊板油。板油能熬出油渣，爹娘在的時候，她跟二妹每月都能吃上一次。想想小妹都沒吃過，她便乾脆買了。

才剛出來一會兒，籃子就沈甸甸的，荷包卻空了不少。玉容一時也想不起來還要再買什麼，正要說回去，就聽到陶嬸嬸說走得渴了，請她們去喝杯茶水。

茶攤就在前面不遠處，去歇歇腳也好。

陶嬸嬸帶著姊妹仨坐到角落裡，要了一壺茶水。早上出來的時候，玉容還準備了些餅做乾糧，這會兒正好拿出來配。

剛吃了幾口，她突然聽到了一道很熟悉的聲音。

「姚姑娘，請坐。」

玉容抬頭往前頭一瞧，當真是魏平。他跟個姑娘在這兒做什麼？

察覺到長姊在發愣，玉竹順著她的視線瞧過去，也發現了前面那桌的熟人。

陶寶兒的舅舅啊。對面那個姑娘，眉眼間有些凌厲，年紀看著也有點大，所以這是在相親嗎？

兩張桌子挨得挺近，姊妹倆聽到那姑娘先做了自我介紹，是個家中有糧鋪的殷實人家。

「我呢，命不好，前頭兩個訂了親的都得病死了，他們便說我剋夫。不知你可嫌棄？」

魏平默默了喝了杯茶，搖搖頭道：「我自己也是個不祥的人，如何嫌棄姑娘。」

只是不嫌棄，卻不代表就要與她成親。

大人最近不知是怎麼了，總是讓冬婆給他介紹這樣那樣的姑娘，還是趕緊嚇走人回去吧。

「姚姑娘這般坦誠，我也不瞞妳。我呢，家中尚有一老母，早些年為了我斷了腿、瞎了眼，如今每月都要花費不少銀錢抓藥。所以別瞧我是個小吏，日子恐怕過得比普通人家還不如。」

往常他一說這話，坐下的姑娘無一不是找個藉口離開，或是直接甩帕子走人。可今日這姚姑娘居然一動不動，還笑咪咪地瞧著，瞧得他心裡直發慌。

「這樣瞧著，你還是個挺有孝心的。有孝心的人，人品想來也不會差到哪兒去。至於過日子嘛，咱們成親後，我的便是你的，婆母的病自然有我這個做兒媳的照顧，你安心當你的差便是。」

魏平臉色大變，這這這……怎麼就說到成親了?!

不等他開口辯駁，就聽到身後有道熟悉的聲音叫了結帳。那聲音太熟悉了，午夜夢迴，總是能聽到她歡喜地叫著自己的名字。

魏平下意識地起身，想轉身去看她，可是想想自身的情況，又坐了回去。

「姚姑娘，今日之事對不住了。我本無意成親，奈何大人盛情安排，這才浪費了姑娘的時間。衙裡還有不少事情要忙，我先回去了，姑娘請自便吧！」

魏平說完，拿了幾枚銅貝出來放到桌上結帳，轉身便走。

第三十六章

魏平從茶攤出來後，並沒有如他所說的回府衙做事，而是慢吞吞地沿著街道走去了上陽村牛車停放的地方。

只是當他走到的時候，那個地方已經是空盪盪的，顯然玉容他們已經動身回村了。

他心裡是既難受又鬆了口氣，自己都說不清楚在想些什麼，莫名其妙又走回了家裡。

正摸索著挑豆子的余大娘一聽到腳步聲便知道是兒子回來了。

「平兒？怎麼這個時間回家來了？」

魏平沒有回答，只是坐到母親面前，埋頭跟她一起挑豆子。

「是不是出了什麼事？平兒，你倒是說話呀！」

兒子什麼話都不說，她又瞎了眼看不見，真是著急得很。

「娘，今日冬婆給我說了個姑娘，讓我跟她見面，是西街姚記糧鋪家的姑娘。」

余大娘一聽這個，再想到兒子那頹然的口吻，心中頓時明白過來。

「可是那姑娘知道娘的事，便不願意了？」

魏平搖了搖頭，卻忘了他娘瞧不見。

結果余大娘沒聽到兒子說話，還以為自己猜對了，頓時大哭起來。

「平兒，是為娘拖累了你，娘對不起你啊！這些年，要不是為了娘的這腿、這眼睛，你也不會到現在都沒能娶上媳婦。娘真是該死，娘去死！」

余大娘悶著頭就要往牆上撞去，嚇得魏平魂都沒了，趕緊攔了下來。

「娘，妳這幹什麼啊！好好的，別鬧！」

「娘對不住你啊！只要為娘還在一日，你便一日成不了親。娘竟是成了魏家的罪人！」

余大娘越說便越是傷心，哭得簡直都快暈厥過去。

「娘，今日那姚姑娘並沒有拒絕兒子，相反地，她還有意和我成親。」

「當真?!」余大娘的眼淚說收就收，瞬間又變得精神百倍起來。「姚記糧鋪，真是好姑娘。那為娘明日去找媒婆來，拿上你的八字去她家探探口風？」

「不要！」魏平想也不想就拒絕了。

母子之間沈默了好一會兒，余大娘才開了口。

「為何不要？既然有姑娘不嫌棄為娘，願意跟你好好過日子，為什麼不願意？」

魏平一陣頭疼，不知道該怎麼勸服娘不要再管自己的婚事。每次婚事不成，她都內疚，覺得是她拖累了自己。這些年也不知道偷偷掉了多少淚，作夢都在叨著想看著自己成家。

「娘，總之妳別想太多。我是自己不想成親，跟妳沒關係。府衙還忙著，我得先回去了，妳好好在家待著，晚飯等我回來做，別自己去碰火。」說完他便準備起身出門。

「平兒，你是不是喜歡容丫頭？」

余大娘這話一問出口，明顯聽到兒子腳步頓了頓才走出去，心中什麼都明白了。

以前興許是因為自己的原因，那些姑娘都瞧不上兒子，可現在是兒子自己不願意。他不知道什麼時候竟喜歡上了容丫頭，才不願意和那姚家姑娘成親。
容丫頭一家逃荒來了淮城，家中有弟弟、妹妹要照顧，定是不會早早出嫁。若是之前，等一等也無妨；可現在，她受了淮侯的賞，家底豐厚起來，自家若有意去求娶，怕是要被人指著鼻子罵是貪圖人家的銀錢了。這可怎生是好？
余大娘決定去一趟上陽村，找女兒一起商量著出主意。最重要的是她想探探玉容對兒子有沒有心思。若只是兒子一頭有想法，那有什麼用？

一個時辰後，蔡大爺的牛車停在了玉家新砌成的院牆外頭。
如今那簡陋的籬笆已經不見，放眼望去，都是用不規則的毛石頭一顆一顆重疊砌成的厚厚院牆，看著真是既漂亮又結實。蔡大爺幫著卸了貨，又羨慕地摸了下院牆，這才走了。
大概是聽到了院牆外的動靜，一隻黑黑的小傢伙搖著尾巴衝了出來。牠先是挨個兒地蹭了蹭主人，最後才停在玉竹的面前。
玉竹轉頭瞧了下長姊，見她又恢復平時的模樣，心中嘆了聲，抱起黑鯊先進了屋。
「小竹子！」
滿腹心事的玉竹剛聽見這一聲，就瞧見一個黑影朝她跑了過來。原來是二毛來家裡了。
「二毛，什麼時候來的？」
「來了快半個時辰了，妳可真不夠意思，去城裡也不叫上我。哼！」二毛扠著腰，表示她生氣了。

玉竹這會兒為了長姊的事心煩著呢，也沒工夫去哄她。二毛跟陶寶兒都一樣，欠缺社會的毒打。

說曹操曹操就到，剛想到陶寶兒，就聽到他嘰嘰喳喳的聲音在院門口響起。

「玉竹妹妹、玉竹妹妹！」

二毛一副厭煩的表情，剛站起來準備回過頭凶他，結果轉身的時候踩到地上的碎石頭，身子一歪，直接將走過來的陶寶兒壓倒在地上。

地上有很多細碎石頭，玉竹眼睜睜瞧著陶寶兒側著臉摔下去，等她跑過去扶起人的時候，臉上已經是血紅一片了。

「哇……好疼！嗚嗚嗚……我流血了，我要死了！嗚嗚嗚……」

陶寶兒這一嗓子，把正在屋子裡整理東西的兩個姊姊都驚了出來。兩人瞧見他這樣子，嚇了一跳，趕緊打水的打水，拿藥的拿藥。

而二毛完全沒了之前凶巴巴的樣子，傻呆呆地望著陶寶兒滿臉的血，腦子嗡嗡作響。

玉竹扶著陶寶兒坐下，一邊幫他吹臉，一邊哄著他不哭。

「陶寶兒，你一哭，眼淚就流到傷口裡啦，等一下會好痛好痛的。」

「真、真的、真的嗎？」

陶寶兒抽抽噎噎的，鼻涕都糊了一臉。玉玲拿了擰過的帕子，連血帶鼻涕都給他擦了個乾淨。只是他臉上那幾道刮痕還新鮮著，血一擦掉，又有新的流出來。

剛止了哭的陶寶兒一摸臉上又流血了，害怕極了，忍不住又哭出聲。

「寶兒?!寶兒！怎麼哭了?!」

魏春來得極快，一進院門就瞧見兒子那副慘兮兮的模樣，簡直心疼得要昏過去了。

「天啊！寶兒你的臉！」

魏春心中又氣又心疼，搶過兒子就忙不迭地問他是誰弄傷的。陶寶兒窩在他娘懷裡，委屈兮兮地指了指角落裡的二毛。

「剛剛我才進門，就被二毛壓倒了。」

「二毛?!」魏春一聽，頓時就炸毛了。她娘當年欺負自己，現在女兒還來欺負自己兒子，簡直豈有此理！

玉竹一瞧不好，連忙擋在二毛前頭。

「魏嬸嬸，二毛不是故意的，她只是不小心絆倒了寶兒。嬸嬸是大人，就別跟她一個小孩子計較了。」說完她又扯了扯二毛，小聲催她趕緊給陶寶兒道個歉。

可她不知道是被魏春嚇到了，還是倔勁又犯了，硬是一個字都不肯說。

好在長姊這時候把止血的藥草搗好了，拉走了陶寶兒和他娘，不然二毛今日說不定真就要挨打了。

「二毛，怎麼回事？剛剛為什麼不給陶寶兒道歉？」

「我、我、害怕……」

也是難得能聽到二毛嘴裡說出個怕字來。

玉容正想勸勸她，叫她好好和陶寶兒道個歉，沒想到這時巧蘭嬸來了。她來了，也不說進屋看看陶寶兒傷得怎麼樣，也沒跟一旁的二姊打招呼，直接抱了二毛回去。

果然，等陶寶兒臉上敷好了藥再出來，魏春一聽巧蘭居然抱著女兒回去了，立刻火冒三丈地抱著兒子回去，準備叫上婆婆上門算帳去。

「這下村裡有熱鬧看了。」玉玲可是聽陶嬸嬸說起過魏春那一家的剽悍事跡，尤其是她還有在府衙當差的兄弟，吵起架來都比別人硬氣許多。

不過自家是不去湊這熱鬧的，家裡都快忙不過來了，就連小妹都要來幫忙燒火做飯。天快黑的時候，做工的人都走了，陶二叔一家也回去了。兩個姊姊累得癱在床上，連晚飯都沒來得及吃就睡著了。院子裡就剩下玉竹和小黑鯊。她去閂了院門，又收拾了滿地的麻繩，還一條條都理順綁起來。等到全收拾完，天也差不多全黑了。

兩個姊姊還在睡覺，玉竹便自己去把今日買回來的銅鼎翻了出來。之前和二姊搭的那個小灶臺，早就被石頭淹了，用這鼎來煮晚飯，就不用再麻煩地搬石頭來搭灶。

她雖然才四歲，但心智成熟，骨子裡又是個勤快人，生火燒柴都麻利得很，全然沒有平日裡在兩個姊姊面前表現得那般生疏。

因著中午熬的骨頭湯還有剩，她便直接把湯倒進了銅鼎裡，又加了些水進去煮。趁著燒湯之際，她又悄悄進出屋子，翻出幾片小白菜葉、一碗蝦、一大碗粟米粉，還拿了調味料出來。

手裡材料有限，實在影響發揮。不過她才四歲，複雜的東西也不好做出來。

玉竹剝了蝦仁，先扔了小白菜進去煮，等水滾了再扔蝦仁，慢慢倒入粟米粉去攪和。

小火煮上一炷香，香濃的大骨頭蝦仁菜羹就煮好了。

小黑鯊圍著銅鼎已經轉了好幾圈，生怕小主人把自己給忘了，直在她眼前晃悠。

「太燙啦，給你涼一會兒再吃。」

玉竹特地給小黑鯊多舀了幾隻蝦仁，還有燉骨頭燉爛的幾塊脆骨。她發現這隻小狗非常喜歡吃肉，海鮮牠也吃，倒是好養。

玉竹把自己和姊姊們的菜羹打起來放涼了，瞧著小黑鯊一口一口吃得香甜。

兩個姊姊真是太累了，一直睡著都沒醒。玉竹後來餓得受不了，就沒再繼續等，吃完自己那份便洗臉上床，挨著姊姊睡覺了。

這樣冷的天，菜羹放銅鼎也不會壞。等姊姊們醒了，生火熱一下便能吃，很是方便。

半夜，兩個餓醒的人一看外頭的天色，頓時暗叫不好。

她們就這麼睡過去了，晚飯都沒來得及準備，小妹也不知道有沒有吃東西了再睡。姊妹倆趕緊爬起來點了油燈出去，結果一瞧，滿地的繩子都收拾好了，院子裡還放了個銅鼎。

這東西是小妹強烈要求買回來的，現在突然從裡頭拿出來，還蓋了塊木板，姊妹倆心裡都隱隱有了個猜想。

玉玲小心地拿開鼎上的木板，瞧見裡頭的食物，一顆心當真是又酸又甜。

她幾乎能想到，天都快黑了，妹妹那小小的個子在這院子裡收著繩子，還要自己生火做飯，就是不想打擾自己和長姊睡覺，也不知道她那時候害不害怕。

玉容眼睛都紅了，也沒說什麼話，拿了打火石準備熱一熱來吃。她倆都想著，哪怕妹妹煮得再不好吃，她們也會全都吃光。

「長姊，這不會是妳自己起來做的，妳忘了吧？」

「怎會？我記得很清楚，沒有起來過。這就是小妹做的。小妹她……一向聰明，定是平時瞧著我做飯學會了。」

玉容心中的驚訝不比二妹少，但她一直覺得小妹就是與眾不同，會做飯，也不稀奇。

姊妹倆幾口吃完了碗裡的東西，簡單收拾好後便準備換了衣服睡覺。結果剛剛才躺下，就聽到外頭的小黑鯊嗚嗚嗚嗚地叫個沒完。

玉容只好又下床，點了燈去察看。小黑鯊一瞧見主人出來了，立刻往一處院牆跑。因著地基有些大，院牆也圍得挺大，緊挨著陶嬸嬸家的這一面如今特地整理出來，堆的全是明後日準備蓋屋子的青石條。

玉容跟著小黑鯊走過來的時候，牆根處一塊青石條的兩頭正套著條繩子，外頭還有人在拉。

「是誰?!」

黑夜裡突然傳來一道響亮的聲音，極為嚇人，外頭拉著繩子的人自然也嚇了一跳。就在猶豫著要不要一鼓作氣將石頭拉出來的時候，聽到裡頭又出來了個人。

是玉家的男人。

「能在大半夜來偷石頭還沒引起狗叫，想來也是一個村子的吧？你若是現在乖乖離開，我便當今日的事沒有發生過。若是再不走，只要我喊一嗓子，對面的陶嬸家、前頭的良才家都會來人，到時候你想走就走不了了。」

玉玲這話也不知是哪一句戳到了外頭的人，繩子頓時就鬆了，兩道細碎的腳步聲越跑越遠。

還不是一個人！是兩個！

玉容頓時有些腿軟，靠在妹妹身上好一會兒才緩過神來。

以前不是沒想過家中露了財會招來小偷，所以平時晚上都格外警醒。今日也是因著太累了，加上院牆已經砌好便放鬆了警惕，沒想到竟會真來了小偷。

要不是小黑鯊一直吵個不停，她跟二妹肯定一會兒就睡著了。人家偷了多少石頭也不知道，要是遇上心黑的，進來謀財害命……

玉容越想越是害怕，明日一定要將海蠣殼全都插到院牆上去。

「長姊，今晚這事……」玉玲擔心地瞧了瞧屋裡。

「咱們只跟陶嬸一家說說，小妹就別說了，免得嚇著她。」

玉玲也是這樣想。小妹若是知道了，日後恐怕都不敢睡了。

「二妹，妳再去睡會兒吧，我睡不著，生個火堆守一會兒，有什麼事我就叫妳。」

「發生了這樣的事，我哪兒還睡得著呀？咱們生個火堆一起守。」

玉玲堅持，玉容也沒再說什麼。姊妹倆生了火，又去搬了一桶海蠣出來撬。

「長姊，妳說，今晚來偷咱家的會是誰呢？能不能找著？」

「人都走了，也不好查了。而且查出來難不成還能打上門去嗎？石頭也沒在他家，人家到時候還喊冤呢！」

玉玲嘆了一聲。是這個理，可是不把這個人找出來，她心裡就是不踏實，總擔心著他們會不會隔陣子又來偷。

姊妹倆各懷心思，一直守到了天亮才放鬆下來。之前小偷拿來套石頭的繩子被玉容扯了下來，扔到了一邊。

小黑鯊聞了聞，很是嫌棄地拖走。正好玉竹起床了，瞧見牠拖著繩子便去扯了出來。

「這東西髒得很，怎麼能用嘴巴去咬呢？乖，玩別的去。」

玉竹拿著繩子，準備放到放繩子的地方，卻感覺手裡的繩子有些不一樣，但是一時又說不上來哪兒不一樣。

直到她走到自己綁的那堆繩子前時，一對比，頓時清楚了。

「小妹，在看什麼呢？」

「二哥，我在看繩子呢，咱家繩子都是順著右邊方向搓的，這紋路都是朝右的，就這條不一樣，是反的，乍一看到，還挺新奇的。」

玉玲拿過那條繩子，細看了下，心中頓時了然。

「是挺新奇的。」

第三十七章

一看這繩子，就知道搓這繩子的人是個左撇子。

只要在村裡打聽打聽誰是左撇子，差不多就能弄明白了。雖然沒有當場抓住，但找到了目標，自家也好提防些。

這種村裡的大小事，問陶二叔應該是問不到什麼的，所以玉玲找了個機會去問了陶嬸嬸。

「嬸兒，妳知道村裡誰是左撇子嗎？」

陶二嬸想都沒想就回答道：「左撇子啊，我知道的就一個，山腳下的那家田婆子是個左撇子。」

「田婆子……」玉玲覺得有些耳熟。

「欸，你不記得啦，我之前跟你們說過的呀！這房子的前一個主人陶子明，就是她二兒子。早些年她生產的時候險些難產死了，所以一直不喜歡老二，不給人飽飯，還一家子當奴隸使喚，重活累活都讓人幹。」

「後來呢？」

「後來，後來陶子明受不了，跑了唄。在外頭混了三十來年，有天回來了，說在外頭欠了五十個銅貝的債，希望家裡幫著還一下。那田婆子當然不肯了，又是打、又是罵地將他趕出門。後頭怕被陶子明纏上要幫他還錢，還去村長跟里君那兒，將陶子明過繼了出去，跟他斷了親。」

陶二嬸搖頭，忍不住嘆息。

「結果後來才知道，她兒子根本沒有欠外頭的錢，反而是賺了大錢。田婆子又後悔了，一家子找上門去鬧，想要把兒子要回來。陶子明直接報了官，這才消停下來。然後他便花了所有錢蓋了這兩間屋子，可惜的是才蓋好沒多久，就得病死了。」

「確實是可惜了。」

玉玲心裡的懷疑總算是找到了目標。

當初要買這房子時村長說了，是因為前一個主人死後沒有親眷，房屋才歸了村裡可以買賣，然後被自家買了過來。

那田婆子眼看著自己兒子花大價錢蓋的石頭屋落到外人手裡，她怎麼可能不恨呢，少不得就要使點壞。

昨晚的那兩個人聽著步履矯健，肯定不是田婆子，但繩子是她家的，跟她絕對脫不了干係。

「嬸兒，那田婆子家有幾口人啊？」

陶二嬸細細回想了下，不太肯定道：「應該是四口人吧，她跟她老頭，還有老大、老三兩兒子，這幾年沒聽說過她家有娶媳婦進門。玉林，你今兒怎麼突然問起這個了？」

「啊？沒事，我就是隨便問問。嬸兒妳先忙，我回去做事。」

玉玲回了自己家，這會兒，陶二叔跟著幾個砌牆的在那兒商量著房屋門窗的位置，陶木兄弟則是默默將院子的石頭都搬到蓋屋子的這邊。

「陶大哥，咱先歇會兒，我找你有點事。」

「什麼事？」

陶實立刻放下手裡的活走過來，一旁的陶木瞧著兩人站在一起說話，心裡有那麼一點委屈。他也不知道為什麼，最近玉林這小子都不愛跟他說話了，有什麼事都只找大哥，不找自己。

說什麼悄悄話，他也要去聽聽。

玉玲這會兒正將昨晚來了小偷的事告訴陶實，陶實聽完，眉頭便皺成了一坨。

「恐怕昨晚不是他們第一次偷了。院牆蓋好了都敢來，更何況是沒有院牆的時候。前陣子我就覺得石頭的位置好像有些不太對，但幾個人都在抬石頭，我也不確定自己有沒有記錯，就沒提過。」

玉玲心中本就有這個猜想，聽了陶實這話，更是確定了幾分。

「我心裡頭已經有懷疑的人家，就在村裡，想著去偷偷察看察看。只是一個人我有點怕，又不熟悉路，所以——」

她還沒說完，陶木就已經站出來自告奮勇了。

「我陪你去。」

見弟弟站出來了，陶實就把話嚥了回去。「那讓老二陪你去吧，有什麼要幫忙的，再來叫我。」

她來找陶實說，就是不想麻煩陶木跟著一起去的嘛。

「剛剛你們說的話我都聽見了，我說你也太不夠意思了，現在什麼事都只找我大哥，咱們還是不是好兄弟了？」

陶木上來想捶玉玲的肩膀，被玉玲一個側身躲了過去。

「誰要跟你做兄弟？走啦，不是說要給我幫忙嗎！」

玉玲讓他去門口等著，自己進屋跟長姊說了聲。當然她沒說是去田婆子家查探，只說是去後山砍點柴回來。

兩個人很快就出了門。

就在他們前腳剛出門，後腳有個小不點也跟著出來了。

聽到他們要去查探小偷的事，玉竹心癢難耐，決定跟在他們後頭去瞧瞧。

當然，她知道自己太小，幫不上什麼忙，所以遠遠地跟著，並沒讓他們發現。

跟了一會兒後，玉竹發現他們是朝山下去的。

來上陽村快半年了，她平時又愛跟二毛他們滿村子地跑，去過的地方，知道的人家那可比兩個姊姊多了。

山腳下一共有十來戶人家，也不知二姊她懷疑的是哪家。

「田婆子家是那邊哪一家？」玉玲戳了陶木兩下，小聲問他。

陶木想了下，指著最中間的小院子。「是那家吧！我記得她家是這山下最小的一戶。」

玉玲瞧了瞧那院子的位置，心裡頓時有了主意。

那院子離村裡人上山的路不是很遠，她跟陶木可以先上山把柴砍了回來再去查探，到時候就算不小心被發現了，也可以說是砍完柴下山找她家討碗水喝。

玉竹就這麼瞧著二姊跟陶木上了山。

上山？不是說去查探懷疑的人家嗎？剛剛陶木明明指了一家，她都瞧見了，結果他們卻上山去了。

玉竹正納悶呢，就聽到有孩子叫她，回過神一看，原來是長福。他跟他娘手裡渾身都是濕氣，簍子外耷拉著一條粗粗的章魚腿。

這是趕海撿到了大傢伙，難怪這麼早就回來了。

「小竹子，走！跟我去我家玩，我跟我娘今天撿了隻大章魚，還是活的！」

長福娘樂得兒子有玩伴，也邀了玉竹去玩。他們家就在陶木剛剛指的那家隔壁不遠處，玉竹沒怎麼想就應了下來，一起去了長福家。

一進屋，長福娘便把大章魚倒進了大盆子裡，放到地上給兩個小娃娃玩。又一人塞了根指頭粗的棍子，叫他們不要用手碰，章魚爬出來的話就拿棍子挑下去。

玉竹心不在焉地撥弄著盆子裡的大章魚，忍不住朝長福打聽。

「你家旁邊那個經常瞪咱們的老太太他們家，最近有沒有發生什麼奇怪的事呀？」

「田老婆子？他們家能有什麼事？我娘說他們一家都潑皮無賴，不讓我往她家去。小竹子，牠跑妳那邊去了！快快快弄過來！」

長福的心思都在大章魚上頭，玉竹心知問也問不出什麼結果，只好收了找他打聽的心思，陪他一起逗章魚玩。

一個人在路上偷偷往這邊瞧，太招人注意了，就這樣先在長福家等著，等二姊他們下山，看看到底這事是怎麼說。

結果等了小半個時辰，沒把二姊等來，倒是等來了田婆子。

「長福，你娘在家沒？」

老太太佝僂著腰，嘴裡問著話，一雙眼卻緊緊盯著盆裡的大章魚。只是長福理都沒理，自顧自地玩著章魚腳。

這大概是常態了，玉竹瞧著田婆子小聲地罵了句什麼，然後自顧自地走進了院子。大概是方才離得遠，她沒看清，走進來才發現玉竹也在這兒。

玉家如今在上陽村名聲著實不小，加上她自覺和玉家有過節，若說她是不喜歡長福，那玉竹這小丫頭可算得上是厭惡了。一瞧見她那張越養越圓潤的臉，她就來氣。

「小丫頭，一天到晚往別人家跑，也不害臊。」

說著她還想伸手去擰玉竹的臉蛋，玉竹飛快地側過臉，然後非常凶地拍下了她的手。

「妳幹麼?! 欺負小孩子呀！」

屋子裡的長福娘一聽到這動靜，立刻出來察看，一瞧是田婆子，臉色頓時就拉得老長。

「妳怎麼又來了？」

一聽到長福娘的聲音，田婆子立刻收斂了臉上的表情，換了副討好的模樣。

「金花呀，這不是沒辦法嗎？家裡今日有客，實在來不及去城裡買油。妳就再勻我點，讓我先對付過去。下個月我再還妳。」

這熟悉的下個月一說出來，長福娘便忍不住笑了。不過還沒等她回絕，正玩著章魚的長福卻突然跳起來凶道：「臭不要臉！每次借的東西都沒有還，還好意思來！」

他一邊罵一邊想拿棍子去打田婆子，結果不知道什麼時候章魚已經纏了上去，於是纏在棍子上的章魚就這麼被遞到了田婆子的眼前。

田婆子有一瞬間沒反應過來，等反應過來後，立刻將棍子連同章魚一起搶過來抱進懷裡，轉身便要往外走，連油都不借了。

「金花，我家裡有客人，這章魚先借我回去添個菜。」

長福娘連油都不肯借，更何況是一整隻章魚了。她想都沒想就追上去，兩人自然拉扯了起來。

玉竹站到了臺階上，瞧著門口兩人拉扯著，長福還一邊拿著棍子幫忙。田婆子畢竟上了年紀，眼瞧著章魚就要被長福娘搶回去了，立刻抱著章魚在地上打起滾來，嘴裡還一邊喊著欺負老人。

剛喊了沒幾聲，報應來了，一根章魚腿鑽進了她的嘴裡。

章魚的吸力那是不用說的，田婆子扯了幾下沒扯出來，就疼得開始號哭起來。

長福娘罵了句報應，但瞧她那慘兮兮的樣子還是撒了手，還將她扶了起來，幫著一起想法子去扯章魚。

只是越扯，那章魚吸得就越緊，而且章魚腿還有往裡頭繼續伸的架勢。

玉竹心道不好，萬一被章魚腿黏住了呼吸道，那可要出大問題。

她趕緊跑過去叫兩人別拽了。章魚大概是剛剛被田婆子抱在地上滾得刺激了，先安撫下來才是。

結果，田婆子當然是不聽的，她一個大人憑什麼聽一個毛孩子的話。

「金花，妳家這章魚可算是害苦我了，趕緊幫我弄出來！」

這會兒聽到田婆子號哭，好些個村民都圍過來瞧熱鬧。長福娘生怕被訛上，立刻也跟著哭了起來。

「我家章魚好好的放在盆子裡，怎麼就突然到了妳身上？妳還好意思說害苦妳了，這叫自作自受！」

村民們一聽，都笑了。

「金花，她是不是又來借東西了？上個月的還了沒有呀？」

地上的田婆子聽完，臉上是一陣紅、一陣白，突然不知嘴裡的章魚腿吸到了哪兒，她的臉色開始越脹越紅，甚至開始慢慢紫起來。

玉竹再次講了個法子，讓他們把章魚放到水盆裡。這回長福娘倒是聽了，只是等章魚放進去，再慢慢收回章魚腿的時候，田婆子已經沒氣了。

長福娘整個人都嚇軟了，癱在地上。

她是很討厭田婆子，但沒想過要人死，早知道、早知道章魚給她就是了。

場面一時寂靜異常。

玉竹逃荒時瞧多了死人，這會兒倒不是很怕。不過長福嚇得不輕，躲在她後頭一個勁兒地哭。

有村民終於反應過來，跑著去叫了村長，還有人跑到前頭田家叫了她兩個兒子。圍過來的人越來越多，哭娘的、罵人的、解釋的，亂烘烘的一團。

玉竹帶著長福退回到了他家裡。

有著院門相隔又是自己家，長福很快緩了過來，沒再哭鬧，只是到底嚇到了，一直不怎麼說話。

外頭吵鬧了一會兒很快安靜了下來，聽著像是村長來了。

玉竹站在門後頭聽了會兒，長福娘被嚇得不輕，說件事也老說不到重點，只一個勁兒地說不是她害死人。

田婆子兩兒子粗聲粗氣凶得很，一口認定是她害的人，吵著要她賠錢。一個喊著要賠二十銀貝，一個吵著要三十。

「吵什麼吵！你們娘都還在地上也沒扶一把，張口就要錢，有你們這麼當兒子的?!」

村長一開口，總算是把那兩人的聲音壓了下去。

「金花，先緩緩再說話。你們看熱鬧的，有沒有誰看清楚了事情經過的，能說清楚的，來跟我說說？」

村民都搖著頭說沒看清。他們來的時候，那章魚腿已經跑進田婆子的嘴裡了。

玉竹想了想，開門走了出去。

「村長伯伯，我剛剛在這兒都看清楚了。」

「一個小毛孩子，妳知道什麼！」

兩個長得猥瑣的男人朝著玉竹齜牙咧嘴，想將她嚇回去。結果村長一眼瞪過來，他們只好不甘不願地閉上了嘴。

「小玉竹，妳看到了什麼，不要怕，從頭講給我聽。」

玉竹點點頭，從自己什麼時候跟著長福娘回家，什麼時候田婆子上門，他們之間的談話都講得清清楚楚。

「章魚腿爬到田婆婆嘴裡的時候，金花嬸兒還幫著一起想法子把章魚弄出來，只是弄出來的時候已經晚了。」

村長聽得連連點頭，那兩兄弟卻是急了。

「不可能！妳胡說！我娘就是被金花害死的！村長，一個毛孩子的話不能信！」

「閉嘴！是與不是，我自有判斷。你們是想說她一個四歲的孩子，沒人教便能自己編出這麼完整的事來？」

「肯定有人教的！」

村長搖搖頭，只覺得村裡出了這樣一戶人家，當真是上陽村一恥。

「方才金花一直在這兒，誰進院子裡去教玉竹了？你說！」

確實是沒有人，只要長了眼睛的都瞧見了。

田婆子素日為人，大家也都是知道的，所以幾乎所有人都相信了玉竹的說辭，田婆子就是咎由自取，自作自受害死了自己。

村長下了定論，讓金花把那條章魚賠給田婆子家就算完了。

「好了，日後不許再拿這事到金花家來鬧騰，趕緊把你們娘抬回去，準備喪事吧。」兩個男人一動不動。

村長剛要生氣，人群裡突然走出來一個人。

「村長，他們娘剛沒了，這會兒肯定傷心沒力氣，我幫他們揹回去吧。」

玉竹被突然出現的二姊嚇了一跳，下意識躲到了人群後頭，心虛極了。

不過玉玲早就看到小妹了，藏也沒用，晚些回去再收拾她。現在要緊的是能光明正大地進田婆子家的院子瞧瞧。

大家都忌諱死人，除非是家人或者相處極好的人家，才會願意幫忙抬人。田婆子家可沒什麼交好的人家，所以像玉玲這樣熱心的，村長沒理由拒絕。

村長應了，玉玲便去準備揹人。結果還沒碰到人，那兩兄弟突然反應過來，撲上來就擠開了她。

「不用麻煩了，我兄弟二人自會將我娘抬回去。」

他們說話的時候，眼睛都不敢瞧玉玲，心虛之態簡直不要太過明顯。玉玲如此還有什麼不明白，昨晚來自家偷石頭的，就是這兄弟倆！

恰巧這時田婆子家的院門也開了，陶木站在門口朝這邊大聲喊著。「玉林，他們家偷了你家好多青石！都在這兒！」

正要離開的村長腦門青筋突突直跳。這都是什麼事！

第三十八章

不管到哪兒都少不了看熱鬧的人。

田婆子這才剛死，一聽到她家裡偷了玉家的石料，村民們也不怕什麼忌諱，都朝她家的小院湧了進去。

她兩個兒子攔也攔不住，頓時傻了眼。完了！

「天，偷了這麼多！田婆子這一家夠貪的啊！」

村民們瞧著院子裡牆根下堆的那十幾塊青石料，一個個都震驚了。後頭進來的村長也瞧見了，人贓俱獲，沒什麼可辯駁的。

「你們是要老頭我去報官，還是怎麼說？」

一聽要報官，田婆子兩兒子立刻鬧騰起來。

「這青石料子上又沒有刻他玉家的名字，怎麼就是玉家的了？這是我們自家買了準備砌牆用的。」

「哦？你家自己買的？」村長冷著一張臉，指著那十幾塊青石料問道：「那這十幾塊料子，你們在哪家採石場買的、一共花了多少銀錢、何時運來，你們說個清楚，我即刻叫了人去對一對。」

「我們在……在……」

天地良心，平時家中銀錢都在老娘手裡攥著，他們連一個銅貝都摸不到，又如何知道石料是怎麼賣的？

瞧他們這般模樣，不用說，大家也明白是怎麼回事了。

村長轉頭去問玉玲。「既然你是苦主，便由你來說，是報官還是私了？」

玉玲下意識是想報官，但村子裡出個小偷實在不是什麼光彩的事。村長主持公道，平日也待她們一家不薄，多少還是要給他點面子。

「私了吧！」

村長領了這份情，要賠償的時候，非常強硬地從田婆子家多要了一個銀貝。至於石料，看熱鬧的村民兩人一抬，很快就幫著搬完了。

「陶子雄，你們兩兄弟也老大不小了，這偷雞摸狗的事幹了，耽誤的還是你們自己的名聲。要再有下回，也不用苦主說了，我會直接報到里君那兒，將你們逐出上陽村！」

被逐出村子可是祖輩都蒙羞的大事，陶子雄兄弟兩人縱然有再大的膽子也是不敢再生此心。況且家中的主心骨兒已經走了，爹又是個不頂用的，他們都要自顧不暇了，哪還有心思再去村裡攪和？

這件事就這麼不痛不癢地過去了。

玉容知道後，只是把兩個妹妹訓了一頓，別的倒是沒再說什麼。畢竟人死為大，那田婆子都死了，家裡還在辦著喪事，再抓著不放便顯得太過無情了些。總之，石料拿回來了，這事也就到此為止。

沒了這些亂七八糟的事，玉家的屋子砌得很是順利，不過半月，玉玲的新屋子便建成了。

新屋本來是要建得大些，但玉玲說不喜歡屋子空盪盪的，便將大屋子一分為二，做成了兩間屋子。屋頂是直接架了木頭，平鋪了乾草，糊上泥後又鋪上石板做成的，結實又防雨防風。

未免以後一颳颱風便要修葺屋頂，玉竹跟長姊住的那兩間屋子，也是拆了屋頂重新這樣做的。

玉容最喜歡的就是這屋頂了。若是風沒那麼大的時候，屋頂可以拿來晾曬海貨，能曬得日頭足又乾淨好打理，一個木梯便能上去了。

姊妹對這幾間煥然一新的青石屋很是滿意，花了那麼多錢，終於瞧見了不錯的成果。

玉容很是乾脆地給幹活的匠人結了工錢，讓他們不用來了。因為剩下的灶臺，陶二叔已經自告奮勇地承包了下來。

之前玉竹捏的那個灶臺，被她分離出來借給了陶二叔，陶二叔已經反覆看了好多遍。其實灶臺的原理只要稍微懂點砌牆手藝的人便能看懂，陶二叔早就蠢蠢欲動了。

這不新屋一蓋好，他便開始忙活著開始砌灶臺。

灶臺當然不可能奢侈地用石頭砌，玉容手裡也沒有那個餘錢去買，陶二叔便拉來兩個兒子打下手和泥胚，準備做個正兒八經的土灶。

不過陶木和的泥總是很散，便被他打發去了挖土、挑土。玉玲則是跟著陶實學著和泥打胚子。如今玉玲是個男子，她得學會這些技能，這樣日後家中再要修繕時，自己便能處理了。

這一家子都忙得很，玉玲在學和泥打胚子，玉容在縫製新屋的被褥、門簾，只有玉竹閒得不行，成日裡不是抱著狗曬太陽，就是抱著狗遛彎。

自從二毛上次在這裡將陶寶兒碰傷了，兩家大打一場後，如今兩家見面都是要吵一架的那種。二毛不往她這裡來，陶寶兒也沒有再來過，也不知道他的臉現在到底怎麼樣了。

玉竹之前去瞧陶寶兒，結果吃了閉門羹，陶寶兒好像是去了城裡治傷。但昨日聽陶嬸嬸說在村裡瞧見了陶寶兒，想來是他回來了。

「鯊鯊，你說咱們是不是該去看看陶寶兒啊？」

「汪！」

玉竹抱著懷裡的小狗興沖沖地跑進屋子找長姊批准。畢竟說是去探望人家，總不能空手去。

「去看看人家也是應該的，妳拿小籃子去小屋子撿十個雞蛋，去瞧瞧寶兒吧。」

「好，長姊最好了！」

玉竹歡歡喜喜地摟著長姊親了一口，才拿著自己的小籃子去撿雞蛋出門了。

這會兒正是退潮的時候，村裡的大多村民都去了海邊趕海，玉竹一路都沒碰到什麼人。等她站到陶寶兒家門口的時候，裡頭安安靜靜的，還以為沒人。

「汪汪！」

跟著她出來的黑鯊圍著腳邊轉圈，時不時便朝著門口汪汪叫。玉竹試探著大聲喊了一句。「陶寶兒，你在家嗎？」

裡頭起先是沒動靜，不過很快，她就聽到掀門簾的聲音，院門也開了。陶寶兒的奶奶探出頭來。

「是玉竹呀，來找寶兒玩是嗎？進來吧。」

玉竹趕緊帶著黑鯊跟在後頭進了院子，進來後才覺得不對。

「姚奶奶，寶兒還在睡覺嗎？怎麼沒在院子裡玩？對了，他臉上的傷好些了嗎？」

「寶兒他……他臉上落了疤，最近心情可不好了。妳去跟他說說話，看看能不能讓他開心些。」

奶奶惦記著孫子，連收到雞蛋都不能讓她開懷起來。

玉竹提著一顆心走進了陶寶兒的房間。

一進屋，她就瞧見了陶寶兒，只是他背對著門口在玩什麼東西，又被坐在床邊的魏春擋住半邊身子，一時沒看著他的臉。

「春兒，妳出來，讓他們自己玩會兒。」

姚奶奶使了個眼色，魏春猶豫了一番，還是跟著出去了。不過兩個大人沒有走遠，而是在窗外的牆邊聽著裡頭的動靜。

裡頭的玉竹坐到床沿上，小心地伸頭去瞧陶寶兒的臉。

她還以為是多大的傷疤，結果竟然只是左臉頰上有道淺白的印子而已，而且那印子也就半根指頭那麼長，不注意根本就看不到。

瞧姚奶奶跟陶寶兒娘之前那小心翼翼的做派，她還以為陶寶兒是毀容了呢！

「陶寶兒，你回來了怎麼都不去我家找我玩呀？」

陶寶兒轉過頭，發現是玉竹，難得地開口說了話。

「我現在不好看了，出去會被人笑話的。玉竹妹妹，妳不怕我現在這個樣子嗎？」

「你在胡說什麼呀？哪裡不好看了？你聽誰說得不好看？誰會笑話你？」好好一個陽光小子，才多久啊，就變成一株蔫巴巴的草。

陶寶兒摸了下臉上的印子，噘著嘴，很是傷心。

「是巷子裡的阿金跟阿銀說的，她們說我臉上的疤好難看，阿銀還嚇哭了。」

一回想起當日的情景，陶寶兒眼裡就兩泡淚。窗外的魏春更是恨得牙癢癢，原來兒子不說話，竟是因為那兩丫頭！

她想進去哄一哄兒子，卻讓婆母拉住了衣袖。

「再等等。」

裡頭的玉竹正捏著陶寶兒的下巴，察看他的疤痕。這個印子真的沒必要大驚小怪，小孩子的皮膚修復能力強，日子一長，就會越來越淡，直到沒有。不過跟陶寶兒這樣的小孩子說這些也聽不懂。於是玉竹換了一種說法。

「陶寶兒，你現在還小，以後會長大的，對吧？」

「對呀。」

「那你以後的臉肯定比現在的大，對吧？」
陶寶兒想了想自己的臉還有爹的臉，大人的臉的確是要比他大。
「對呀。」
「那你這張臉長大的時候，就會慢慢地拉伸，印子也會被拉掉的，再過幾年就什麼也看不出來啦！而且就算是現在也看不出什麼來，你不說，我都沒注意到你臉上還有道印子。」
玉竹說得很是誠懇，陶寶兒聽完一雙眼瞬間亮了。
「當真嗎?!」
「我什麼時候騙過你呢？」
陶寶兒想想也是，玉竹妹妹從不騙人。所以……自己現在一點都不嚇人，一點也不醜，出去也不會被笑話。
他心裡頭那沈甸甸的感覺終於沒了，愛笑的一雙眼睛又瞇了起來，心情很不錯地趴在床上看起了小狗。
「玉竹妹妹，這是小黑鯊吧？怎麼長這麼快，我上回見牠好像才這麼大一點。」
黑鯊聽見自己的名字，動了動耳朵，抬頭蹭了蹭小主人又趴了回去。
玉竹一把將牠抱進懷裡，讓陶寶兒看得更清楚。
「黑鯊每天吃得可多了，肉也吃得多，當然就長得快了。對了，黑鯊還會刨蛤蜊呢，可好玩了。這會兒外頭正退潮，你要不要跟我一起去瞧瞧牠怎麼刨蛤蜊的？」
「好啊、好啊！走走走！」

陶寶兒來了興致，二話不說便下床要出去玩。
「等等，你換身衣裳再去，我去院子門口等你。」
玉竹抱著狗，剛拉開門簾，就瞧見姚奶奶跟陶寶兒娘一臉慈愛地看著自己，歡喜之情溢於言表。
雖然有些明白她們為什麼會這樣開心，但她還是起了一身雞皮疙瘩，趕緊提著自己的小籃子站到院子外頭。
沒一會兒，陶寶兒換好衣裳出來了，他手裡也拎了個小籃子，裡頭還有個小耙子，大概姚奶奶她們聽到了自己要帶陶寶兒去耙蛤蜊。
「走吧，今兒讓黑鯊帶你開開眼，刨蛤蜊去。」
玉竹把黑鯊放到地上，小傢伙撒著歡便往海灘跑去，兩個小的嬉笑著跟在後頭追，那歡樂的樣子喜得姚奶奶跟魏春直抹眼淚。
「玉竹這丫頭當真不錯。」
魏春點點頭，心裡又想起了臨走時候娘交代的話，讓她多跟玉容接觸接觸，探探她的口風。
當時她正憂心著兒子的事，沒心情跟娘仔細問問，也不知道是娘自己看上了玉容，還是阿弟看上了玉容。
不過，不管是誰看上的，娘有意和玉家結親是事實。玉竹被教得那樣好，將來玉容若有了孩子，定然也不會差。

可是，以玉家如今這條件，這門親怕是有些不好說呀。

「陶寶兒，你快過來，瞧瞧我發現了什麼！」

玉竹的聲音充滿了興奮。

剛剛黑鯊又刨出了一個東西來，她還以為是蛤蜊，結果拿起來才發現竟是一顆貓眼螺。

貓眼螺既好吃又好玩得很，厚厚一大坨螺肉捏在手裡，便如同海綿吸滿了水一樣，能擠出超多的水。

「陶寶兒，這個給你玩。」

「這是什麼？」

陶寶兒一臉好奇，顯然是沒有見識過貓眼螺。玉竹便給他簡單地說了下。當他知道那螺肉裡能擠出水時，立刻滿是好奇地捏了一把。

咻的一道水直接噴到了他的臉上。

「好玩！我也要撿這個！」

「那你自個兒慢慢找，這個是黑鯊刨出來的。」

玉竹拎著小籃子又去找黑鯊了。

她家這隻小黑狗也不知是不是成精了，聰明得很，這麼小就知道黑鯊是名字不說，吃飯知道要去飯碗邊守著，刨蛤蜊就知道往海邊跑，而且刨蛤蜊的姿勢還特別好。

「鯊鯊跑慢——」

她剛喊了半截話，迎面突然瞧見二毛母女朝這邊走過來。二毛抬眼瞧見玉竹的時候，眼亮了亮，不過看到她身後不遠處的陶寶兒時又噘起了嘴。

她娘就更直白了，看到玉竹點個頭就算是打了招呼，然後看都沒看陶寶兒一眼，直直從他身邊走過，回村裡了。

這兩家的矛盾瞧著是越來越深，二毛跟陶寶兒好不容易才玩到一起，現在也生分了，真是不知道教人說啥好。

「陶寶兒，你討厭二毛嗎？」

「不討厭呀，可是她剛剛都沒理我。」

陶寶兒覺得自己挺委屈的。明明是二毛害得他受傷，她也不來看自己。剛剛自己朝她笑，她也沒有回應。

「玉竹妹妹，還是妳最好了，咱們要做一輩子的好朋友。」

玉竹笑了笑，這小不點的嘴還挺甜。

「行，一輩子的好朋友。那現在好朋友要帶你去找好吃的了，你得幫忙才行。」

「什麼好吃的？什麼好吃的?!」

「先撿螺去。」

她發現今日退潮後，海灘上的貓眼螺挺多的，撿些螺回去烤一烤，吃個新鮮也是不錯。

陶寶兒聽了玉竹的話在海灘上找貓眼螺，玉竹自己則是帶著黑鯊往前走，在海水邊的那片矮石群裡找海蠣螺。

海蠣螺個頭大、味道也好，殼也好看，吃完肉，殼還能留著用。玉竹難得起了興致想烤螺肉吃，也顧不得海水沁濕了鞋襪，在石頭群裡轉了兩圈，撿了小半籃子才停了下來。這些夠一家人吃的了。

正準備走呢，黑鯊突然咬住她的裙襬，朝前頭一塊大石頭齜牙咧嘴地汪汪了兩聲。

小傢伙聰明著，這樣叫便是有情況了。玉竹心有所感，蹲下來一看。

好傢伙，裡頭一隻章魚正跟一隻青蟹在打架呢！不過螃蟹一般打不過章魚，只要章魚把螃蟹死死纏住，螃蟹就沒有希望了。

不過誰讓牠們今兒遇上了自己呢？

「鯊鯊真棒，等一下回去做好吃的犒勞你。」

玉竹把陶寶兒叫了過來，借用了他的小耙子，一點一點把纏在一起的章魚、青蟹都扒拉了出來。

陶寶兒哪裡見過這樣兩隻海物打架的場景，嘴都合不攏。

「玉竹妹妹，牠們也可以烤來吃嗎？」

「當然可以了。」

雖然這隻章魚不是很大，但切下幾隻腳，可以串成二十幾串的章魚串。還有這隻青蟹，瞧牠那圓滾滾的肚子，一看就肥得不得了。

等抓了牠們回去，章魚串拿去烤來吃，青蟹也放在火堆邊烤著吃，再加上烤螺肉，今日的午飯可說得上很豐盛了。

玉竹嚥了嚥口水，伸手就要去將打架的兩個傢伙分開，結果一個浪打過來——
眼前瞬間空無一物，連小耙子都不見了。

第三十九章

玉竹抹了一把打在臉上的海水，艱難地露出了個笑臉。

「陶寶兒，你的耙子，我等一下賠給你。」真是偷雞不著蝕把米。她跟陶寶兒撿螺撿得籃子都滿了，潮水也漲了，鞋底沁濕後冰冰涼的，再不回去又怕著涼，沒辦法，兩人只能抬著籃子一起往玉家走。

玉容一開門就瞧見妹妹腳上的濕鞋子，趕緊抱起妹妹進屋換鞋。

「這是去哪兒瘋了，鞋都濕成了這樣。」進了門又叫了玉玲出來。「二弟，去拿個小凳子給寶兒坐。」

陶寶兒眨巴著眼，看著這院裡陌生的屋子、陌生的裝飾，心中感嘆無比。娘還說阿金家的房子好看，可他覺得玉竹妹妹家的這間院子要比他們家好看得多。

不知道自家什麼時候也能蓋這樣漂亮的屋子。

「陶寶兒，來幫忙擠水做吃的了。」

玉竹換了鞋子，也搬了個小板凳出來，開始整理自己跟陶寶兒撿回來的海貨。

今天撿的貓眼螺不少，她數了下，一共撿了三十多個，海蠣螺撿了十幾個。就這些，占了她大半個籃子。

剩下的就是黑鯊刨的一點蛤蜊，還有她後來在石頭縫裡抓的幾隻小石蟹。

玉竹在一旁數著，陶寶兒便在旁邊搓洗貓眼螺。剛撿回來的貓眼螺肉上捲了很多沙子，要洗乾淨，再把水全擠掉。他最喜歡的就是這個步驟，三十幾個全是他自己在一邊樂呵呵擠乾淨的。等那一堆海鮮都清洗處理乾淨了，玉竹便央求二姊幫她削了些竹籤子拿來串螺肉。

海螺這東西，兩個姊姊都沒有吃過，更別說處理了。哪些地方能吃，哪些地方不能吃，她們都不知道，還是得她自己來才能處理乾淨。

三個人忙活了小半個時辰，終於做完了所有準備工作，一塊塊白白胖胖的貓眼螺肉都被串了起來，海蠣螺洗得乾乾淨淨，正在火堆邊烤著，幾隻石蟹放在火堆邊，已經快要烤熟了。

玉竹跑到灶臺上將自家的油罐和蠔油罐子一起拿了過來，拿了塊竹片開始往貓眼螺肉上抹油。

玉容一瞧她手裡的罐子，張嘴就要說什麼，又忍了下來。算了，小妹難得帶朋友來家裡這樣玩一次，就隨她折騰去吧！

只是到底還是心疼，便忍不住時時去看。

小妹手裡拿的那罐是她前兒個剛熬的一罐豬板油，平時蒸個蛋、煮個麵，拿筷子沾上一點點放進去便能香上許多。

可現在，小妹居然一串海螺肉就要抹上指甲大小的一坨，一坨耶！而且那油抹到海螺肉上，拿火那麼一烤，便刷刷直往火堆裡掉，那滋滋的聲音，聽得她心肝直顫，心痛到不行。

哪怕烤好的第一串海螺肉小妹是拿來給自己吃的，哪怕烤海螺肉又香又有嚼頭，哪怕……咦？怎麼這麼好吃！

玉容從小到大吃的都是蒸煮食物，飲食習慣極為清淡，從來沒有吃過像這海螺肉一樣，帶著脆脆的焦香、油滋滋的食物。

小妹動手時，她看得很仔細，只是在那海螺肉上抹了油，烤得兩面焦黃後又抹了些蠔油上去接著烤。就這樣做出來的東西，竟然這樣好吃。

「二弟，妳來嚐嚐。」

好東西嘛，自然要跟家人一起分享。這麼好吃的海螺肉，她不信二妹會不喜歡。

「嗯？」玉玲只吃了一個便忍不住把那一串都吃了個精光。

兩個大人還能矜持一下，慢慢吃著，陶寶兒卻是抱著根竹籤就啃，一串海螺肉讓他啃得亂七八糟。

「玉竹妹妹，這個貓眼螺又好玩、又好吃，下次妳再帶我去撿些回來做吧！」

「啊？這個啊，下次再說吧。」

今兒就烤了一次，長姊心疼得都快昏過去了，還下次。以後還是不烤這東西了，確實是太費油，幾十個海螺烤下來，油罐裡已經沒了一小半。

玉竹這會兒才開始心虛起來，連帶瞧著手裡的海螺肉都不香了。她忙坐到姊姊身邊，殷勤地替姊姊們烤著海螺肉吃。

聞著滿院子的肉香，黑鯊左等右等都沒有自己的份，頓時著急了，一個勁兒地圍著姊妹仨轉悠。玉容瞧著牠那可憐兮兮的勁兒，狠狠心，丟了一串海螺肉給牠。

一家四口加上陶寶兒，個個都吃得嘴唇油亮的。

「玉容姑娘在嗎？」門口突然傳來一道很是陌生的聲音。

玉容趕緊拿帕子擦了擦嘴，去開了門。

一開門，外頭那位有些發胖的中年婦人便上上下下將她瞧了個來回。

「妳就是玉容姑娘？」

「大娘找我有什麼事？」

「是好事，姑娘，咱去屋裡頭說？」

玉容不認識眼前的大娘，但出於禮貌，還是請了人進去。

院子裡飄蕩著香噴噴的烤螺肉味，進門便四下環顧的胖大娘一眼瞧到了正在烤海螺吃的幾人，有心想覥著臉上去蹭點吃的，但一想到自己的正事又息了心思。

「玉容姑娘，妳這新院子可真大。喲，還是四間石屋，可不得了！」

大概沒有人會喜歡這樣在別人家裡咋呼亂喊的陌生人，玉容也不進屋了，直接搬了兩個凳子放在門口，自己坐了下去，正好這樣還能瞧見小妹他們。

「大娘貴姓？來我家到底何事？」

劉媒婆一聽這語氣，人家不高興了，頓時收斂了些，坐到玉容對面介紹了一番。

「玉容姑娘聽說剛來沒半年，那想來是不認識我的。我姓劉，人家都叫我劉媒婆。這方圓十里的村落有一半婚事都是我撮合成的。」

媒婆！玉竹頓時大驚，嘴邊的螺肉都掉到了地上，便宜了小黑鯊。她的反應比玉容跟玉玲都大。

媒婆上門自然是來說親的，如今家中只有兩個姊姊快到婚齡，婚事必定與她們相關。

可長姊彷彿是心悅魏平，二姊又是絕對不能許親，這媒婆來得真是太不是時候了。

玉竹想聽得更仔細些，叮囑了陶寶兒一定要烤熟了再吃後，拿了根烤得半熟的螺肉做做樣子，一點一點地靠近了長姊她們。

玉容根本沒想過自己的婚事，當然是想也不想就拒絕了。

「多謝大娘的好意，只是我家中尚有弟弟沒有成家，還有幼妹需要照顧，所以我現在不會考慮婚事，這回妳得白跑一趟了。」

劉媒婆連連擺手。「姑娘，妳先別急著拒絕呀，妳聽聽我說的人家，聽完了要是不滿意咱再說。」

玉玲不耐煩得很，就想趕人，玉容趕緊擰了她一下，讓她閉嘴。媒婆吧，有好有壞，但不管好壞，最好都不要得罪她們，不然她們那張嘴真是不知道會出去如何說。

「大娘，那妳說說看。」

聽聽也少不了塊肉，她倒要聽聽這劉媒婆想給自己說的是個什麼人家。

「我呀，這回是替下陽村村長家的老三陶百斤來說親。百斤今年正好十八，年輕力壯，還踏實肯幹，而且他爹娘還說了，體恤妳養育弟妹辛苦，所以若是成親的話，可以不用離開弟妹，就讓百斤跟妳住這兒。」

這媒婆說話還真是能顛倒是非，明明是那家人想占便宜，卻讓她說得下陽村那家人很是體貼一般，不要臉。

如今這院子蓋得真是不知是好是壞。

蓋了院子是沒人會惦記自家的銀錢，可家裡的兩個姊姊卻教人盯上了。這才剛蓋好沒幾天，就有媒人上門，可以想見之後會是什麼樣的日子，必定是門檻都要教人踩塌了。

尤其是二姊，想與她說親的人肯定會越來越多。畢竟古代嘛，房產都是該男兒繼承的；只要長姊一嫁，這院子就是二姊之物。至於自己……呵，拖油瓶一個。

玉竹拿著半熟的烤螺擠到兩個姊姊中間坐下，望著劉媒婆甜甜地笑了笑，問道：「大娘，我聽說娶親都要給聘禮的，妳說的這家人會出多少聘禮呀？」

劉媒婆尷尬地扯了扯嘴角，沒有正面回答。

「這個、這個要婚事定下才好商量的嘛。玉容姑娘，妳怎麼看？」

玉容摸著小妹的頭髮，還是回了那句要照顧弟妹，不考慮婚事的話。

「欸，姑娘再考慮考慮，這門婚事當真是極好，那可是村長家的兒子呢！」

劉媒婆惦記著人家許給自己的一百銅貝，推銷起這婚事當真是賣力得很。玉玲聽到後頭都笑了。「大娘，妳這沒頭沒尾地說了一堆好好好，具體好在哪兒卻是一個字都沒說，別說長姊了，我都不會答應這門婚。」

玉玲是家中男丁，說話自然很有分量。劉媒婆心知不好糊弄，醞釀了下，才半真半假地說起了提親那戶人家的情況。

「陶百斤是下陽村村長的第三子，身高七尺，長得中規中矩，但為人很是勤快。」

玉竹歪了歪頭，很是疑惑地打斷她。「姓陶？可我聽趕車的蔡大爺說，前些時候下陽村換了個姓田的村長呀？」

玉容姊倆開始憋笑。

劉媒婆還真沒想到這家會知道下陽村換村長的事，忙補救道：「換了村長，可積威還在。陶村長在村中還是很有地位的，百斤在村中也是很有些好名聲。不信你們去下陽村打聽打聽，百斤最是孝順，八個兄弟裡頭就他幹活最勤快。」

「啊？這麼多兄弟呀！」

劉媒婆停了下話，才繼續道：「這兄弟多有兄弟多的好處，別人家蓋個院子要一個月，他們家只要十來天就好了。」

「哇！他們也蓋院子啊？那陶百斤也有一間我二哥這麼大的屋子嗎？」

劉媒婆感覺有些呼吸不暢，艱難地維持笑臉。

「這……百斤還未成婚，平時都是和兄弟一起居住，並沒有分房屋。再說，若是他能成妳姊夫，便和你們一起住這兒了，哪兒還用得著分什麼房屋？」

「住我們家，他要入贅嗎？」

為什麼一個小毛孩子居然還知道入贅？

「入贅那自然不是，正兒八經的人家哪會讓兒子入贅？咱們該有的納吉訂親通通都有的。」說完感覺不太好，連忙又補了兩句。「其實百斤他爹娘很是通情達理，知道你們才剛逃荒過來半年，特地說了，不需要你們準備嫁妝，只要妳應了這門婚，婚事由他們那頭籌辦。」

玉玲聽完，漫不經心道：「不需要嫁妝，想來聘禮也不需要了是吧？」

「對、對啊，這樣才、才顯得公允不是。」劉媒婆自己都覺得說這話底氣不足得很。

玉竹轉著手裡那串螺肉，小聲嘀咕了一句。「便宜沒好貨。」

聲音雖然小，但該聽到的人都聽到了。

「可不就是沒好貨！哎呀，劉姊姊，這麼多年了，妳這坑人的本事真是越來越厲害了！」大門外頭又進來了個陌生女人，瞧著比劉媒婆年輕些，臉上的笑也比劉媒婆更真誠。

「玉家姑娘，我姓古，和這劉媒婆一樣，都是做給人保媒的事。不過我可比她良心多了，自是不會拿那些拐瓜劣棗的人來介紹姑娘。」

劉媒婆也是一陣頭疼。她和這古媒婆早有不和，今日有她攪和，這婚事恐怕是說不成了。未免等一下難堪，劉媒婆很是乾脆地起身告辭。

「玉姑娘，這門婚事妳好好考慮一下，改日我再來登門。」

玉容微微點了下頭，使了個眼色讓玉玲好好將人送出去。

玉玲心中再不情願，將那劉媒婆送出去的時候，還是掏了十個銅貝給她。錢不多，卻能讓她領了情，不會到外頭胡亂編排什麼。

送走了劉媒婆後，她趕緊將門給閂上，生怕一會兒再來一個。

古媒婆坐到劉媒婆先前的位置上，先是把同行一頓損。

「玉姑娘，幸好妳沒應下這門婚。劉媒婆可是缺德，陶百斤那當真是個火坑。你們有所不知，他們家雖是上一任的村長，可因著家中兄弟眾多，一直不甚富裕；尤其是後頭蓋了房屋，那當真是連說媳婦的錢都勻不出來，只能先緊著老大、老二先娶了。到他家老三的時候，因著他幼時上山摔了，一條腿是瘸的，婚事一直不順得很，下頭的兄弟幾個估計是急了，才找了劉媒婆來。」

玉玲瞧她一口氣說了這許多話，忙倒了碗水過去。

「謝謝。」古媒婆一臉滿意地瞧著玉玲，只覺得這次當真是來對了。「總之，你們家不要應下陶百斤的親事就行了。她劉媒婆缺德，我是見一次就要拆穿她一次的。咱們這霞灣裡頭上上下下這麼多村子，誰家有什麼好兒郎，我可是知道得清清楚楚。玉姑娘妳若是想說親事，直接找我便是。」

「哦？這樣看來，妳今日來不是給我長姊說親的？」

「自然。」古媒婆笑咪咪地瞧著身姿挺拔的玉玲，指著她道：「我啊，是受人之託來說合你的親事。」

姊妹仨的臉色都不太好看。玉容聽都不想聽是哪家，只想把人趕緊送走。古媒婆不知道哪裡出了問題，猜測多半是受了劉媒婆的影響，若是他們知道自己說得是哪家後，恐怕就要開心了。

「你們放心，我比那劉媒婆有良心。我來說的那戶人家當真是頂頂好，不信你們自己去打聽打聽，里君家裡的么女，年十四，生得當真是如花兒一般好看，性情又溫順，還略識得幾個字，好多人家都盯著呢！」古媒婆一口氣把該說的都先說了出來。「我呢，也不瞞你們，這么女是里君後娶的妻子帶來的，不是親生。但此女孝順懂事，里君拿她當親生女兒看待，還說了若是來日成婚，會給她備上十五銀貝做嫁妝。」

這條件，確實說得上是頂頂好的。

玉家逃荒來的，在此地沒有半點根基，也無親族，若是能和里君家結了親，好處自是不必說。若不是玉家新蓋了這座院子，又和秦大人有些來往，就玉林這逃荒來的窮小子，怎麼可能配得上里君家的姑娘？古媒婆信心滿滿，她相信沒有哪個男子會拒絕這樣好的親事。

結果……

「真是對不住，我家二弟還小，暫時不會考慮婚事。」玉容想都沒想就拒絕了。

「玉姑娘，這可是求都求不來的好婚事，妳就不再好好想想？年紀小不能成親，先訂婚也可以呀，妳得問問玉林自己的意思吧？」

「長姊的意思就是我的意思，我家如今空有殼子，這幾年我只想把家裡日子過起來，並不會考慮婚事。」

最後，古媒婆和那劉媒婆一樣，無功而返。

送走了兩座大神，姊妹仨都鬆了口氣。玉竹一時也沒了心情，準備把手上那串烤螺肉放回去。

結果走到烤螺肉的地方一瞧——

陶寶正舀了厚厚一坨豬油抹在螺肉上，而那油罐裡只剩個底了。

「陶寶兒！」

他、他、他——可真敢下手啊他！

「玉竹妹妹，我發現抹了這白膏，海螺肉會烤得好香，妳快來一起呀！」

當然會香了，純天然的豬板油烤的。

玉竹不敢回頭看長姊是什麼臉色，慫慫地把油罐蓋子蓋回去，蠔油也蓋回去。海螺肉還剩兩串，丟給了黑鯊。

可兩個姊姊眉頭緊鎖，都在想著媒婆提親一事，哪有什麼閒心來關注豬油少了多少。

「陶寶兒，這兒還有幾個烤熟的螃蟹跟海蠣螺，你拿回去吃吧，我家裡有點事，就不陪你玩了。」

最後，玉竹半推半攆地將陶寶兒送出了院子。等他走遠了才想起來，自己還沒賠他的小耙子。

不過這傢伙揮霍了自家這麼多豬油，還沒找他賠呢。玉竹心安理得地關上了院門。

這頭，陶寶兒一回到家，魏春就發現他少了個耙子，自然是要拉住他問清楚的。

「寶兒，你的小耙子呢？」

陶寶兒打了個滿是油香的嗝才回答道：「耙子放在海灘上，被浪捲走了。」

這種事在村裡是常有的，魏春也沒多想，知道個去處也就算了。

「你在玉家吃了什麼，這麼香？」

一說到吃，陶寶兒頓時來了精神。他把玉竹帶他去海邊是怎麼撿的螺，那螺又是如何好玩通通講了一遍。

難得見兒子這樣多的話，還這樣開心，魏春也不打斷他，很是認真地聽著。只是當她聽到後頭吃螺肉的時候，越聽越不對勁。

「什麼叫有媒婆來了，就剩你一個人吃螺？什麼媒婆？」

「就是媒婆啊，劉媒婆、古媒婆，兩個媒婆。」

魏春一顆心都提了起來。居然這麼快就有媒婆上門去玉家提親了嗎？

「寶兒，那你聽到媒婆是給誰說親的嗎？他們家答應了沒？」

陶寶兒搖搖頭，表示沒聽清楚，當時只顧著眼前的海螺肉了。

「吃吃吃！就知道吃！」舅母都要沒了還吃！

魏春心裡如同貓抓一般，哪兒還坐得住，當下便領著兒子鎖了門去蔡大爺家，使了點銀錢，麻煩他去城裡的時候帶話給她娘。回家後，她又抓著兒子仔仔細細問了好久。

陶寶兒倒真想起了點別的東西。

「玉家哥哥和他姊姊，好像都不怎麼高興的樣子。」

「不高興才好呢！」

魏春總算是稍稍放了心。若真是成了，玉容他們該開心才是，斷不會不悅。明兒個得帶寶兒去玉家探探口風。

不過，去她家找個什麼藉口好呢？

第四十章

「娘，我走的時候玉竹妹妹送了我幾個海螞螺呢，我想烤來吃。」

陶寶兒想起之前吃過的烤螺肉便直嚥口水，反正家裡也有那個白白的膏，他想現在就自己烤一烤。

魏春的思緒被兒子一打斷，暫時就不想了。

「烤來吃？怎麼烤？直接給你生個火？」

她一邊問，一邊已經開始動手去拿柴火，準備在屋子裡生火。結果陶寶兒不幹了，非要她去院子裡生。

院子就院子，只要兒子不再像之前那樣躲在屋子不出門，叫她幹什麼都行。

魏春很是麻利地在院子一角生了個小火堆，再一回頭就瞧見兒子從屋子裡抱了兩個罐子出來。

「寶兒，你拿這個做什麼？快放回去，小心給摔了。」

「娘，烤螺要抹這個才好吃。」

陶寶兒將那兩個罐子放到地上，又在院子裡找了找，沒找到竹片，便掰了幾根樹枝回來。

「寶兒，你說要怎麼做，娘幫你吧。」魏春生怕他不小心把自己給燙了。

「娘不用，剛剛我在玉竹妹妹家裡就是自己烤的。」

陶寶兒拿著樹枝，插著海蠣螺的肉，學著玉竹的樣子轉著將肉扯了出來，又去了肝臟等不能吃的，這才用樹枝挑了一坨豬油往螺肉上抹。

「等等！」即便魏春再怎麼疼兒子，也不能讓他這樣糟蹋東西。「寶兒，你往這螺肉上抹什麼豬油，還弄這麼大一坨？這樣太浪費了，咱放回去，少抹點。」

陶寶兒不幹，攥著樹枝不肯放手。「我在玉竹妹妹家就是這樣抹的，可好吃了！」

一聽這話，魏春頓時有種不太好的預感。之前兒子回來的時候可是說玉家來了媒婆，他們都去招待媒婆了，所以……

「寶兒，你、你用了很多這個豬油嗎？」

如果陶寶兒夠精明的話，就能聽出他娘聲音都在微微顫抖。可惜陶寶兒只顧著螺肉，絲毫沒有感受到危險。

「當然啦，本來有一罐的，後來就只有一點點了。娘，下回去城裡再買些回來，咱們送玉竹妹妹家一些吧！」

魏春臉都紅了。不是氣的，是臊的。

成日裡寵著，竟給寵成這般性子，去別人家裡一點眼色都沒有，居然揮霍了人家一罐子的豬油！天，她都不敢去想玉容姊妹會是什麼臉色，實在太丟人了！

她忍到兒子將那坨海螺肉都吃進了肚子，才擰了他的耳朵開始收拾他。

「你說你，素日家中可是短了你的吃喝？你要去別人家裡這樣丟人！不是家裡的東西，你也敢大手大腳地用，缺心眼啊你！」

陶寶兒慫得很快，很乾脆地乖乖認了錯，魏春的怒火這才平息了下來。

咦，明兒個正好可以拿著這罐豬油去賠禮道歉，順便探探口風。

可算是找到理由了。

於是第二天一早，陶寶兒便被他娘從被窩裡揪了出來。半個時辰後，他跟著他娘來到了玉家。玉家哥哥正好出門去上船，玉容姊姊跟娘去了一邊說話，他則是找上玉竹。

「玉竹妹妹，妳這是在幹什麼？」

「掃地啊！」玉竹甩了甩手裡比自己就矮那麼一點點的掃帚，看著陶寶兒那好奇的眼光，真是有些不知說什麼好。

他的家人這樣寵得他五穀不分、四肢不勤的，日後歪了可怎麼好？

「陶寶兒，你平日裡都不幫你娘她們掃掃地嗎？」

陶寶兒搖搖頭，理所應當地道：「我阿奶說這東西不是我該碰的。」

玉竹翻了個白眼。

是，這個時代，家中大小事務皆是由女子操辦，男子負責主外賺錢。她改變不了時代，但她可以改變人，就從眼前這小傢伙做起。

「你看啊，你爹、你娘、你奶個個都很勤快，平時肯定好累的。他們那麼疼你，若是你能主動幫忙做些事情，他們肯定會很欣慰。」

「可是我什麼都不會做呀！」

「不會可以學嘛，來嘛來嘛，我教你，先從掃地、洗碗學起。」

兩個小娃湊在一起說著悄悄話，很是和諧，大人們一瞧也就放心了。

「魏姊姊，這豬油我不能收，妳拿回去。咱們兩家的交情何至於需要用點豬油都要賠了。」

這話魏春聽了舒服，但兒子揮霍了人家東西是事實，不賠她心裡不舒服。兩個人為著罐豬油推來推去，最後還是玉容招架不住，舀了半罐才算完。

解決了豬油的事，魏春便彷彿不經意地問了一句。

「昨兒個寶兒回來，提了句什麼媒婆，說話也不說個完整。玉容妹子，你們家來媒婆了？」

家裡來媒婆的事，村裡人見到的不少，也沒必要隱瞞。玉容點點頭。「昨兒是來了個劉媒婆，還有古媒婆。」

「兩個媒婆，玉容妹子可方便說說她們說的什麼人家？姊姊我嫁到這裡多年，周圍村子的人也都認得一二，倒是可以與妳說上一說，若是不方便就算了。」

「這有什麼方便不方便的，左右我都沒有應。那劉媒婆說的是下陽村一個陶百斤，古媒婆說的是里君的么女。」

魏春聽到沒有應，一顆心落回了肚子。只是……那陶百斤確實不是什麼好人選，但里君的幼女那麼好的條件，玉容為何不應呢？

不過這話她很識相地沒有開口詢問。

有些話，問一、兩句無事，問多了、問深了，就顯得很討嫌。總之此次來的目的算是達到了。

魏春又和玉容閒話了幾句，便帶著兒子離開了玉家。

「小妹，妳剛剛在跟陶寶兒做什麼呢？」

「我啊，我在教他掃地、洗碗啊。」

玉竹一臉驕傲。雖然陶寶兒有些笨笨的，但聽話，教他做什麼都會認真去學。方才教他的除了洗碗還不太會，掃地勉勉強強的已經算是可以了。

玉容無奈地笑了笑，不太贊同。

「妳啊，人家當寶一樣捧在手裡的娃，妳教他學這些做什麼？」

「長姊，陶寶兒自己也願意學的呀。他都這麼大了，掃地、洗碗都不會，真是羞羞臉。」

玉竹剛說完這句話，院門就被敲響了，外頭是魏春有些慌亂的聲音。

玉容趕緊去開了門。

「玉容妹子，剛剛有人來跟我說，說我家那個出的船翻了，我這、我要去找、我……」

她已經著急得語無倫次起來。

「可是要我們幫妳照看下寶兒？」

「是是是，我帶著他很不方便。」

玉容理解她的心情，很乾脆地應承下來。

「魏姊姊，妳放心去吧，寶兒在我們家肯定妥帖。」

陶寶兒看著他娘滿眼含淚的樣子，心裡也跟著慌亂起來，攥著娘的衣襟便不肯放。

魏春現在著急著自家男人的生死，哪還有心情慢慢哄兒子，直接將衣襟一扯，拔腿就往海邊跑。

她這一跑，陶寶兒便忍不住開始號哭起來，哭得玉容姊妹倆也挺心慌的。

翻船可不是件小事，尤其是這樣冷的天氣，若是再有點浪，即便是離岸邊很近，也是游不回來的。

出船的人那麼多，自家也有人在船上，聽到有人出事的消息，她們哪兒能不擔心？

玉容姊妹倆耐著性子將陶寶兒哄好了，卻怎麼也坐不住，於是乾脆三人一起也去了海邊。

出來的時候，玉容特地去隔壁叫了陶嬸嬸，只是她一大早卻沒有在家，本以為是有什麼事忙去了，卻不想在海灘上瞧見了她。

此時她懷裡正靠著個滿臉淚的婦人，自己也是紅著眼，想來那婦人的兒子是她的親戚子姪，也在那艘船上。姊妹倆便沒過去打擾，而是走去了另外一邊。

這會兒海灘上已經站了很多人，幾乎都是聽到了翻船的消息，臉色都不太好看，半點不是帶著看熱鬧的心來的。

誰不是靠著海吃飯，誰家沒有個在船上做事的男人。海上每次出事，她們的心就要多提起一分。

「玉姊姊，小玉竹，妳們也出來啦？」

這是小草的聲音，玉容也轉頭跟她打了招呼。

「玉姊姊，不如跟我去那邊吧，那邊位置好，看得更清楚些。我公公在那兒，那兩艘船有個什麼結果，咱們也能先知道。」

玉容聽完卻臉色大變。「兩艘?!」

「玉姊姊還不知道啊，是兩艘，都是剛出海的漁船，也不知怎地就撞在了一起，都翻了。幸好是這個時間，出海的船多，第一時間便發現了，若是再晚些，那就不好說了。」

玉容只覺得自己脖頸像是被人掐住了一般，呼吸都變得困難起來。是兩艘船的話，一艘是陶寶兒爹所在的那艘，那還有一艘呢？

算起來，二妹跟陶木他們也是這個時間出海……

越想她的臉便越白。玉竹心知長姊在擔心什麼，自己也是擔心得不得了。姊妹倆都沒有拒絕小草的好意，跟著她一起去了村長身後的位置。

村長背著手，沈著臉，望著海上十幾艘小小的船影。那些都是剛剛出海就看到翻船，趕上前營救的船隻，還有自己方才派出去的幾艘。

等待的時間是煎熬的，尤其是那些圍在一起的漁船們一點散開的跡象都沒有，那就說明還有人沒有找到。

玉容一隻手牽著陶寶兒，一隻手牽著小妹，儘管穿得很暖和了，可她的手還是如冰一樣。

玉竹幫她哈氣，搓了搓手，沒有說什麼安慰的話。眼下除非二姊平安回來，否則誰也不能安心。

又是小半個時辰過去，遠遠地有一艘漁船終於動身回轉，但其他的漁船卻沒有要回來的意思。

所有人都伸長了脖頸，想看看回來的船上是不是有自家的人。

讓人失望的是，回來的船並不是今早出去的漁船，而是老村長派出去的船。

回來的船上坐了五、六個男人，一個個都穿著濕漉漉的棉衣冷得直發抖。有出事漁船上的，也有下海救人的。

好在村民們知曉出了事，出來時都是帶著乾衣裳和薄被的，下來一個，他的家人便會拿著衣服、被子裹上去，又哭又笑地摟著回家。

玉竹伸頭瞧得很清楚，沒有自家二姊。

玉容也瞧見了，但她突然反應過來，自家什麼也沒準備，趕緊把陶寶兒托給了小草，轉頭就往家裡跑。

她剛一走，陶有財便過來找老村長了。

「爹，出事的是陶江家的漁船，還有陶大海家。現在人救起來了五個，只有一個陶大海還沒找到。」

玉竹聽到這名字，提起的心這才放下了。只是陶大海這名字，她覺得好耳熟。

想了好一會兒，才突然記起來。

這不是二毛她爹的名字嗎？

找了這麼久還沒找到，情況恐怕不太好。

玉竹在人群裡看了看，沒有發現二毛，卻發現了她娘。她和其他人一樣，手裡抱著衣服、薄被，焦急地望著海上。

大概又過了一刻鐘，聚在一起的漁船突然四散開了往回走。

都回來了，那定然是找到人了！

玉竹緊張地看著那一艘艘越來越近的漁船，眼都快花了，終於發現了二姊所在的那條船。掌舵的很明顯是陶二叔，但看不到船上有其他人。

待到船近了，才發現二姊和陶木是穿著濕衣裳癱在船上的，看樣子累得不輕。

她瞧著長姊等不及船穩下來便抱著衣服、被子爬了上去，立刻也跟著從小草懷裡掙扎著下來。

「小草姊姊，謝謝妳。」

玉竹道了謝，拉著陶寶兒便往家裡跑。

這個時候二姊最需要的不光是乾燥的衣服、被子，還需要洗個熱水澡，再喝碗薑湯。

尤其是她本身就有嚴重的寒症，還在這麼冷的天下水，不回來趕緊暖一下，下個月就得遭大罪了。

「玉竹妹妹，我剛剛好像看到我爹了。」

「對，我也看見了。你爹很好，就是落了水需要暖和一下。你娘會照顧好他的，你乖乖在我家待會兒，晚些時候你娘就會來接你。」

玉竹把他按在凳子上，囑咐了他幾句便轉頭開始麻利地抱柴火燒水。

這個時候真是無比慶幸家裡砌了土灶，如今大鐵鍋可以燒一大鍋熱水給二姊洗澡，陶罐正好可以拿來煮薑湯。

火生起來後，她放了兩根比較粗的柴火，一邊燒著，又去扒拉了一整塊薑出來洗乾淨，放進了陶罐裡。

對了，家裡還有糖。

玉竹去翻出了上回魏春送的那包糖塊出來，丟了幾塊進去。

等長姊扶著二姊進門的時候，薑湯和熱水已經燒好了。若不是年紀太小沒有力氣，她連水都想給二姊兌好，提進屋去準備著。

陶寶兒就這麼坐在院子裡，看著玉竹忙前忙後，又是舀水、燒火又是切菜，頭一回生出了自己好像有些無用的心思。

若是此刻在家照顧爹爹的是自己，那他不會生火也不會切菜，更不會熬湯，連自己都照顧不了。

玉竹妹妹她真的好厲害啊！

玉竹沒有瞧見陶寶兒那崇拜的眼神，她正忙著把鍋裡的開水舀到桶子裡去。

「長姊，鍋裡燒了開水，妳給二哥提進去兌水吧，不夠我再燒。」

玉容詫異了瞬間，也顧不得感慨小妹懂事，趕緊提了開水進屋。

新蓋的石屋裡有個剛剛打好的大浴桶，昨日剛送來，今日就派上了用場。

幾桶滾燙的開水倒進去，再兌上些許涼水，玉玲一坐進去，瞬間感覺神魂都歸了位。方才她真是感覺自己全身都成了冰一樣，動一動都費勁，不知道是怎麼走回來的。

「喏，小妹親手給妳煮的薑湯。」玉容把碗遞給了二妹，眼裡是說不出的羨慕。「小妹還是最喜歡妳。」

玉玲喜孜孜地喝下甜甜辣辣的薑湯，這下是從裡到外都暖和了，心裡美得直冒泡，當真是沒白疼小丫頭。

「長姊，若今日換成是妳，小妹也是一樣的。咱們疼她，她也疼咱們。不過還是要訓她一下，以後別去灶臺燒什麼開水，萬一燙到就不好了。」

玉容沒好氣地拿過空碗，點了點她的額頭，笑道：「真該讓小妹進來聽聽。快洗吧。」

一炷香後，玉玲洗好了澡，換上了乾爽的棉襖，精神也恢復了過來。姊妹仨坐在院子裡開始說起今日救人的事。

「今日行船的時候，我們的船就在陶大海和陶江他們後頭沒多遠。起先不知怎麼，陶大海的船突然亂了方向，沒穩住船，側翻的時候把旁邊陶江的船也給撞翻了。後來咱們趕上去救人，聽那救上來的村民說，陶大海像是犯了什麼病，早上來的時候精神就不是很好，之後更是直接暈過去，摔進了海裡。」

玉竹聽完便明白了。

難怪一開始漁民們救治及時也沒能找到陶大海，他既是暈倒了摔進海裡的，自然無法像其他船員一樣游出海面求救。他們想要救人，就得閉氣潛水下去，花很長時間去找，如此冷的天氣，下水一趟再上來，幾個來回，就是鐵打的人也會受不住。

而陶大海找了那麼長時間，恐怕……

剛想到這個可能，村子裡便響起了一陣陣的哭聲。聽那方向，正是二毛家的位置。

玉竹的心沈了沈，擔心起二毛來。

玉容知道小妹跟二毛玩得好，但是現在人家裡剛出事，正是亂的時候，小孩子實在不合適上門去。

「等過幾日，他們家事了了，妳再去好好陪二毛說說話。二弟妳呢，去他們家瞧瞧，看看有沒有什麼能幫忙的，陶嬸嬸她應該也在巧蘭家。」

玉玲點點頭，綁了下頭髮便出了門，順道將陶寶兒也送了回去。

第四十一章

接下來的兩日，村裡氣氛都不太好。畢竟眼看著就要新年了卻沒了人，將心比心，他們自己家誰沒有個男人在船上，心裡都不好受。

直到二毛她爹下葬後，為著生計，漁民們才又漸漸恢復了勞作。玉竹也總算是能去找二毛了。

這天，她特地早早起來，煮了兩個雞蛋放到簍子裡，準備約二毛出去玩的時候跟她一起吃。結果去了她家，才發現她家裡只有奶奶在。

原本和陶二嬸嬸年紀差不多的人，現在卻像是老了二十多歲，整個人無精打采的，問話也是直愣愣的沒回，瞧著精神好像不大好。

也是，白髮人送黑髮人，打擊確實是大了些。

巧蘭嬸兒和二毛都不在，這院子裡的雞都餓得咕咕亂叫，小狗們也是嗷嗷叫個不停，一地的雞糞狗屎，髒亂得難以下腳。

短短幾日，這個家便露了敗象。

玉竹看了一圈，只找到了些爛菜葉子，都拿了出來餵雞。別的她也幫不了什麼，只能給二毛奶奶蓋了蓋身上的衣服，出了門。

二毛沒在家，沒辦法，她只能一個人去了海邊。

潮水是天不亮就退了的，她來得算是挺晚，沙灘上到處都是坑坑窪窪，被耙過的痕跡。看樣子大概也就半個時辰左右，就要開始漲潮了。

玉竹想著，既然出來了怎麼也不能空手回去，便沿著海灘往前一直走，想找塊清淨點的位置，看看能不能遇上什麼好貨。結果走了老遠，好貨沒遇上，倒是遇上二毛了。

才半個月沒見，二毛彷彿一夜之間長大了，再沒有以前那樣豪橫的氣勢，也不會在她娘趕海的時候搗亂。現在的她，一個人拖著沈沈的簍子，專心耙著沙灘上的每一顆蛤蜊，專心到連玉竹走到跟前了都沒發現。

「二毛……」玉竹輕輕喚了她一聲。

二毛只是手上停了下，頭也沒有抬。

「小竹子，妳去找陶寶兒玩吧，我現在沒空。」

「我不玩，就是來看看妳。」

玉竹放下自己的簍子，拿出耙子幫著她一起耙蛤蜊。二毛這狀態很明顯不太好，若是她抱著自己哭一場，那倒還沒事，現在這樣……

「不用妳可憐我，妳耙的蛤蜊裝妳自己簍子裡去。」

二毛將玉竹剛剛放進自己簍子裡的蛤蜊都挑了出來，扔到了沙灘上。玉竹體諒她剛沒了爹，也不計較，就跟在她後頭，幫著她耙蛤蜊、拉簍子。

一炷香後，二毛終於爆發了。

「妳聽不懂人話呀？我不需要妳來可憐我！我自己有手有腳，能幹活養活自己，幹麼還跟在我屁股後頭，煩不煩?!」她的話，像是對玉竹說的，又像是對別人說的。
玉竹不怕她，因為她聽出來了，二毛如今就是個紙老虎。她還是像以前一起出去玩的那樣，上前拉住了二毛的手。
「我才不走，我要是走了，妳肯定要哭鼻子的。」
二毛憋得死死的眼淚聽完這話，頓時就憋不住了，抱著玉竹哭得死去活來。
「小竹子，我爹沒了……嗚嗚嗚嗚……他們說我爹絕後了，可我不是後嗎？我阿奶好像瘋了，嗚嗚嗚嗚……昨晚上、昨晚上我聽到舅母在勸我娘改嫁，我娘應了……」
玉竹安安靜靜地聽著，越聽越是心疼二毛。
這個時代沒有男人當家，女人會很難，可現在村裡不是可以製蝦粉、熬蠔油賣嗎？生活總是能過的，巧蘭嬸兒也太狠心了。
不是說不許改嫁，只是要改嫁也別這樣心急，好歹給婆母跟孩子一點時間緩緩。丈夫的頭七都還沒過呢，就商量著要改嫁了；而且聽二毛說，她並沒有打算帶著女兒改嫁的意思，所以二毛以後只能和受了刺激的奶奶一起生活。
大人都受不了這樣的刺激而瘋了，何況是這麼小的二毛。若是不讓她發洩出來，真不知道她會變成什麼樣。
不幸中的萬幸是那日翻船的時候是大家都出海的時間，若是返航時候，翻了兩船魚，到時候還要賠償大把銀錢，二毛家就要雪上加霜了。
聽說當日救人的時候，出事的那兩艘船也都拉了回來，只是丟了些漁網等小件，人家念著陶大海丟了命，也沒有要賠償。

其實就算沒了巧蘭嬸兒，日子若實在過不下去了，二毛將船便宜賣了也夠她嚼用好幾年。

但被母親拋棄的痛苦，是無法用銀錢衡量的。

二毛哭了多久，玉竹便陪著她在海邊坐了多久。直到開始漲潮了，兩人才一起拉著簍子往回走。

走到了二毛家門口的時候，她很明顯地看出二毛害怕回家。

「二毛，妳還有阿奶，還有我呢！咱們背靠著大海，總不會餓死，妳別怕。明日我再來找妳一起去海邊，咱們不耙蛤蜊，帶妳弄點好東西。」

明明玉竹才四歲，可不知道為什麼，二毛就是很相信她。聽了她的話，好像以後的日子也不是那麼可怕了。

「那我明日早上在家等妳哦。」

「嗯，我先回去啦！」

玉竹提著空空的簍子轉身走了兩步，又回頭朝二毛揮揮手。

「明天見！」

二毛依依不捨地朝玉竹揮揮手，這才進了門。

等看不到人了，玉竹那故作輕鬆的樣子才卸了下去。

「唉……」

「喲，誰惹著我們小玉竹了，這樣唉聲嘆氣的。」

玉竹只覺得地面一下遠離了，再回過神，便被抱進了男人懷裡。居然是魏平。

「魏叔叔，你是來看陶寶兒的嗎？你走錯了。」

魏平乾咳了一聲，想到自己想找玉竹打探的事，莫名有些臉熱。

「沒走錯，我就是來找妳的。方才我在海灘邊就瞧見妳了，只是妳的夥伴好像一直在哭，我便不好過去找妳。」

「找我的呀……」玉竹一雙眼滴溜溜地轉，想從魏平臉上瞧出點什麼。「魏叔叔，你是不是快要成親啦？」

「啊?!沒有的事，妳聽誰說的?!這話可不能亂說！」

瞧他那著急否認的樣子，玉竹心裡也猜到了點什麼，不過還是要問個清楚才行。

「可是上回我和姊姊在茶攤上喝茶，明明聽到你跟一個姑娘在說成親的事，又不是只有我一個人聽到的。你真的不是要成親了嗎？」

「誤會，那都是誤會。」

魏平真是悔不當初。若是當日能追上去，同玉容好好解釋一番，如今便不會有這誤會。連玉竹都這樣想，那玉容自是不必說了。

想想又是後怕，若不是今日恰巧自己來給姊姊送東西，等姊姊的口信到了城裡，都要幾日後了，萬一再有媒人上了她家，她應下了可怎麼好。

「咳……玉竹啊，魏叔叔呢，想跟妳打聽件事。就是、就是妳長姊她，有沒有對媒婆說過，她想嫁什麼樣的人？」
玉竹心裡哇哦一聲。看來魏平也是對長姊有意的嘛！
長姊那日瞧見他跟姑娘相親，臉色沈得一路上連二姊都沒敢找她說話，晚上更是翻來覆去的，一夜都沒怎麼睡。
瞧著是互相都有意，卻沒人去捅破那層窗戶紙。
之前這人都不著急，現下卻著急了，想來是聽了他姊姊說起，長姊有媒婆說親的事。要不要幫他呢？
話說一到漲潮的時候，長姊便會出來尋自己，這會兒說不定……咦？前邊拐角處好像有個鞋尖尖露出來了。
「玉竹，妳知道的吧？」
「知道，不過我為什麼要告訴你呢？」
魏平真是沒想到一個四歲的娃，居然一點都不好哄。正想將懷裡的糖拿出來討好討好，就聽到小人兒問了一句話。
「魏叔叔，你是不是喜歡我長姊呀？」
「是！喜歡！」
面對玉容的時候死活說不出的話，對著玉竹倒是能幹脆地說出來了。說完這話，他心裡的石頭像是被人搬開了一樣。
「所以玉竹，妳就幫幫魏叔叔吧。」

玉竹望著前路，捂著嘴偷偷笑了笑，回頭便開始問了一堆的話。

「魏叔叔你有什麼不良嗜好嗎？月例多少？以後打算住哪兒？」

「小妹！住口！」

臉紅得跟染了霞似的玉容眼瞧著妹妹越問越過分，終於忍不住出來了。這可是在路上，若是有人聽見，還不知道要亂想些什麼。

「跟我回去！」

玉竹吐了吐舌頭，下了地，拉上自己的小簍子轉身就往家裡跑。

「魏叔叔，我只能幫你到這兒啦！」

這下連魏平的臉也紅了。

之後兩人說了什麼，玉竹不知道，但瞧著長姊回來後那心情甚好的樣子也能猜出一二。

晚上睡覺的時候，玉竹趴在床上，看著長姊在燈下剪了一個大大的鞋樣子，實在沒忍住，問了一句。

「長姊，妳和魏叔叔什麼時候成親呀？」

突然聽到小妹這樣一句話，嚇得玉容手裡的鞋樣都差點剪壞了。

「小孩子家家的，問這些做什麼，快睡覺。」

「不嘛，長姊妳不說，我睡不著。」

玉竹耍起賴，在床上滾來滾去沒個消停。玉容瞧著她實在可愛，手裡的鞋樣子也不剪了，過去把她抱到懷裡。

「小妹，妳才四歲，成親這種事不是妳該操心的。還有，以後不許叫他魏叔叔，要叫魏哥哥，知道嗎？」

玉竹點點頭，很是認真道：「我知道，叫叔叔的話跟長姊不是一輩的。那我以後是不是比陶寶兒要高一輩了？」

「以後的事以後再說，你們小孩子之間就別管什麼輩分了，快睡覺去。」

玉竹可憐兮兮地摟著長姊的脖子，噘著嘴好半天沒說話。玉容被她瞧得真是招架不住。

「好了好了，告訴妳，長姊暫時沒打算成親的。」

二妹的身分一日不解決，她這心裡就像是壓了千斤巨石，哪有心情考慮自己的婚事。

好在，那人體諒……

「是因為我跟二哥嗎？長姊妳別擔心，我跟二哥都能照顧好自己的。」

玉竹怕自己會成為姊姊們的拖累。

「是也不是。我啊，怎麼也要等妳二哥成家了才能放心嫁人啊。而且長姊才十五呢，妳就這麼不想看到長姊，想要長姊嫁出去？」

天啊，她忘了，長姊才十五，嫁什麼嫁，至少也要滿十八了才能嫁人。

魏平是誰？不認識！

——未完，待續，請看文創風954《小漁娘掌家記》2

2021年4月出版

農門第一剩女

文創風 947～948

誰說村姑注定平凡？她穿越到古代農村後的際遇就很、不、凡！
誰說生而家貧就會一輩子窮？她就證明了「我命由我不由天」！
誰說剋夫女嫁不出去？她就主動出擊找了自己中意的相公，
還是個了不得的大人物呢……

姑娘廢柴變天才，瀟灑抱得情郎歸！／藍夢寧

從現代外科醫師穿成了古代村姑喬喜兒，年紀變小還變美，應該算好事吧？
可她卻笑不出來，因為特立獨行的原主惹了不少爛攤子讓她正發愁！
原來這喬喜兒人品真夠糟的，毒舌利嘴成天得罪人，除此之外還有剋夫命，
深怕自己沒人要成了村中第一大齡剩女，竟使出絕招下藥「強娶美男」?!
如今在自家草屋裡面對著十分厭惡她的入門婿秦旭，她也不禁無語了……
雖說此男俊挺偉岸、秀色可餐，不同於一般鄉野村夫，但感情之事怎能強求？
幸好對姻緣她不執著，不合則分罷了，只不過不是現在！
眼下得想法子脫貧為先，畢竟喬家一貧如洗，尚需這「女婿」打獵貼補家用，
兩人仇視不如合作，她正亟思利用所長做生意多多進帳，一家才有翻身指望；
而他報恩養傷兩不誤，待喬家日子好過自可走人不送，豈不皆大歡喜？
達成共識攢錢為先，喬喜兒跟秦旭開始人前扮演夫妻、人後相敬如冰的日子，
雖說與他各懷心思，但背後有個男人就是穩當，擺攤也不怕人尋釁滋事。
只不過這女婿演得令人太滿意也有壞處——擋不住娘親催生催得凶！
她只得暫時以他「那個」不行帶過不提，黑鍋讓男人背總比自己背來得好吧？

為流浪貓狗加油 和貓寶貝 狗寶貝

廝守終生(一定要終生喔！)的幸福機會

對人來說，貓寶貝狗寶貝只是生活的一部分，但妳（你）對牠們來說，卻是生活的全部，領養前請一定要考慮清楚——

▲ 聰明討喜的三花妹妹 美珍

性　　別：女生
品　　種：米克斯
年　　紀：約5歲
個　　性：親人親貓不怕生
健康狀況：已結紮，經口炎治療洗牙拔牙、
　　　　　二合一及貓瘟快篩皆陰性，並施打三合一預防針注射
目前住所：新北市中和區（麥擱喵中途貓屋）

本期資料來源：麥擱喵中途貓屋

『美珍』的故事：

當時只是單純出門散步而已，沒承想會在路邊遇到正在流浪的美珍，我想這就是緣分天注定吧！初遇美珍時，牠不像其他的流浪貓一樣見人就躲，反而與牠見面不到一分鐘，就直接跑來親近我，不停的往我身上磨蹭撒嬌，可以說是毫無畏懼且極度親人。

因流浪的關係，美珍曾罹患上「口炎」，經過治療目前已痊癒，後續只要給予安穩的環境、合適的食物，和適當的醫療輔助（吃藥&保健品）即可，原則上挑選雞肉底的飼料或罐頭，避免其他肉類及海鮮類的飲食；若真的食慾不佳時，去醫院拿藥加在食物裡或是打一針類固醇就沒問題了。

美珍現在五歲了，個性穩定、親人、不怕生，還能繼續陪伴您很長一段時間，若您想跟美珍簽下往後十年的家人合約，請上麥擱喵FB登記參訪，看看您跟牠是否有緣成為親人嘍！

認養資格：

1. 限北北基地區的認養人。
2. 不接受代認養，請認養者本人至麥擱喵臉書粉絲專頁約時間看貓，私訊聯繫時請注意禮貌。
3. 須同意施做門窗防護（粉專相簿內有照片可參考），不敲釘子，也不會破壞您的房屋結構。
4. 認養前會進行家訪，通過後須同意簽認養寵物切結書。
5. 須同意送養人日後不定期之追蹤探訪，對待美珍不離不棄。

來信請說明：

a. 個人基本資料：姓名、性別、年齡、家庭狀況、職業與經濟來源等。
b. 想認養美珍的理由。
c. 過去養寵物的經驗，及簡介一下您的飼養環境。
d. 若未來有結婚、懷孕、出國或搬家等計劃，將如何安置美珍？

狗屋▶2021週年慶

享樂，讀書的好時光

快樂·樂讀

6/1(8:30)~6/11(23:59)

新書75折

文創風 958-960 榛苓《藥香蜜醫》全三冊

文創風 961-963 白折枝《炊妞巧手改運》全三冊

好康、經典 都在這

75折 文創風914~957

7折 文創風861~913

6折 文創風760~860

以下加蓋 ㊣

- 每本 **99** 元 ▸▸ 文創風640~759
- 每本 **50** 元 ▸▸ 文創風001~639、花蝶/采花/橘子說全系列（典心、樓雨晴除外）
- 單本 **15** 元，2本 **25** 元 ▸▸ Puppy301~526
- 每本 **10** 元，買 **2** 送 **1** ▸▸ Puppy001~300、小情書全系列

一同來尋找，誰是妳此生的甜蜜藥方呢？

他教她熬的膏糖甘潤如蜜，甜得她想貪心，
願以兩世相思當藥引，換取與他廝守一生的解方……

文創風 958-960《藥香蜜醫》全三冊

和哥哥隨著母親二嫁到白米村康家，成天挨餓受欺不說，還差點被康家人毒死，
保住小命實在太不容易，重生的秦念決定養好身子，替母親和哥哥出一口惡氣，
往後得吃好穿好、兜裡有錢不說，想在這種虎狼窩討生活，不立起來可是不行！
而醫好她的韓醫工與韓啟父子真是她的大恩人，尤其韓啟，更讓她惦念了兩世，
他教她習醫採藥，練武強身；康家人趁繼父不在欺負他們母子，也是他使計維護，
還拿出韓家的中藥秘方，指點她熬出甘甜潤肺的梨膏糖，讓她拿到鎮上賣了換錢。
除了親爹娘與哥哥，唯有韓啟能這般待她了，但她心裡埋著一個存了兩世的疑問——
這樣出眾的他，為何甘願蝸居山中不肯出村一步，連陪她去賣梨膏糖都不行呢？
前世她沒找到答案，但今生她不會再錯過他了，定要與他醫生醫世醫雙人，
憑他倆的本事，就算一生待在山裡又何妨，也能活出甜甜蜜蜜的好滋味來！

白折枝

炊煙裊裊，純情萌動

6/8(二)上市

收服古代男神，做道專屬我的盤中飧！

身為一名廚子，注重色香味俱全，
既然色字排第一……
有點重「色」輕友也是正常的吧？

文創風 961-963《炊妞巧手改運》全三冊

人都離不開吃，做吃的生意，絕對不愁銷路。
葉小玖來到此處，不願依循原身追尋「愛情」致死的命運，
而是停下腳步、挽起袖子，打算依靠她一手廚藝闖出一片天。
不過單打獨鬥並非明智之舉，所幸她很快找到能信任的對象，
與這故事中的倒楣鬼男神——唐柒文一家合作，
只要避開狼心狗肺的「男主」，想必她與他的命運都能改變！
從大清早擺攤賣早點開始，日子樸實而忙碌，
雖說生活不如現代便利，可勝在踏實，還有斯文美男養眼。
這古代男神彬彬有禮、溫潤如玉的氣質，與現代人就是不同，
幫她取下髮絲間不小心沾上的柴草，也要先來一句「得罪了」。
可是，把東西取下後，他居然就跟見鬼一樣地轉身就走了！
她摸了摸頭頂……嗚嗚嗚，昨天沒洗頭，把男神嚇跑了怎麼辦？
原身本該有的情緣，不會被她的油頭給毀了吧？

感謝有妳，我的朋友 My Friend

謝謝大家對狗屋的愛與支持，好禮大放送就是要給您滿載而歸！

活動1 ▸ 狗屋2021年問卷調查活動

抽獎辦法
活動期間內，請至 f 狗屋天地 或是掃描下方QR Code，皆可參加問卷活動。加入狗屋會員者，還有好禮抽獎等著您。

得獎公佈
6/30(三)於 f 狗屋天地 公佈得獎名單

我是QR Code

獎項
- 20名 紅利金 100元
- 2 名《藥香蜜醫》全三冊
- 2 名《炊妞巧手改運》全三冊

活動2 ▸ 購書獎很大

抽獎辦法
活動期間內，只要在官網購書並成功付款，系統會發e-mail給您，並附上抽獎專用之流水編號，買一本就送一組，買十本就能抽十次，不須拆單，買越多中獎機率越大。

得獎公佈
6/30(三)於狗屋官網公佈得獎名單

獎項
- 6 名 紅利金 300元

週年慶 購書注意事項：

(1) 請於訂購後**三日內**完成付款，最後訂購於2021/6/13前完成付款才算有效訂單喔！
(2) 購書滿千元(含)以上免郵資。未滿千元部分：
郵資65元(2本以下郵資50元)／超商取貨70元(限7本以內)／宅配100元。
(3) 特賣書籍因出書時間較久，雖經擦拭、整理，仍有褪色或整飾痕跡，故難免不如新書亮麗。
除缺頁、倒裝外無法換書，因實在無書可換，但一定會優先提供書況較良好的書給大家。
若有個人原因需要換書，需自付來回郵資。
(4) 各書籍庫存不一，若遇缺書情形可選擇換書或退款。
(5) 歡迎海外讀者參與(郵資另計)，請上網訂購或是mail至love小姐信箱(love@doghouse.com.tw)詢問相關訊息。

狗屋有權修改優惠活動的實施權益及辦法。

文創風 953

小漁娘掌家記 1

國家圖書館出版品預行編目資料

小漁娘掌家記 / 元喵著. --
初版. -- 臺北市 : 狗屋出版社有限公司, 2021.05
冊 ; 公分. --（文創風 ; 953-955）
ISBN 978-986-509-210-8（第1冊 : 平裝）. --

857.7　　110005618

著作者　元喵
編輯　張蕙芸
校對　沈毓萍
發行所　狗屋出版社有限公司
地址　台北市104中山區龍江路71巷15號1樓
電話　02-2776-5889～0
發行字號　局版台業字845號
法律顧問　蕭雄淋律師
總經銷　知遠文化事業有限公司
電話　02-2664-8800
初版　2021年5月
國際書碼　ISBN-13　978-986-509-210-8

定價260元
狗屋劃撥帳號：19001626
網址：love.doghouse.com.tw　E-mail：love@doghouse.com.tw